KB009006

부탁해요 PLEASE MS.JEM 미스 젬

fioret

부탁해요, 미스 젬! 3

초판 1쇄 인쇄 2017년 11월 21일
초판 1쇄 발행 2017년 11월 28일

지은이 주희서
발행인 오영배
기획 박성인
책임편집 김수현
디자인 권지연
일러스트 laphet
제작 조하늬

펴낸 곳 (주)삼양출판사 · 피오렛
주소 서울시 강북구 도봉로 173
대표 전화 02-980-2112 **팩스** / 02-983-0660
편집부 전화 02-980-2116 **팩스** / 02-983-8201
블로그 blog.naver.com/dan_gul
출판등록 1999년 3월 11일 제9-00046호

ISBN 979-11-283-9309-9 (04810) / 979-11-283-9306-8 (세트)

+ (주)삼양출판사 · 피오렛의 서면 허락 없이는 어떠한 형태나 수단으로도 이 책의 내용을 이용하지 못합니다.
+ 지은이와 협의하에 인지는 생략합니다. 잘못된 책은 구입한 곳에서 바꾸어 드립니다.
+ 이 도서의 국립중앙도서관 출판시도서목록(CIP)은 서지정보유통지원시스템홈페이지(http://seoji.nl.go.kr)와 국가자료공동목록시스템(http://www.nl.go.kr/kolisnet)에서 이용하실 수 있습니다. (CIP제어번호: 2017029815)

fioret 은 (주)삼양출판사의 로맨스 판타지 문학 브랜드입니다.

주희서 장편소설

★★★☆
부탁해요 미스젬

PLEASE MS.JEM

MS.JEM 3

fioret

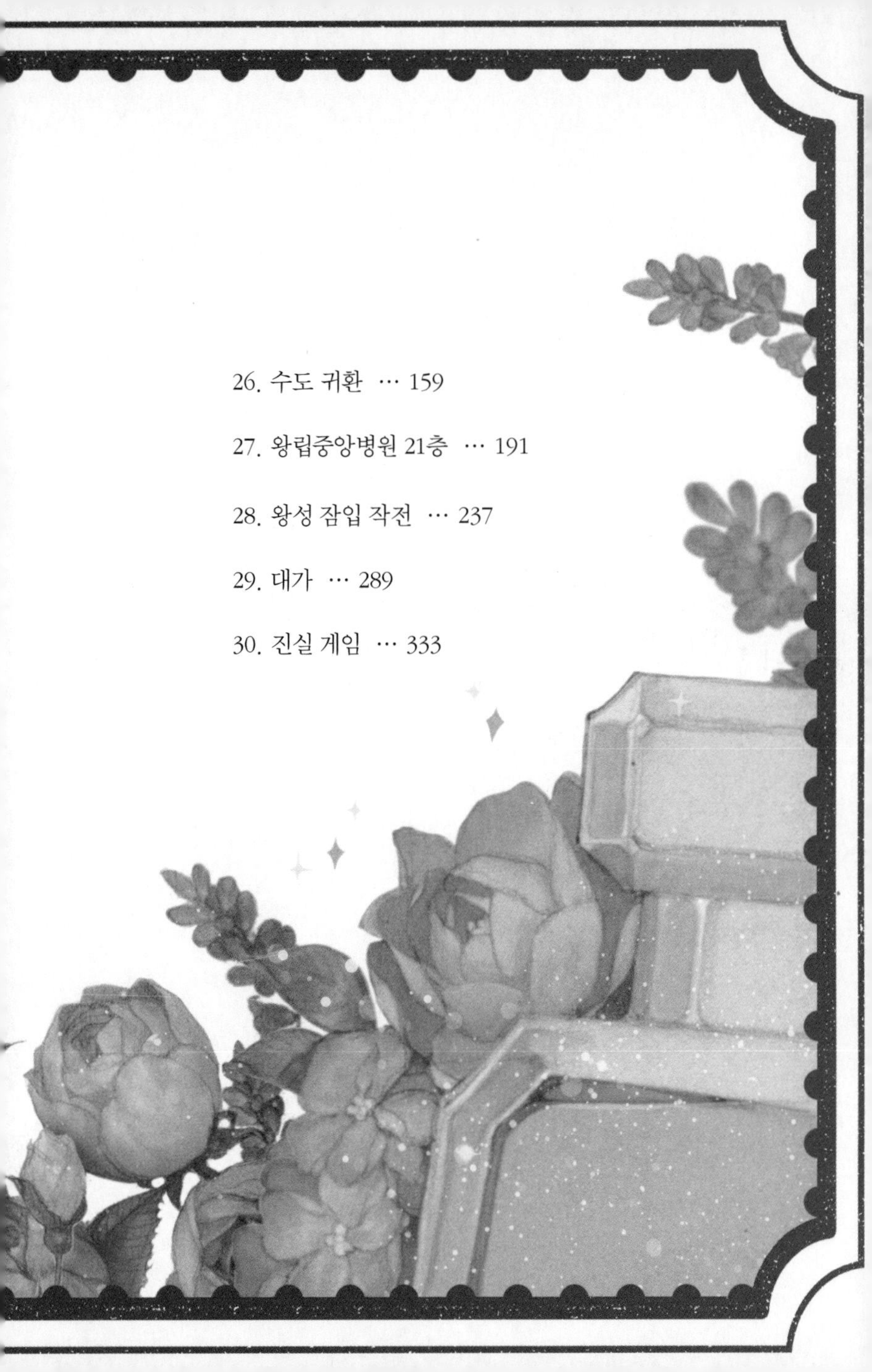

22.
[막간극] 경계에 선 자

은색으로 보일만치 결 좋은 흰머리, 매끄러운 피부, 그린 듯한 미소.

화면에 비친 남자의 모습은 20년 전과 한 치도 다르지 않았다. 세월을 모르는 남자, 유라레의 살아 있는 위인, 닥터 유리.

본이 티비를 껐다. 거짓말처럼 정적이 내렸다. 멀리 창밖에 자동차 지나는 소리가 났다. 희미한 사람 소음도 뒤이었다.

넓디넓은 거실에 조용한 한기만 돌았다. 본이 소파에서 일어나 유리창 앞에 섰다. 화려한 도시 야경이 별빛처럼 흩어졌다. 높은 빌딩 숲 사이로 개미 행렬처럼 차가 늘어섰다. 노랗고 빨간 불빛이 수시로 깜박이며 시냇물을 이루었다.

고즈넉한 유라레 왕성에서 반평생을 살아온 본에겐 익숙한 듯 낯선 광경이었다.

'지금 여기 카피레가 있었다면 야경을 배경으로 우주 왕자 컨셉을 잡아 보자 했을 텐데…….'

헛웃음 치던 본은 유리창을 힘껏 치고 싶은 충동을 가까스로 억눌렀다. 고층 빌딩 꼭대기에서 떨어진 유리 조각에 지나던 행인이 봉변이라도 당하면 큰일이었다.

본은 대신 유리창에 이마를 박았다. 자신의 행동에 타인이 무슨 영향을 받을지 고려하는 것. 인간이라면 누구나 가져야 할 기본 소양이 아닌가.

그것은 인간이 아니다. 본이 어금니를 악물었다. 부릅뜬 눈에 색색의 야경이 뿌옇게 흐려졌다. 닥터 유리는 인간이 아니었다. 인간 거죽을 뒤집어쓴 괴물이었다.

유리는 성심성의껏 본을 치료했다. 본은 치료를 명목으로 몇 주간 실험관에 갇혀 있어야 했다. 진통제에 잔뜩 절인 젓갈이 된 기분이었다.

분명 가슴이 뚫려 죽었다고 생각했건만, 희미한 흉터만 남았을 뿐, 자신은 사지 멀쩡히 살아 있었다. 가슴에 구멍을 뚫은 사람도, 구멍을 막은 사람도 유리였다. 병 주고 약 주고의 극치였다.

유리는 본의 기막힌 심정을 짐작도 못 하는 듯했다. "이렇게 크게 다치다니, 아비 마음이 아프다", "친구 때문에 속이 많이 상했군요. 본이 정 아쉬우면 새 친구를 만들어 줄게요" 따위 속 긁는 소리만 했다.

유리관을 쓰다듬을 땐 제법 안타까운 표정을 지어 보이기도 했으나 본은 알았다. 유리는 정해진 메커니즘에 따라 움직일 뿐이었다.

자신의 일에 방해가 된다, 없앤다.

도움이 된다, 살펴 준다.

아들이 투정부린다, 들어준다.

가족이 다쳤다. 걱정해야 한다, 치료해 줘야 한다, 돌봐 줘야 한다.

유리는 엉망이 된 실험실을 그대로 두고, 혼잣말이나 다름없는 위로를 몇 글자 뱉은 뒤, 불을 끄고 나가 버리기 일쑤였다. 그것만으로 아비 된 도리는 다했다는 듯이. 본은 그때마다 애완용 햄스터가 된 기분이었다.

애초 기대도 희망도 버린 관계였다. 종지부를 찍을 기회가 필요했고, 그게 이루어진 것뿐이었다. 비록 그것이 예상치 못한 형태였다 하더라도.

삐삐삐, 알림음이 끊기기도 전에 현관문이 열렸다.

"이야, 불이라도 좀 켜 놓고 있지 그러나. 에잇, 킁킁. 홀아비 냄새 한번 지독하군."

"……오셨습니까."

성대를 긁듯 거친 목소리가 튀어나왔다. 이번 상처가 남긴 유일한 후유증이었다. 상대가 아무렇지 않은 듯 한쪽 눈을 찡긋했다.

“나 기다렸나? 보나 마나 쫄쫄 굶고 있을 게 뻔하니 음식 좀 싸 왔다네. 왕자궁 요리장 솜씨야.”

보르누였다.

본이 말없이 소파에 다소곳이 앉았다. 보르누가 “응? 이렇게 보니 야경이 정말 끝내주는군. 누가 골랐는지 참 보는 눈이 있어. 그렇지?” 하며 너스레를 떨었다.

휑한 테이블에 하나둘 일회용 음식 용기가 올라왔다. 카피레와 곧잘 먹던 웰빙 식단이었다. 그리운 냄새였다.

본이 전투적으로 한 손엔 포크를, 한 손엔 스푼을 들었다. 나이프는 필요 없었다. 포크 하나로도 일격 필살이었다.

“안 데워도 되겠나?”

본은 대꾸 없이 용기를 하나씩 비워 가기 시작했다. 쩝쩝대는 소리가 짐승 못잖았다. 보르누가 슬금슬금 엉덩이를 옆으로 뺐다.

거실에 불이 들어왔다. 보르누가 특별히 신경 써서 고른 펜트하우스였다. 실내 풍경이 구매 당시와 별반 다를 바 없었다.

소파에 대충 흐트러진 담요, 박스 채 놓여 있는 카피레 사진집, 기사 서임 때 받은 장검 따위가 본이 남긴 흔적의 전부였다.

거실 반쪽을 제외하면 다른 방과 복도는 버려진 창고나 다름없었다. 보르누가 익숙한 몸짓으로 박스를 뒤져 사진집을 한 권 꺼냈다.

카피레 사진집 중 초기작이었다. 아직 어린 티가 가시지 않은 금발 미소년 카피레가 창가에 비스듬히 앉아 있었다.

보르누가 조심스레 첫 장을 넘길 때였다. 뒤에서 쩝쩝쩝 소리가 낙숫물처럼 떨어졌다. 보르누가 놀라서 뒤를 보았다.

"더 없습니까?"

"본 경. 그거 6인분이라네. 냉장고에 두고 먹으라고 가져온 거란 말일세. 자네 위장은 고무풍선인가?"

"요리장님이 이것만 주셨을 리 없습니다."

누가 왕자궁 사람 아니랄까 봐, 확신에 찬 어투였다. 입가에 튄 토마토 소스가 꼭 핏자국처럼 위협적이었다. 보르누는 어쩔 수 없이 현관 쪽을 눈짓했다.

"디저트도 6인분을 싸 주더군."

본은 두말없이 먹이를 찾아 돌진했다.

닥터 유리와 일방적으로 결별한 뒤, 본은 보르누를 찾아 성을 나가게 해 달라고 부탁했다. 도저히 왕자궁에서 버틸 수 없다고 호소했다.

유리의 치료가 끝난 뒤, 본이 왕자궁에 머문 시간은 단 이틀이 전부였다.

시종장의 말을 전부 믿을 수 없어 긴가민가하던 보르누가 확신을 갖게 된 계기엔 본도 한몫했다.

"조만간 랑퀴니에 군이 출장을 갈 예정인데……."

본은 스푼으로 케이크를 떠먹느라 정신이 없어 보였다. 보르누가 마법등에 사진집 표지를 요리조리 비춰 보며 말을 이었다.

"같이 가겠는가?"

"어디에, 뭐하러 가는 겁니까?"

"트리비아. 북쪽 국경 시모 산맥 근처라네. 문제가 생겨서 말이야. 마법석 수입 대부분을 의존하는 곳이거든. 우리로서도 섭히 대하기 힘들지."

"딴 사람 다 놔두고 왜 마과부 인간이 거길 갑니까?"

본이 손가락에 묻은 크림을 싹싹 핥았다. 보르누가 어깨를 으쓱했다.

"본래 마법석 수입 관리는 마과부 소관이야. 그렇다고 닥터 유리나, 그놈 끄나풀을 보낼 수는 없잖겠나."

본이 그제야 보르누를 보았다. 앉은 자리를 중심으로 빈 그릇이 둥글게 널려 있었다.

"지난 기념식 때 한정판 사진집 사인본을 받아 간 그 동네야. 신간 소식은 없느냐 몇 번이고 넌지시 찔러 대더군. 그럴 상황이 아닌 걸 전 대륙이 다 알 텐데 말이야. 급기야 이번엔 생산량이 떨어졌다며 어깃장까지 놓지 뭔가."

"진짜로 떨어진 걸 수도 있잖습니까."

"다른 곳에는 멀쩡히 납품했다는 데도?"

"수입량이 전혀 다르니까 그렇겠죠."

"……얼마 전, 그 주변이 이상한 소문이 돌았다는 제보가 들어왔네. 시모 산맥 어딘가에 초록 마녀가 산다는 거야."

초록 마녀.

본과 보르누가 서로를 마주 보았다. 둘은 같은 사람을 떠올리고 있었다. 본이 갑자기 입을 틀어막고 화장실로 뛰었다. 잠시 물 내려가는 소리가 이어졌다.

보르누가 "츳츳, 그러게 급하게 먹지 마라니까" 하며 일회용 그릇을 하나씩 치웠다.

성을 나온 뒤 거식증과 폭식증을 동시에 앓고 있는 본이었다. 보르누가 소파에 등을 기대고 먼 야경을 바라보았다. 은하수를 지상에 흩뿌린 듯 아름다운 야경이 펼쳐졌다.

괜히 말했나 싶은 한편, 대안이 없는 것도 사실이었다. 만에 하나 랑쿼니에 군에게 무슨 일이 있을 경우, 본만큼 믿음직한 이가 없는 것도 사실이었다. 물소리가 그쳤다.

"……그냥 이쪽 애들 보내도 되고."

"제가 가겠습니다."

아예 세수까지 마쳤는지, 본의 얼굴에 물기가 흥건했다. 보르누가 빈 용기를 봉지에 대충 쓸어 담았다.

"왜. 우리 애들도 실력 좋아."

본이 허공에 포크를 휙 던짐과 동시에, 무언가 바닥에 툭 떨어졌다. 카메라였다. 귀에서 우왕좌왕하는 소리가 들렸다.

보르누가 말없이 렌즈에 꽂힌 포크를 보았다. 당황한 통신이 고막을 왕왕 울렸다. 보르누가 별거 아니라며 통신을 끊었다.

"이거 얼마짜린 줄 아는가."

"안 그래도 마음에 안 들었어요. 쓸데없는 거나 달아 놓고, 사람을 실험 쥐처럼 감시하고……."

"못 믿어서 그런 거 아닐세. 굶어 죽을까 봐 걱정한 거지."

"퍽이나 그러시겠습니다."

본이 코웃음을 픽픽 날리며 보르누의 손에 든 사진집을 뺏었다.

카피레의 사진집이라면 죄 소장하고 있는 보르누가 유독 본의 사진집에 환장하는 이유는 따로 있었다. 본의 사진집에는 한정판에도 실리지 않는 미공개 사진이 추가되어 있던 것이다.

보르누는 그것을 알아채고 오랜 기간 본에게 미끼를 드리워 왔더랬다.

보르누가 "밥값은 줘야지. 피해 보상금도" 하며 다시 사진집을 앗았다. 본의 낯이 사나워지자 "깨끗이 본다니까!" 하며 되레 으름장을 놓았다. 이럴 때 보면 카피레와 형제는 형제였다.

"제가 갈 거니깐요."

"그 빌어먹을 식습관부터 고치게. 짐이 되고 싶지 않으면. 랑퀴니에 군은 허우대만 멀쩡하지 속은 천상 책상 인간이야. 여차할 때 자네를 업고 뛰지도 못할 치라구."

"별걱정을 다하십니다."

보르누가 "아, 그리고……" 하며 주머니를 뒤졌다. 본의 미간에 절벽이 깊게 팼다. 보르누가 모른 척 그것을 내밀었다.

"선물이라더구만."

"필요 없습니다."

"나도 시종장에게 부탁받은 걸세. 노인네 부탁 거절하는 게 얼마나 힘든지 모르나?"

"몰래 버리면 되잖습니까."

보르누가 봉제 인형을 본의 배에 꾹꾹 밀었다. 본이 하는 수 없이 인형을 쥐었다. 풍선이었다면 진작에 터졌을 힘이었다. 보르누가 코끝을 긁었다.

"미안하다고 전해 달라더군. 그러니까, 녀석이 말일세."

안 봐도 훤했다. 카피레와 똑 닮은, 모지리의 해맑은 얼굴이 떠올랐다. 젬도 카피레도 무사할 거라며 바보처럼 본을 위로하던 녀석이었다.

실험관에서 벗어났을 때, 본은 차분히 단서부터 모으자 결심했더랬다.

3일은커녕 왕자궁에 들어간 지 몇 시간 만에 무너진 결심이었다. 코다와 모지리의 얼굴을 보고 있자니 도저히 분을 참을 수 없었다.

닥터 유리를 죽이지 못하는 자신, 아무리 거부해도 그의 입맛대로 만들어진 자신의 육체, 무엇을 해도 어린애 재롱으로 취급하는 유리의 태도에 본은 신물이 난 상태였다.

"본은 나쁘지 않아요. 하지만 어쩔 수 없는 결정이었어요. 곧 아버지를 이해하게 될 거예요" 하는 소리엔 소름이 돋았다.

그에 비하면 코다는 양반이었다. 놈은 본을 제대로 쳐다보지도 못했다. 그것은 본 역시 마찬가지였다.

본은 일찍이 코다도, 모지리도 죽이려 했던 인간이었다. 그 증거로 코다는 여태 목에 붕대를 감고 있었다.

그런 본을 왕자궁에 넣은 까닭이 뭐겠는가. 유리의 태연한 미소가 떠올랐다.

"코다와도 얼른 화해해야지요"

웃기고 있네. 본은 코웃음만 쳤다.

본은 닥터 유리에 쌓인 화를 둘에게 풀 생각이 없었다. 도망치는 것이 최선이었다. 보르누가 있어서 다행이었다.

본은 닥터 유리에게 일방적으로 의절을 선언했다. 허락은 기대하지도 않았다. 허락받을 일도 아니라고 생각했다.

그 뒤는 몰랐다. 보르누는 본의 좋은 방패막이 되어 주고 있었다. 말 그대로 밥값은 해야 했다.

보르누가 본을 비호하는 이유는 알고 있었다. 본은 자신의 가치를 잘 알고 있었다. 본이라면 일주일을 굶는다 해도 들짐승 따위 발차기 한방이면 끝장이었다.

보르누는 "연락 기다리게"란 말만 남기고 자리를 떠났다.

조용해진 방, 본은 구겨진 인형을 보았다. 만들다 만 것처럼 엉성한 실밥에 눈코입이 제각각 따로 놀았다. 코다의 솜씨가 아니었다.

본은 쓰레기통 앞에서 한참을 고민했다. 공기 중에 남은 음식 냄새에 다시금 욕지기가 올라왔다. 본은 인형을 쓰레기통에 떨어뜨렸다. 사팔뜨기 단추 눈이 쓰레기통 속에서 본을 빤히 올려다보는 듯했다.

본은 잠시 유리창에 이마를 박았다가 다시 쓰레기통 앞에 섰다. 본이 마뜩잖은 기색으로 인형을 꺼냈다.

본이 화풀이하듯 그것을 던졌다. 인형이 유리창에 부딪혀 맥없이 떨어졌다. 본은 그것을 못 본 척 박스에서 카메라를 꺼냈다. 소리 없이 거실 등이 꺼졌다.

다시금 적막으로 가득 찬 공간에, 전면 유리창 앞에 섰다. 찰칵찰칵 셔터 음이 빗소리처럼 이어졌다.

이튿날 본은 처음으로 병원을 찾았다. 외피가 아무리 건강해도 내장은 단련할 수 없단 게 분했다.

느지막이 보르누에게 연락이 왔다. 날짜가 정해졌단 소식이었다.

인원은 보르누와 랑퀴니에가 전부. 목적지는 시모 산맥에 걸친 작은 나라, 트리비아였다.

23.
영원한 소년

축제 첫날이 밝았다. 젬은 한숨도 못 잤다. “소풍 가기 전날 잠 못 이루는 아이 같군. 귀여워. 후후……”하는 카피레의 느끼한 척을 억지웃음으로 넘겼다.

갈수록 이상한 말을 하는 카피레가 걱정이었으나 발등에 떨어진 문제는 그게 아니었다.

“……널 위해 연기하겠어. 무대에서 만나자. 아듀.”

카피레가 눈을 찡긋하고 사라졌다. 복도에서 기다리고 있던 로이가 젬을 보고 엉거주춤 인사했다.

이 일을 어찌하면 좋단 말인가.

젬은 어색하게 손을 흔들며 눈물을 삼켰다. 하다못해 마틴이라도 공연에 못 가도록 막아야 하건만, 그조차 용이치 않았다.

마틴은 요 며칠 말 그대로 눈코 뜰 새 없이 바빴다. 말 붙일 틈도 없었단 뜻이었다.

아이가 젬의 머리 위를 날았다.

그거 꼭 오늘 먹어야겠어요? 그토록 기다리던 축제 첫날인데. 내일이나 모레 먹어도 되잖아요.

"그렇게 미루다간 일 년이 지나도 못 먹일걸?"

젬이 보라색 약병을 코트 안쪽에 꼼꼼히 숨겼다. 기억약이었다. 이외에도 진정약, 피로회복약, 기타 등등을 습관처럼 챙겼다.

얘기를 듣자 하니 카피레가 오늘 공연의 주연이 확실했다. 하늘이 내린 연기 천재 자질이 어디 안 갔다.

젬이 뺨을 찰싹찰싹 두드리곤 콧김을 킁, 뿜었다. 창턱 주변을 서성이던 아이가 젬을 불렀다.

마틴이 있어요!

"뭐? 어디!"

우물가요. 머리라도 감는 모양인데요?

젬이 창가에 달라붙었다. 성에 낀 창문을 소매로 박박 닦아 얼굴을 붙였다. 아이가 그 옆에서 날개를 흔들었다. 확실히 창 아래 우물가에서 바가지를 푸는 남자가 보였다.

젬이 문을 박차고 뛰쳐나갔다. 돌계단을 미끄러지다시피 했다. 눈 깜짝할 새 숨이 턱까지 찼다.

젬이 우물가에 섰을 때, 마틴은 막 자리에서 일어서는 중이었다.

"뭐야, 너. 오늘 휴간 거 몰라?"

"허억, 허억."

"아, 내가 말 안 해 줬냐?"

젬이 "자, 잠깐만요" 하며 무릎을 짚고 손을 저었다.

그 와중에 바닥에 떨어진 물방울에 시선이 꽂혔다. 젬이 겨우 숨을 가다듬고 물었다.

"마틴, 염색했어요?"

"응. 중요한 날이니까."

아직 염색할 나이로는 안 보였건만 심히 의외로웠다. 안 그래도 나이를 심히 신경 쓰는 것 같기는 했더랬다.

마틴이 수건으로 얼굴을 벅벅 닦으며 "세수할 거면 빨리해. 얼굴 하곤" 하며 면박을 주었다. 젬은 발끈하는 대신 침을 꼴깍 삼켰다.

"뜸 들이지 말고 용건만 간단히 못 해? 나 바쁘다니까."

"일 다 하고 이제야 노는 날인데 뭐가 그리 바빠요?"

"원래 본방이 진짜거든? 그리고 오늘은 그냥 노는 날이 아니야."

"알아요. 축제 날이잖아요."

마틴이 뒷머리를 수건으로 탁탁 털며 말했다.

"아, 말 안 했나. 오늘 생일이야."

"예? 마틴이요?"

마틴이 고개를 저었다.

"로이 왕자님."

"네?"

"생일과 축제 날이 겹치거든. 게다가 오늘은 웬일로 학교에서 연극까지 한다고 하니……."

마틴의 목소리가 아이의 첫 재롱 잔치를 앞둔 부모처럼 감격에 차 있었다. 젬이 그 자리에 돌처럼 굳었다.

"여, 연극이요? 마틴이 그걸 어떻게 아셨어요?"

"바보냐. 이 동네에서 일어나는 일 중에 내가 모르는 건 없어."

마틴이 코웃음을 픽 날리며 수건을 어깨에 멨다.

"어제 새벽까지 렌즈를 반짝반짝하게 닦아 놨지. 후후. 반드시 맨 앞자리에서 찍고야 말테다. 빌어먹을 사진집인지 뭔지 부럽지 않게 멋지게 찍어 주겠어."

마틴의 중얼거림이 고막에 바늘처럼 꽂혔다. 딱 봐도 보통 각오가 아니었다. 젬이 비틀비틀 자리에 섰다.

이대로 포기해야 하는가.

로이의 간절한 눈동자가 눈앞에 아른거렸다. 카피레의 찡긋찡긋 윙크도 동시 상영되었다. 때마침 내려온 아이가 핑크색 빛가루를 뿌리며 가까이 왔다.

마틴이 "먼저 간다" 하며 옆을 스쳤다. 젬이 뒤돌았다. 아이가 의아한 표정으로 젬을 보고 있었다. 젬이 두 팔을 넓게 뻗어 마틴을 덮쳤다.

*　　*　　*

지나는 사람마다 엄지를 척 세우며 싱긋 웃었다. 카피레는 똑같은 포즈로 답해 주었다. 세상이 무지갯빛으로 찬란했다. 하늘, 새, 바람 모두가 자신의 사랑을 응원하는 듯했다.

카피레는 이 날을 위해 갈고 닦은 로맨틱 기술을 머릿속으로 다시 한 번 점검했다. 무대 의상도 꼼꼼히 살폈다.

고백 장소를 선별하기 위해 얼마나 많은 시간을 돌아다녔던가. 고백 문구로 팬클럽 회원과 교사 등등을 얼마나 괴롭혔던가. 사전 답사와 모의 고백에 투자한 시간은 또 얼마인가.

모두 이 날을 위해서였다. 카피레는 모델 워킹으로 장막 뒤에 섰다. 두꺼운 천 너머로 관객들의 웅성임이 생생히 전해졌다.

옆에서 달각달각달각 이 부딪치는 소리가 났다. 카피레가 슬쩍 곁눈질했다. 냉동 고기처럼 바짝 움츠러든 로이가 진동벨처럼 몸을 달달달 떨고 있었다.

카피레가 뒷목을 긁적였다. 애초 연극 제의가 들어온 건 카피레뿐이었다.

"내가 학생도 아니고! 무슨 선생이 연극이냐! 싫다!"

완강히 거부하자 너 나 할 것 없이 바짓가랑이를 붙들고 늘어졌다.

"학생, 선생이 무슨 상관이냐! 당신은 무대에 서야 할 마스크다! 조명 아래 선 당신의 모습은 세상에서 제일 빛날 것이다!"

혼이 담긴 그들의 절규에 카피레의 마음이 움직였다.

무엇보다 카피레는 그날 가장 매력적으로 보여야 할 이유가 있었다. 젬에게 고백하기로 마음먹은 디데이가 아닌가 말이다.

연극은 학예회 수준으로 등장인물도, 대본도 고만고만했다. 대본 담당자는 "미스터 블랙이 원하시는 대로 얼마든지 손을 대도 상관없습니다!" 하며 말끝마다 하트를 붙였다. 설상가상으로 상대역은 안소니라고 했다.

카피레는 질린 눈으로 안소니를 보았다. 안소니의 눈빛이 부담스러우리만치 반짝이고 있었다.

'이걸 해, 말어' 하고 고민하던 때였다. 카피레는 구석에서 이쪽을 힐끔대는 로이를 발견했다.

그는 분주한 분위기 속에 홀로 유리되어 있었다. 낡은 의자에 잔뜩 긴장한 채 쪼그리고 앉아 시선을 한군데 두지 못했다.

그때 카피레는 충동적으로 선언하고 만 것이었다. 로이가 함께 한다면, 연극에 참여하겠다고.

후일 "자신은 절대 무대 따위 오르고 싶지 않았다. 부끄러워서 죽을 것 같다. 마틴이 보면 무덤에 들어갈 때까지 놀릴 것이다. 미스터 블랙이 내게 어떻게 이럴 수 있느냐!" 엉엉 떼쓰는 로이를 보고 카피레는 땀만 뻘뻘 흘렸다.

주역에서 엑스트라로 강등된 뒤에야 로이는 겨우 울음을 멈추었다. 우여곡절이 있긴 했으나 카피레는 후회하지 않았다. 지금도 그랬다.

지나던 학생 하나가 로이에게 작게 응원을 건넸다. 로이가 달달 떨면서도 애써 웃음으로 답했다. 카피레는 준비해 둔 약병으로 로이의 옆구리를 찔렀다.

"미스터 블랙?"

"진정약이야. 태풍 지난 바다처럼 마음이 고요해진다더라. 젬이 만든 거야."

"젬 님이요……."

카피레가 눈썹을 세웠다. 예상했던 반응이 아니었다. 로이의 입술이 소리 없이 달싹였다. 카피레가 얼른 덧붙였다.

"야, 내가 달라고 한 거다. 내가 너 떨까 봐 달라고 한 거지, 젬이 먼저 챙긴 거 아니니까."

카피레가 빠르게 뱉은 말에 로이가 미지근한 약병을 두 손으로 쥐었다.

"감사합니다. 미스터 블랙."

"흥."

카피레가 툴툴대며 머리카락을 만질 때였다. 멀리서 짝짝, 손뼉 소리가 울렸다. 모두 제자리에 서라는 양호 선생의 지시가 뒤이었다.

로이가 "미스터 블랙도 파이팅이에요" 하며 약병을 들어 보였다. 카피레는 씩 웃고 말았다.

카피레는 중앙, 로이는 왼쪽 가장자리에 섰다. 로이가 약병을 그대로 주머니에 넣고 심호흡했다.

옆에서 한 아이가 "열심히 했으니까, 괜찮을 거예요. 왕자님" 하고 속삭였다. 로이가 "고마워요" 하며 쓰게 웃었다.

로이는 죽을 것처럼 부끄러웠지만, 생각만큼 나쁘진 않다고 생각했다. 또래 애들과 얘기 나눈 게 얼마 만인지 알 수 없었다. 그것도 "좀 비켜 주세요", "그거 제 건데요", "잠시만요" 따위가 아니라 제대로 된 의사소통이었다.

로이가 주머니에 손을 넣어 약병을 만졌다. 유리끼리 부딪치는 소리가 났다. 약병은 하나가 아니었다.

머리가 맑은 날 바다처럼 깨끗이 가라앉은 반면, 심장 고동이 거세졌다. 코끝에 젬의 향기가 스친 듯한 착각이 들었다.

어쩌면, 이 연극 자체로도 나쁘지 않은 생일 선물이 될 것도 같았다. 그러니까 앞으로 마틴이 오지 않는다면, 젬과의 일이 잘 풀린다면 말이다.

천천히 장막이 올라갔다.

로이가 발가락에 힘을 잔뜩 주고 침을 꼴깍 삼켰다. 젬 몰래 훔친 약병이 달그락 소리를 냈다.

심장이 쿵쿵쿵 고막을 울렸다. 로이가 저도 모르게 고개를 흔들었다. 후회해 봤자 이미 늦은 일이었다.

로이가 시선을 들었다. 듬성듬성 자리를 채운 학부모 정도를 기대했건만, 좁은 강당을 사람이 한가득 채우고 있었다.

그가 빠르게 객석을 훑었다. 다행히 젬이나 마틴으로 보이는 사람은 없었다.

로이가 두 팔을 높이 들었다. 그가 맡은 배역은 무대에서 없어선 안 될 자리, 햇님, 달님이었다.

*   *   *

연극 제목은 초록 마녀와 금발 왕자였다. 카피레는 당연히 금발 왕자 역을 맡아 달라 주문받았다. 처음엔 왕자 역을 허락한 카피레였으나 곧 마음을 바꾸었다.

듣자 하니 이 연극은 매년 축제마다 올라가는 단골 메뉴였다. 더불어 오랜 기간, 이 연극의 주역은 안소니였다는 것이다. 자기 취향대로 금발 왕자를 로맨티시스트로 재해석하여 대본에도 크게 기여했다고 했다.

그 탓인지 다른 이의 대사는 멀쩡한데 금발 왕자의 대사만 미사여구가 토할 만큼 길고 다채로웠다. 게다가 머리를 금발로 염색하라는 둥, 최신 유행 화장 대신 전통 무대 화장을 해야 한다는 둥 말이 많았다.

그러던 중 카피레는 대본의 한 줄에 심장이 꿰였다.

'내가 바라는 건 단 하나뿐이야. 그건 바로……'란 대목이었다. 초록 마녀가 자신의 소원을 말하는 부분이었다. 카피레의 뇌리에 스파크가 튀었다.

빛나는 조명, 그 아래 찬란히 빛나는 자신, 무대 한가운데서 연기하던 카피레가 몸을 돌려 객석에 앉은 젬에게 외치는 것이다.

'내가 바라는 건 단 하나뿐이야! 그건 바로……!'

'그건 바로……!'

카피레는 발을 동동 구르며 초록 마녀 역을 하겠다 떼썼다. 금발 왕자 따위 안소니가 하라고 바닥을 뻥뻥 찼다. 야생 원숭이의 발광에 모두 혼비백산했다. 그렇게 얻어 낸 배역이었다.

카피레는 초록 피부 변장을 거부하는 대신, 초록색 긴 가발을 뒤집어쓰고, 커다란 로브가 달린 검은 망토를 걸쳤다. 장막이 올라가고, 조명에 눈이 익자 객석을 가득 메운 인파가 보였다.

카피레는 힘들이지 않고 젬을 찾을 수 있었다. 맨 앞자리, 젬은 갈색 후드를 코까지 뒤집어쓰고 있었다.

카피레가 사 준 갈색 망토를 걸친 젬 주변에 푸르스름한 색 구름이 가득했다. 소리 없이 터지는 불꽃에 힘이 없었다. 솜사탕 구름에 불안, 초조, 긴장의 빛이 역력했다.

내 무대를 걱정해 주는 걸까?

카피레는 젬을 확인한 것만으로도 심장이 뿌듯해졌다. 다른 관객은 눈에 하나도 들어오지 않았다. 그는 저 사랑스러운 솜사탕을 위해 오늘을 바칠 각오가 되어 있었다.

관객들의 눈이 휘둥그레진 것은 꼭 카피레가 잘생긴 것 때문만은 아니었다. 소외당하고 외로웠던 초록 마녀 대신, 기차 화통을 삶아 먹은 듯 우렁찬 목소리에 당당한 마녀가 무대를 장악했기 때문이었다.

* * *

젬은 부러 안 입던 옷을 골랐다. 인파에 섞이면 로이가 못 알아채리라 생각했기 때문이었다. 로이와 카피레와의 약속을 동시에 지킬 수 있는 일석이조 작전이었다.

초록색 가발을 뒤집어쓴 카피레가 무대 중앙에 나섰다. 젬이 애용하던 것과 똑 닮은 검은 코트에 얼굴도 얼룩덜룩했으나, 무대에 선 그는 누구보다 빛나고 있었다.

젬은 한동안 그가 여장을 했단 사실도 눈치채지 못할 정도였다. 카피레가 색종이로 만든 돌을 맞고, 흑흑 우는 시늉을 할 때도 '어쩜, 저 타고난 연기력은 어딜 가지 않는군' 하고 감탄만 하고 있었다.

카피레가 떡진 노란 머리 왕자 앞에 서서 "내 친구가 되어 달라"는 말을 뱉을 때서야, 어색한 소프라노와 검은 코트 아래 가린 누더기 치마가 눈에 들어왔다.

우스워야 할 것 같은데 웃음이 안 나왔다. 딱 봐도 카피레의 기백이 대단했다. 자신이 새롭게 해석한 초록 마녀 캐릭터에 자부심이 엿보였다.

젬은 어느 순간부터 모든 것을 잊고 극에 열중했다. 관객과 무대가 하나가 된 듯했다. 젬뿐만이 아니었다. 사방에서 꼴깍꼴깍 마른침 삼키는 소리가 났다.

휘몰아치는 소년, 소녀의 인생극장에 한껏 몰입하던 중이었다. 누군가 군중 사이를 비집고 들어왔다. 바람 섞인 땀 냄새가 옆자리까지 훅 끼쳤다. 헐떡이는 남자가 젬과 조금 떨어진 곳, 맨 앞줄에 섰다.

젬이 미간을 찡그리며 옆을 힐끔 보았다가 차렷 자세로 빳빳이 굳었다. 목에 커다란 카메라를 든 마틴이 소매로 이마에 땀을 닦고 있었다.

무슨 일이 있었는지 머리카락이 산발인 데다 옷이 잔뜩 구겨져 있었다. 땀 때문인지 옷이 몸에 착 달라붙은 것은 물론, 옷감에 핑크색 요정 가루가 반짝이처럼 붙어 있었다.

젬이 오들오들 떨며 주변을 둘러보았다. 아이의 목소리는커녕, 허공에 빛 가루 한 톨 보이지 않았다.

설마, 저 인간이 아이를? 젬이 입술을 꼭 깨물었다.

* * *

젬은 우물에서 다짜고짜 마틴에게 달려들었다. 아이가 지원

사격에 나섰다. 어찌어찌 포박엔 성공했으나 그다음이 문제였다. 둘은 발버둥 치는 마틴을 회색탑 광에 가두었다.

나중에 혼나더라도, 젬에겐 로이라는 든든한 방패가 있었다. 마틴이 로이에게 약한 것은 모두가 아는 사실이었다.

시간이 되면 아이가 문을 열어 주고 도망치기로 하고, 젬은 약속에 늦을세라 헐레벌떡 강당으로 뛰어왔더랬다.

젬이 시계를 확인했다. 예상했던 시간보다 한참이나 앞서 있었다.

무대 왼쪽을 밝히던 햇님이 비틀거리는 것이 보였다. 로이였다.

'난 최선을 다했습니다, 로이.'

젬이 애써 시선을 돌렸다.

옆에서 거친 숨소리가 들렸다. 아니나 다를까, 마틴이었다. 아직도 호흡이 가쁜지 씨익, 씨익 숨을 몰아쉬면서도 카메라를 얼굴에 바짝 붙이고 있었다. 카메라를 든 손이 안쓰러울 정도로 후들거렸다.

찰칵거리는 셔터 음이 어찌나 요란한지 주변 사람이 다 한 번씩 눈을 흘겼다가 마틴임을 알곤 말없이 고개를 돌렸다.

공연의 클라이막스가 다가오고 있었다. 로이가 잠시 퇴장한 틈을 타 마틴이 먹이 찾는 매처럼 사방을 두리번거렸다. 젬을 찾아 족치고야 말겠단 집념이 느껴지는 눈빛이었다.

젬은 더 이상 극에 집중할 수 없었다. 모든 대사가 한 귀로 들어와 한 귀로 흘렀다. 슬금슬금 몸을 뒤로 빼 앞줄에서 물러나려 할 때였다.

귀신처럼 홱 고개 돌린 마틴과 젬의 눈이 마주쳤다. 안 그래도 뱀처럼 동공 작은 양반이 눈을 부릅뜨니 맹수 못지않게 사나웠다.

젬은 독수리 앞에 선 병아리처럼 몸이 빳빳이 굳었다. 재빨리 시선을 피해 후드를 고쳐 썼다. 한결 공기가 편해졌다.

조그만 소란이 일었다. 마틴이 사람을 헤치고 젬 쪽을 향하고 있었다. 젬이 소스라치게 놀라 얼른 인파 속에 숨었다.

키가 작은 탓에 숨기엔 용이했으나 숨이 턱턱 막혔다. 등까지 솜털이 바짝 섰다. 젬은 카피레가 왜 안 왔느냐 물으면 둘러댈 말을 생각했다.

'나는 갔다. 카피레의 초록 마녀 분장도 똑똑히 보았다. 연기도 일품이었다. 그러나 갑작스러운 배탈로 도저히 계속 감상할 수가 없었다. 아주 지독하고 긴 배탈이었다. 이해해 달라.'

이 정도면 되지 않을까. 젬은 짧은 시간, 머릿속으로 시뮬레이션까지 마쳤다.

소란이 점점 가까워지는 것처럼 느껴졌다. 현실 도피도 정도껏이었다.

계속 따라올 거니? 정말? 아직 사진 덜 찍지 않았니?

젬은 뒤돌아볼 용기가 없어 발만 재촉했다.

도망치듯 강당 문을 빠져나가는 젬의 등 뒤로 "내가 바라는 건 단 하나뿐이야. 그건 바로……!" 하는 카피레의 우렁찬 목소리가 들렸다. 그 뒤는 들리지 않았다.

강당 문이 닫혔다. 순식간에 소음이 차단되었다. 젬이 한숨 돌릴 찰나였다. 크고 딱딱한 손이 어깨를 짚었다. 갑작스레 젬을 돌리는 힘에 후드가 뒤로 넘어갔다.

"어딜 도망가려고."

낮게 깔리는 웃음소리에 젬이 목 잡힌 닭처럼 푸드득 떨었다. 저도 모르게 한 걸음 물러서려 했으나 헛수고였다. 뱀처럼 입을 길게 찢은 마틴이 젬을 보고 웃었다.

등이 차가운 벽에 막혔다. 마틴이 벽에 한 손을 짚은 채 젬을 내려다보았다.

"네 죄를 네가 알겠지?"

"아, 아닙니다! 아닙니다!"

"아니긴 뭐가 아냐!"

마틴이 노성을 터트렸다. 때마침 강한 바람이 불어 젬의 앞머리를 흔들고 지나갔다. 두꺼운 안경이 콧등을 타고 살짝 미끄러졌다.

"너 때문에 기념 촬영이 날아갔잖아! 어떻게 책임질 거냐고, 이거! 어?!"

"지, 지지지진정해요, 마틴!"

"너 같으면 진정하겠냐!"

젬은 속으로 아이에게 구조 요청을 날렸다. 주변을 살피는 것은 본능에 가까운 행동이었다. 정수리로 싸늘한 비웃음이 쏟아졌다.

"빌어먹을 핑크 요정이라면 오지 않을 거야. 후후, 나 대신 광에 가둬 놨으니까!"

"그런, 잔인한!"

"네가 더 잔인하거든! 내 사진 물어내! 내 시간 물어내!"

마틴이 으르렁 끓는 소릴 내며 얼굴을 가까이 붙일 때였다. "안 돼앳!" 하는 새된 비명과 함께 마틴의 몸이 앞으로 훅 쏠렸다.

당황한 마틴이 엉덩이를 뒤로 쭉 빼고 벽을 짚어 가까스로 몸을 지탱했다. 젬이 재빨리 몸을 움츠려 재난을 피했다.

"윽!" 소리와 함께 마틴이 벽에 안면을 부딪쳤다. 그대로 있었다간 벽 대신 젬의 머리가 깨질 뻔한, 절체절명의 순간이었다.

마틴의 무릎이 맥없이 꺾였다. 그가 머리를 벽에 박은 채 주르륵 미끄러졌다. 마틴의 옆구리에서 앳된 얼굴이 고개를 빼꼼 내밀었다.

"젬 님!"

"로이!"

젬의 밝아진 낯에 로이가 어색하게 따라 웃었다. 때마침 강당 안쪽에서 큰 소리가 났다. 박수와 함성이 뒤범벅이었다.

로이는 마틴의 허리춤을 꼭 쥔 채 뭐라 입을 달싹이기만 했다. 젬이 먼저 말했다.

"약속 못 지켜서 미안해요, 로이. 마틴이 이미 알고 있더라고요."

"아뇨, 아녜요. 젬, 저기, 저기……!"

"로이?"

젬이 벽에 바짝 붙어 마틴에게서 벗어났다. 갈색 코트를 탁탁 털며 로이를 보았다. 소년이 마틴에게서 손을 떼고 젬 앞에 섰다.

아직 분장을 벗지 않은 채였다. 뾰족뾰족한 태양 가시가 얼굴 주변에 해바라기 꽃잎처럼 피어 있었다. 덕분에 평소 안쓰럽게만 보이던 로이의 낯이 한결 혈색이 좋아 보였다.

로이가 옷 주머니에 손을 넣은 채 뭔가를 만지작거리고 있었다. 젬이 "로이?" 하며 한 걸음 내디딜 찰나였다.

쾅! 소리와 함께 강당 문이 활짝 열렸다.

"젬!"

초록 가발을 뒤집어쓴 카피레가 우렁찬 소리로 젬을 불렀다. 수줍은 초록 마녀가 아니라 정글의 왕 킹콩이 빙의한 듯했다.

문 바로 옆에 엉거주춤 섰던 젬과 로이가 어안이 벙벙해서 돌아보았다. 카피레의 시선이 빠르게 생활을 훑었다. 벽에 얼굴을 박은 채 실신한 새집 머리 마법사, 얼굴을 사과처럼 붉힌 햇님,

그리고 박쥐 코트 대신 새 코트를 입은, 귀엽고 귀여운 솜사탕!

공개 고백하기 직전, 문밖으로 쪼르르 달려 나가 버린 솜사탕!

우레와 같은 함성이 뒤에서 터졌다.

"미스터 블랙, 파이팅!"

"휘익! 사랑의 전사!"

"미스터 로맨틱!"

"고백해 버려!"

카피레가 강당 문을 발로 차 닫아 버리곤 성큼성큼 젬 앞에 섰다.

박력 있게 손목을 확 잡아채려다, 차마 하지 못하고 손목을 살짝 끌었다. 젬은 카피레의 손에서 가벼운 떨림을 느꼈다.

"카, 카프, 가 아니라 미스터 블랙?"

로이는 카피레가 등장했을 때부터 입을 꾹 다물고 있었다. 카피레는 그 시선을 가볍게 맞받아쳤다.

뭐라 할 틈도 없이 카피레가 젬을 끌고 뛰었다. 젬이 얼결에 뒤쫓아 가며 뒤를 보았다.

가만히 바라보기만 하는 로이의 뒤로 다시 강당 문이 열리는 것이 보였다. 젬이 크게 손을 흔들었다.

"생일 축하해요, 로이!"

너무 멀리 떨어져 더는 얼굴이 보이지 않았다. 까닭 모를 유쾌함에 깔깔 웃음이 터졌다. 젬은 마주 잡은 손에 힘을 주었다.

누구의 땀인지 몰라도 축축한 감촉이 나쁘지 않았다. 뜨거운 맥박이 하나처럼 공명했다. 심장이 손바닥으로 자리를 옮긴 것 같았다.

숨 가쁘게 달리던 카피레가 고개 돌려 젬과 눈을 마주쳤다. 인간의 눈동자가 이렇게 아름다울 수 있을까. 젬은 혼이 사로잡힌 듯 몽롱해졌다. 거부할 수 없는 마법에 걸린 것도 같았다.

카피레가 쑥스러운 듯 입을 오물거리다 개구쟁이처럼 씩 웃었다. 젬은 순간 얼굴이 불타듯 뜨거워져 시선을 바닥으로 내렸다.

서늘한 바람, 무서우리만치 파란 하늘과 넓게 펼쳐진 황금 밀밭, 하얀 산봉우리가 울타리처럼 둘러싼 풍경. 이 길이 영원히 끝나지 않길 바라는 자신이 있었다.

마음이 통한 것처럼, 카피레가 손에 힘을 주었다.

단단히 얽힌 손가락이 풀어지지 않을 것처럼 딱 붙었다. 젬은 제멋대로 움직이는 표정을 제어할 수 없었다.

안타깝게도, 얼마 지나지 않아 젬의 책상 체력에 빨간 불이 들어왔다. 젬은 제자리에 고꾸라지듯 멈추었다.

물에 빠졌다 나온 사람처럼 헥헥 대던 젬이 피로회복약을 물처럼 들이켜며 다짐했다. 꼭, 꼭 운동해서 체력을 기르리라고.

아이가 옆에 있었다면, 그 말만 수백 번은 들었을 거라며 핀잔줬을 발언이었다.

자리에 주저앉은 젬 앞에 고운 손이 불쑥 나타났다. 카피레가 걱정 반, 쑥스럼 반이 범벅된 표정으로 젬을 보고 있었다.

젬이 그 위에 손을 올리자 카피레가 부드럽게 깍지를 꼈다. 젬의 몸이 끌리듯 일으켜졌다.

"가자, 보여 주고 싶은 게 있어."

연극은 어쨌냐, 로이는 진짜 생일이냐, 등등.

말이 오가는 가운데 둘은 실없이 계속 웃었다. 젬은 아주 잠깐, 평생 손이 붙어 있어도 행복할 것 같다는 생각을 했으나 바로 취소했다. 마법약 국자는 두 손으로 저어야 제맛인 법이기에.

걸을 때마다 약병끼리 부딪치는 감촉이 새삼스레 다가왔다. 젬은 가장 안쪽에 넣어 둔 약병이 유난히 무겁게 느껴졌다. 다시는 돌아오지 못할 시간이라 생각하니 자꾸 가슴이 무거워졌다.

카피레가 자리에 멈추었다. 길게 두른 금줄이 보였다.

"이쪽이야."

카피레가 고갯짓했다. 회색탑 뒷산이었다. 해를 받은 백색 절벽이 눈부신 빛을 뿌리고 있었다.

* * *

마틴이 허억, 하고 눈을 떴다. 뜨자마자 가슴을 더듬어 카메라부터 확인했다. 작고 거친 손바닥이 마틴의 이마를 덮었다.

이마에서 불타는 듯한 통증이 일었다. 로이가 얼른 손을 떼며 "미안" 하고 중얼거렸다. 양호실 풍경이 그제야 눈에 들어왔다.

내 팔자야. 마틴은 일으키려던 몸뚱이를 맥없이 떨구며 한숨을 푹 내쉬었다. 로이가 불쑥 말했다.

"젬 님한테 뭐라 하지 마. 내가 부탁한 거니까."

"지금 아파서 누운 사람한테 그게 할 말입니까?"

"이마에 혹 좀 난 것 가지고 호들갑은……."

"입술 갈라진 것 가지고도 우는소리 하는 사람이 누구더라. 혹시 아십니까?"

"……그것도 마틴 얘기잖아?"

로이가 마틴의 목에서 카메라를 분리했다. 정신을 잃은 내내 꼭 쥔 바람에 치우질 못했더랬다. 낡은 카메라를 만지작거리던 로이가 불쑥 말을 뱉었다.

"나 도둑질했어."

"뭐를요?"

마틴의 음성이 오늘 날씨를 묻듯 평온했다. 로이가 "젬 님의 마법약" 하자 마틴이 "음" 하며 고개를 주억거렸다.

"그건 훔친 게 아닙니다. 왕자님 밭에서 난 약초로, 왕자님 성에서, 정당한 대가를 지불해 고용한 노동자가 만든 거니까. 그건 처음부터 왕자님 겁니다."

"가끔 생각하는 건데, 마틴은 날 바보로 키우고 싶은 것 같아."

"절대 아닙니다."

로이가 김빠진 웃음을 흘렸다. 그가 훔친 것은 젬이 미리 조금 덜어 놨다던 보라색 약병이었다.

로이는 그것이 미스터 블랙밖에 소화할 수 없을, 엄청나게 맛없는 보약이 아닐까 짐작하고 있었다.

그날 로이는 다분히 충동적이었다. 블랙이 들고 있던 새콤달콤 비타민 약, 젬에게서 풍기는 미스터 블랙과 비슷한 냄새, 그리고 오로지 블랙만을 위해 만들었다는 약.

그것들이 하나로 연결되어 로이의 가슴에 묵직한 돌을 얹은 것이다. 그 돌의 이름은 질투였다.

"걱정 마십시오. 약값이라고 금화 몇 개 쥐여 주면 그따위 것 다 잊어버릴 겁니다."

"……이거나 마셔."

"뭡니까?"

"마틴한테 필요한 거."

공연 전, 미스터 블랙이 준 진정제였다. 지옥 같으리라 예상했던 공연은 너무도 순식간에 끝나 버렸다. 막바지에 조금 삐끗하긴 했으나, 생각보다 끔찍한 시간은 아니었다.

마틴은 본래 로이가 주는 것을 거부한 적이 없었다. 그가 침대 헤드에 몸을 기대고 약병을 기울였다.

"요즘 돌풍이 잦던데."

"다 왕자님이 속 썩여서 그렇습니다."

"거짓말."

마틴이 "진짭니다" 하고 웃었다. 로이는 따라 웃을 수 없었다. 트리비아는 마틴 없이 존재할 수 없는 곳이었다. 농사에 적합하게 유지되는 기후도, 배곯지 않게 살기 좋은 토양도, 무엇 하나 마법사의 손을 거치지 않는 게 없었다.

그런 인간의 유일한 약점이 바로 로이었다. 로이뿐이었다.

로이가 미지근해진 보라색 약병을 들었다. 젬이 블랙을 위해 만드는 약은 거진 영양제였다.

하나같이 맛은 더럽게 없어도 효과는 발군이란 평가였다. 이번에도 다르지 않으리라 보았다.

"마틴은 다른 곳으로 가고 싶다 생각한 적 없어? 마틴은 능력도 좋고, 돈도 많잖아."

"글쎄요. 아주 어릴 적엔 그런 생각을 했던 것도 같은데……."

"같은데?"

"집 떠나면 고생이라지 않습니까? 얼마 전만 해도 봐요. 괜히 왕자님 등쌀에 유라레 갔다가 개고생만 하고 돌아오지 않았습니까. 그냥 제집이 최곱니다. 가족도 있고……."

마틴이 빈 약병을 내려놓으며 입맛을 다셨다.

"맞다. 생일 축하합니다, 왕자님."

로이가 "고마워" 하며 한숨을 삼켰다. 부모 얼굴도 기억 못 하는 자신에게 생일 따위 어불성설이었으나, 마틴의 고집에는 당해 낼 도리가 없었다.

트리비아 축제 첫 번째 날부터 마틴은 한 번도 생일 축하 인사를 거른 적이 없었다. 고마운 것과 별개로 마음이 씁쓸했다.

다른 날도 아닌 생일날, 로이는 풋사랑과 이별을 결심한 것이었다. 로이가 아닌 척 시선을 피하며 보라색 병 입구에 입을 댔다.

예상한 대로 아찔하리만치 끔찍한 냄새가 후각을 맹공격했다. 벌 떼가 콧구멍으로 진군해 들어오듯 따가웠다. 눈, 코, 입이 다 매웠다.

옆에서 "왕자님? 로이? 땀이 엄청난데 괜찮습니까?" 하고 마틴이 질린 소리를 냈다. 로이의 질끈 감긴 눈초리에서 눈물이 주르륵 흘렀다.

로이는 이것이 실연의 맛인가 싶었다. 계속 모른 척해 왔으나 더는 외면할 수 없었다. 젬 마음의 나침반이 누구를 가리키는지 명확히 보였다.

미스터 블랙이 북쪽이라면, 로이는 남동쪽이나 남서쪽쯤 될 것 같았다. 안중에도 없단 뜻이었다. 젬이 진짜 남동생처럼 여기는 사람은 카피레가 아니었다. 바로 자신이었던 것이다.

몰래 선물한 향수 냄새가 미스터 블랙에게서 풀풀 풍기는 건 예사였다. 젬에게 선물한 꽃도 마찬가지였다. 다 큰 사내 주제에 꽃향기가 어울린단 사실이 그렇게 분하고 얄미울 수 없었다.

물어보는 족족 젬이 기쁘게 답해 준 좋아하는 꽃, 책, 취미, 기타 등등은 카피레의 취향과 판박이처럼 닮아 있었다.

사고 같은 첫 뽀뽀, 새콤달콤한 비타민폭탄에 눈이 가려 있던 것뿐이었다.

갑자기 시야가 팽글팽글 돌아가며 귀에 째지는 듯한 이명이 달렸다. 로이가 마지막 한 방울까지 겨우 삼킨 뒤 침대에 이마를 박았다.

마틴이 "왕자님? 로이? 괜찮습니까?" 하며 로이의 등을 두드렸다. 한동안 뱅뱅 도는 듯했던 로이의 눈동자가 어느 순간 제자리를 찾았다.

카피레는 약을 먹으면 몸이 뜨겁고 힘이 용솟음친다고 했는데, 그랬는데…….

로이는 눈앞을 어지럽히는 기억이 대체 누구의 것인지 분간할 수 없었다.

자신은 할아버지기도 했고, 어린아이기도 했고, 젊은 청년이기도 했다. 사계절이 빠르게 오가고, 키가 커졌다 줄었다 부지런히 오가는 동안, 수많은 사람이 곁을 스쳐 갔다.

모든 것이 변하는 영상 속에 단 하나 변하지 않는 것이 있었다. 눈에 익은 볏짚 머리, 시큰둥한 표정, 멀대같이 키만 큰 남자.

"……마틴."

"로이! 그러게 왜 비위도 약한 사람이 맛대가리 없는 약을 억지로……!"

로이가 느리게 눈을 깜박이다 별안간 힘주어 마틴의 어깨를 쥐었다. 앙상한 손등에 핏대가 솟고 손톱에 흰 물이 들었다. 로이답지 않은 억센 아귀힘에 마틴이 미간을 찡그렸다.

"로이?"

"마틴, 나 죽기 싫어."

"……로이? 왕자님? 무슨 소립니까?"

"왕자? 무슨 소리야 마틴."

로이가 윽, 하고 미간을 찡그리며 관자놀이를 짚었다. 그러다 제 손을 보고는 멍하니 중얼거렸다.

"이게 뭐야, 내 손이 왜……."

"……로이?"

"마틴! 마법을 쓴 거야? 내가 다시 젊어진 거야? 세상에, 마틴! 역시 넌 천재야!"

로이가 튕기듯 몸을 일으켰다. 제 몸을 여기저기 두드려 보고 피부를 쭉 당겨 늘려 보기도 했다.

마틴의 사고가 느리게 돌아갔다. 그의 시선이 텅 빈 보라색 약병에 꽂혔다. 약장수에게서 훔쳤다는 마법약.

로이가 양호실 벽에 걸린 거울을 보며 연신 감탄하고 있었다.

"마틴, 그런데 여긴 어디야? 거울도 엄청 깨끗하다. 끝내주는데?"

"……로이, 일단 진정하고 이리 와요."

마틴의 말에 아랑곳하지 않고 로이가 창가에 바짝 붙었다.

"그런데 마틴, 오늘 무슨 날이야? 밖이 시끌시끌 한 것이…… 설마 또 외지인이 쳐들어온 건 아니겠지?"

"로이, 내 말 잘 들어요."

"너 왜 갑자기 존대를 쓰고 그래? 우리 친구잖아."

"……로이. 더 보지 말고 이리 와요."

"그러고 보니 마틴 너, 하하. 너 언제 염색한 거야? 그것도 꽤 잘했네? 맨날 얼룩덜룩해서 미역 머리 다 보이더니! 길이는 또 언제 그렇게 껑충 잘랐고? 이제 초록 미역 마녀라고 못 놀리겠다!"

마틴이 침대 밖으로 한 발을 내리다 그만 무릎을 찧고 말았다. 요란한 소리와 함께 마틴이 바닥에 나동그라졌다.

창가에 서 있던 로이가 얼른 다가와 마틴을 부축했다. 마냥 흥분만 가득하던 얼굴에 그제야 걱정이 서렸다.

"뭐, 뭐야, 마틴. 너 어디 아파? 어려운 마법이라더니, 나 때문에 이렇게 된 거야?"

"……대, 대답해 보십쇼. 지금이 몇 년돕니까."

"뭐? 하하. 치매, 치매 하더니 네가 먼저 치매라도 걸린 거야? 내가 아무리 건망증이 심해도 그것도 잊었을까 봐!"

이어진 대답에 마틴의 시야가 일그러졌다.

틀림없었다. 로이는 현재 70세 생일날, 마틴에게 마지막 소원을 빌던 왕으로 돌아가 있었다. 시계가 몇백 바퀴나 뒤로 돌아간 것이었다.

'어째서 이런 일이……!'

마틴이 침대를 짚은 손에 힘을 주었다. 자꾸만 힘이 풀려 팔이 꺾였다. 예고 없이 양호실 문이 벌컥 열렸다.

"이게 웬 소란이람. 마법사님?"

"나가!"

마틴이 몸을 일으키며 악을 썼다. 순간 멈칫했던 양호 선생이 종종걸음으로 다가왔다.

"거참, 환자가 무슨 소릴 하는 겝니까? 몸이 안 좋으면 미리 말을 했어야지. 바깥에 돌풍 불고 난리 난 거 모르시남? 반년 농사 다 망치기 전에 어서 진정하쇼!"

"어서 나가라고!"

"……벨라?"

그리운 애칭에 양호 선생이 놀라 옆을 보았다. 로이가 멍한 표정으로 고개를 갸웃했다.

"아니, 제가 아는 사람이랑 닮으셔서요. 혹시 이사벨이라고 아세요?"

"……로이 왕자님?"

"어어, 이상하다……."

중얼거리던 로이가 머리를 감싸 쥐고 무너졌다. 나무 바닥에 무릎이 부딪쳐 큰 소리가 났다.

벨, 벨라, 마틴, 안소니, 안젤라, 로이가 미친 사람처럼 이름을 연달아 중얼거렸다. 그 목소리가 귀신 씌인 것처럼 낮고 빨라 제대로 알아듣기도 힘들었다.

양호 선생이 로이에게 손을 대려던 순간, 마틴이 로이를 앞을 가로막았다.

"나가라고!"

"선생님? 뭔 일 있습니까?"

무대 복장 그대로 달려온 안소니가 문 앞에서 굳었다. 멀리서 거센 바람 소리와 함께 작은 비명이 들렸다. 창이 덜거덕덜거덕 흔들렸다.

로이가 울먹이는 소리가 양호실에 낮게 깔렸다. 마틴이 다시 한 번 소리쳤다.

"당장 나가!"

안소니가 급히 들어와 양호 선생을 뒤로 끌었다. 요란한 무대 화장도 잔뜩 굳은 그의 표정을 감출 수 없었다.

엉덩방아를 찧은 채 넋이 나간 양호 선생은 끌려나가면서도 마틴과 로이에게 시선을 떼지 못했다. 문이 쾅 소리를 내며 닫혔다. 마틴이 로이 어깨를 힘주어 쥐었다.

이런 일은 처음이었다. 시간을 돌린 것도 아닌데 기억의 혼란이라니. 마틴은 공방에 남은 약재 재고를 떠올리며 머리를 굴렸다. 덜컥 겁이 나며 손끝이 떨렸다.

"……금방 괜찮아질 거예요. 괜찮아. 얼른 방에 갑시다."

시간을 돌리는 마법 자체는 이미 몸에 익어 있었다. 괜찮다. 태엽만 돌리면 로이는 돌아올 것이다. 마틴이 막 로이를 일으킬 찰나였다.

부들부들 떨며 훌쩍이던 로이가 갑자기 씻은 듯 동작을 멈추었다. 마틴이 작게 "로이?" 하고 불렀다. 로이가 천천히 고개를 들었다. 눈물, 콧물로 범벅된 앳된 얼굴이 밀랍처럼 창백하게 굳어 있었다.

"또 내 기억을 지우려고?"

마틴은 저도 모르게 목이 말라 숨이 메었다.

"이게 다 뭐야, 마틴?"

"……금방 원래대로 돌려줄게요."

"하지 마!"

로이가 반사적으로 마틴을 쳐낸 뒤 엉덩이 걸음으로 몸을 뒤로 뺐다. 마틴이 손을 내민 채 굳었다.

"거짓말, 거짓말이야……."

중얼거리던 로이가 "머리가 이상해, 마티이인……" 하며 울먹였다.

초록 마녀는 소년 왕의 소원을 들어주었다. 시간을 돌려받은 왕은 대신 기억을 잃었고, 초록 마녀는 강대한 힘을 잃은 대신 가족을 얻었다.

해피엔딩이었다.

그러나 불행히도 이야기는 여기서 끝나지 않았다. 마녀가 돌릴 수 있는 시간은 무한하지 않았다. 기억은 풍랑에 마모되는 돌과 같았다.

마틴은 이 끝나지 않는 마법이 무엇을 위함인지 스스로 답을 낼 수 없었다. 답이라고 생각했던 것이 모래성처럼 쓸려 가기 일쑤였다. 친구의 소원, 고향의 안전, 가족이라는 존재. 돌고 도는 생각은 결국 원점으로 돌아갔다.

로이의 몸은 오랜 시간을 견디다 못해 마모되고 있었다. 오랜 세월 강풍을 견딘 바닷가 절벽처럼, 낙숫물 아래 놓인 돌 받침처럼.

일정한 주기로 기억을 소거하는 데는 로이의 몸이 버티지 못하는 이유도 있었다. 오래되어 빨리 닳는 건전지처럼, 로이의 시계태엽은 점차 수명을 다해 가고 있었다.

이번엔 정말 마지막일지도 몰라, 하면서도 마틴은 결국 시계태엽을 돌리고, 또 돌렸다. 세상에 죽고 싶어 하는 생명체는 없었다. 로이 역시 마찬가지였다.

아무것도 기억 못 하는 순진한 친구, 트리비아의 소년 왕이자 영원한 왕자님. 로이. 기억을 잃은 로이는 그때마다 마틴을 가족으로 받아 주었다. 마틴은 그것만으로도 충분했다.

어느 순간부터, 로이가 자신 외 사람과 관계를 잘 맺지 못하는 것도 알고 있었다. 점차 작아지는 것이 눈에 훤히 보였다. 그러나 마틴은 앞에 나서지 않았다.

누구를 탓하겠는가. 태엽을 쥔 사람은 자신이었다.

무엇이 로이를 위한 길인지, 무엇이 자신을 위한 길인지. 마틴은 언제부턴가 생각하는 것을 멈추었다. 관성처럼 로이의 시간을 돌리고, 돌릴 뿐이었다.

다시 소년이 된 친구를 돌보고, 그가 부탁한 대로 나라를 돌보고, 그냥 그렇게 살았다. 나쁘지 않았다. 그러나 가끔 참을 수 없는 의문이 차오를 때가 있었다.

이게 정말 네가, 그리고 내가 원하던 결과인가?

차라리 내게 시간을 돌릴 힘이 없었더라면……!

마틴이 로이의 어깨를 힘주어 쥐었다.

"기억 안 나, 로이? 네 마지막 소원이었잖아. 영원한 젊음을 달라고. 시간을 돌려 달라고."

"마틴……."

로이의 무표정한 얼굴에 물줄기가 줄줄 흐르고 있었다.

"내가 어렵다고 했잖아. 욕심부리지 말라고 경고도 했었잖아."

"마틴. 마티이이인……."

마네킹처럼 무표정한 표정이건만 목소리에 물기가 끓었다. 기억을 잃었을 때와 음색부터 달랐다. 얼마 만에 듣는 친구의 목소린지 몰랐다. 너무도 까마득해 잊고 있던 감정이 용암처럼 타올랐다.

마틴이 로이의 어깨를 세게 흔들었다. 감정 조절이 어려웠다. 될 대로 돼란 기분이 들었다.

마틴의 힘에 로이의 왜소한 몸이 짚 인형처럼 흔들렸다. 양호실 유리창이 미친 듯이 흔들리며 건물 전체가 춤을 추듯 널뛰었다.

"내 이름 그만 부르고 뭐라 말 좀 해 봐! 영원한 젊음을 달라고 다시 말해 보라고!"

고장 난 인형처럼 멍 뜬 로이의 눈에 물이 잔뜩 고여 있었다. 로이가 고개를 맥없이 떨구었다. 들릴 듯 말듯한 목소리가 속삭였다. 미안하다고, 다 취소하면 안 되냐고.

"마틴. 나 머리가 너무 아파. 무서워, 싫어……" 하며 훌쩍였다.

그 목소리가 몇백 년 전 첫 친구처럼 늠름했다가, 기억 잃은 아이처럼 애처로웠다가 왔다 갔다 했다.

로이가 바닥에 애벌레처럼 웅크려 머리를 쥐었다. 때마침 돌풍이 창을 치고 지나갔다. 마틴은 발작 난 것마냥 요동치는 힘을 제어할 수 없었다.

떼구르르 소리와 함께 텅 빈 약병이 문까지 굴러갔다. 눈에 익은 생김새, 젬의 것이었다. 일의 원흉은 저것이 분명했다. 여태껏 잠잠히 유지되던 로이의 시계를 마구잡이로 뒤흔들어 놓은 원흉.

마틴이 짓씹듯 중얼거렸다.

"이 빌어먹을 약장수……!"

* * *

카피레는 거침없이 젬을 이끌었다. 서늘하고 비릿한 산 냄새에 씁쓰름한 약초 향이 섞였다. 눈에 익은 약초밭을 지나 흰 절벽을 향해 산을 올랐다.

"어디까지 가려고 그래요?" 하고 묻자 카피레는 거의 다 왔다는 답만 몇 번 되풀이했다. 젬은 아까부터 심장이 콩콩거려 살 수가 없었다.

한동안 익숙해졌다 생각한 미모인데, 새삼 보니 카피레는 카피레였다. 인간의 거죽을 뒤집어쓴 천사 같기도 했다.

이상하다. 내가 뭘 잘못 먹었나. 아까 약을 마구잡이로 연달아 마신 게 실수였나. 젬은 남은 손으로 가슴께를 꾹 누르며 눈을 깜빡거렸다. 카피레가 걸음을 멈추었다. 고개가 절로 꺾이는 높다란 상앗빛 절벽 아래 시냇물처럼 깔린 돌밭이 보였다.

절벽 안쪽에 뻥 뚫린 동굴이 보였다. 희미하게 어둠에 묻힌 금줄도 자리했다. 그날 밤의 기억을 떠올린 젬이, 저도 모르게 배를 더듬어 금서를 확인했다. 코트 안쪽에서 달그락, 하고 약병 부딪치는 소리가 났다.

깍지 낀 손이 젬을 이끌었다.

"카피레, 여긴 무슨 일로 온 거예요?"

"이쪽이야, 젬."

카피레가 동굴 입구에서 얼마 떨어지지 않는 곳에 젬을 세웠다. 그러고선 한 걸음 비켜섰다. 영 떨떠름하던 젬의 얼굴이 감탄으로 물들었다.

산 아래 트리비아 전경이 그림처럼 펼쳐졌다. 구석에 우뚝 선 회색탑이며 너른 황금 밀밭, 꽃잎처럼 분지를 감싼 눈 덮인 산봉우리가 꼭 일부러 조형한 듯 아름다웠다. 지금껏 매일같이 산에 올랐으면서도 한 번도 깨닫지 못한 풍경이었다.

"어, 어때?"

"예뻐요!"

산바람이 머리를 헝클고 지나갔다. 카피레가 한 손으로 코밑을 긁적이며 잡은 손을 흔들었다. 자신이 가장 예쁘다고 생각한 장소를 골랐다고 했다. 젬의 녹즙 피부를 고친 약초도 이곳에서 찾은 것이라 덧붙였다.

젬은 당시 기절 삼매경이었으나 카피레가 얼마나 애썼는지는 자기 자랑으로 익히 들은 터였다. 젬이 추임새를 넣어 주며 다시 한 번 잘했다, 고맙다 어화둥둥 해 줄 참이었다. 철없이 좋아할 줄 알았던 카피레가 쓴웃음만 지었다.

젬이 "피곤해요?" 하며 손을 떼려 했다. 카피레가 손깍지에 힘을 줘 그것을 막았다.

"젬, 꼭 들어줬으면 하는 말이 있어."

"카피레?"

카피레의 낯이 산딸기 색으로 물들고 있었다. 귀며 목까지 점차 범위를 넓혀 가는 꽃물에 젬은 '알레르기? 알콜? 혹시 뭘 잘못 먹은 것인가?' 하며 머리를 팽팽 회전시켰다. 카피레가 침을 꼴깍 삼키고 겨우 입을 열었다.

"난 내가 어떤 사람이었는지 몰라. 우리가 어떤 시간을 보냈는지도 전혀 알 수가 없어. 젬은 우리가 빚쟁이에 쫓겨 같이 달아난 사이라고만 했지만…… 뭐, 물론, 같이 살기도 하고, 한솥밥을 먹었다고도 했지만……."

"카피레……."

젬이 코트 안쪽에 숨긴 기억약을 만지작거렸다. 약병을 잔뜩

이고 다니는데 이골이 난 지 오래건만, 오늘따라 옷이 너무도 무겁게 느껴졌다. 발이 바닥으로 쑥 꺼져 박힐 듯한 무게였다.

"우리가 어떤 사이였든, 그보다 더 중요한 건 앞으로 함께 할 시간이라고 생각해. 그러니까 내 말은, 내가, 저기, 젬을……!"

카피레의 낯이 불그스름한 꽃물 수준이 아니라 펄펄 끓는 쇳물처럼 시뻘겋게 변했다. 코에서 뜨운 김이 풍풍 뿜기고 목을 넘어 온몸으로 열기가 퍼졌다. 그에 비해 마주 잡은 손은 얼음장처럼 차갑고 땀만 줄줄 고였다.

젬이 설마설마하며 카피레의 낯을 살폈다. 눈알이 돌아가기 일보 직전이었다. 당장 졸도해도 이상하지 않은 상태였다.

젬이 무심결에 두 손으로 카피레의 손을 잡아 녹이려 했다. 카피레가 푸르르 입술을 떨다가 물 섞인 목소리로 젬을 불렀다.

뜨거운 용암이 카피레의 심장이 파도치듯했다. 카피레의 내면 깊숙한 곳에서 야생 원숭이가 우가우가 두 팔 벌려 외쳤다.

'젬! 사랑한다!'

'그래, 외치는 거다, 카피레! 미스터 블랙! 애초 기억을 찾고자 한 이유가 무엇이었나! 젬을 기억하고 싶어서였다! 뺏기기 싫어서였다!'

파스텔톤 솜사탕 구름이 젬과 카피레 주변을 감싸고 있었다. 자그마한 핑크색 불꽃놀이가 둘을 축복하듯 허공에 흩뿌렸다.

이것이야말로, 젬 역시 카피레를 애틋하게 생각한다는 명백한 증거였다!

거센 바람이 고막을 때렸다. 카피레가 숨을 크게 들이마신 뒤, 배에 힘을 주었다.

"젬! 나는, 젬을 진심으로……!"

"헉, 카피레, 카피레!"

사랑한드아아아아아아, 하는 소리가 돌풍에 말려 허공에 흩어졌다. 대신 나뭇가지 부러지는 소리, 일제히 날아오르는 새의 날갯짓 소리가 바람과 함께 귀를 찢을 기세로 몰아쳤다.

젬의 솜사탕이 삽시간에 시꺼멓게 변했다. 폭죽도 연기처럼 시들었다. 젬이 카피레를 힘주어 끌어당겼다. 그 창백한 안색에 카피레가 뒤를 돌아보았다. 절로 입이 떡 벌어졌다.

거대한 돌풍이 빠른 속도로 능선을 타고 있었다. 돌풍에 휘말린 짐승의 비명과 뿌리째 뽑혀 날아가는 나무의 모습에 카피레가 온몸의 피가 발밑으로 빠져나가는 듯했다.

"카피레! 빨리!"

손을 잡아당기는 힘에 카피레가 퍼뜩 정신을 차렸다. 자갈밭에 발이 푹푹 패였다. 사나운 바람에 카피레의 초록색 가발이 하늘 높이 날아갔다. 발이 허공에 뜨기 일보 직전이었다.

젬이 먼저 동굴 입구의 금줄을 넘었다. 카피레가 뒤를 이었다. 동굴바닥에 깔린 흙이며 자갈이 부르르 진동하며 입구 쪽으로 쓸려 가고 있었다. 젬이 "엄마야, 엄마야!" 하며 카피레를 잡아끌었다.

쿠르릉 진동하는 소리와 함께 땅이 흔들렸다. 천장에서 돌이 우수수 떨어졌다. 카피레가 입구 쪽을 돌아보았다. 금줄 너머로 코앞까지 다가온 시꺼먼 돌풍이 보였다. 조짐이 심상치 않았다.

"안 돼, 안 돼" 카피레가 혼잣말처럼 중얼거리며 무작정 안쪽으로 젬을 끌고 뛰었다. 마법석의 희끄무레한 빛이 동굴에 은은히 파도치고 있었다. 천장과 옆에 수정처럼 달린 돌이 내는 빛이었다.

진동이 점차 거세지고, 발이 급해졌다. 바로 그때, 커다란 소리와 함께 동굴 전체가 요동쳤다.

겨우 중심을 잡은 카피레가 젬을 부축했다. 갑자기 시야가 어두워지더니, 와르르 쏟아지는 소리가 들렸다.

젬은 숨조차 멈추었다. 작게 보이던 빛이 꺼지듯 사라지며 미친 듯한 진동이 두 사람을 덮쳤다. 동굴 천장에서 크고 작은 돌가루가 우박처럼 쏟아졌다. 한 걸음도 뗄 수 없는 상황이었다.

카피레가 본능적으로 젬을 감싸고 몸을 웅크렸다. 젬이 "카피레!" 하며 옷을 잡아당겼다. 카피레가 온몸에 힘을 주었다.

크고 작은 돌에 맞아 등이며 어깨에 화끈한 통증이 달렸다. 연속된 굉음으로 고막이 멍멍했다. 정신이 날아갔다.

사방이 어두운 가운데 마법석이 산발적으로 짧게 빛을 쏘았다. 카피레는 언젠가 악몽에 시달리던 때가 생각났다. 자신을 괴롭히던 못된 목소리와 어둠 속에서 불시에 튀어나오던 머리통들이 차례로 떠올랐다.

동시에 그것을 거짓말처럼 사라지게 만들던 젬의 체온과 목소리도.

카피레가 홀린 듯 중얼거렸다.

"……괜찮아, 괜찮아, 젬."

뭐가 괜찮은진 모르겠지만, 적어도 당시 그 말을 듣던 카피레는 그 말만으로 다 괜찮아질 것 같은 착각이 들었더랬다.

바닥에서 소나기처럼 자갈 튀는 소리가 들렸다. 바로 접한 동굴 벽이 쩍, 하는 소음과 함께 금이 갔다.

옷을 잡아당기는 손에서 명백한 떨림이 느껴졌다. 어지러운 와중에도 젬의 체향이 코에 확 끼쳤다.

카피레가 젬을 힘주어 끌어안으며 다시 한 번 괜찮아, 하고 말할 찰나였다.

뒤통수에 커다란 충격이 달렸다. 카피레는 눈앞이 하얗게 변했다. 뜨거운 것이 목을 타고 흐르며 발끝까지 소름이 돋았다. 억, 소리도 안 날만치 매운 충격에 카피레의 몸이 바짝 경직했다.

"……카피레? 카피레?"

……카피레.

젬과 카피레, 둘만의 애칭이었다.

카피레는 고백에 성공하면 꼭 협상하고픈 주제가 있었다. 애칭 문제였다. 카피레도 젬처럼 자신만 부를 수 있는 애칭이 갖고 싶었다.

로이가 젬 님, 젬 님, 할 때마다 속에서 천불이 솟았다.

후보도 여럿 생각해 놓았다. 젬이, J, 자기야, 허니, 내 솜사탕 등등. 젬이 고르는 대로 불러 줄 생각이었다. 카피레는 내 솜사탕이나 자기야가 가장 마음에 들었다.

카피레가 손끝을 부르르 떨었다. 등으로 받은 돌무더기가 우수수 옆으로 떨어졌다. 더 이상 몸에 힘이 들어가지 않았다.

젬의 목소리가 먼바다에서 들려오듯 아득했다. 무거울 텐데, 이렇게 쓰러지면 안 되는데…….

생각은 거기까지였다.

정신 나간 전등처럼 깜박이던 시야가 암전했다. 삐이이이, 하는 환청이 고막을 관통했다.

24.
멀리서 온 손님

“츳츳, 아주 난리가 났구만.”

“여긴 괜찮은 겁니까?”

“아마 그럴걸세. 저 산이 완충제 역할을 하는지 이 위로는 한 번도 올라온 적이 없거든. 한동안 괜찮더니 요즘 왜 이러나 모르겠군.”

킨이 침을 꿀꺽 삼켰다. 과연, 노인의 말대로였다. 시꺼먼 회오리가 아랫산 근처를 맴돌더니 연기처럼 흩어졌다. 높이 날던 나무 한 그루가 맥없이 추락하는 것이 보였다.

하늘을 나는 시꺼먼 새 떼에 등줄기에 땀이 줄줄 흘렀다. 죽은 풀냄새가 코를 아프게 찔렀다. 아직도 귀가 멍멍했다.

넋 빠진 킨의 등을 노인이 툭툭 두드렸다.

"이제 내려가세."

"예? 아니, 저런 게 또 나타나면 어쩌려고요."

"잠잠하지 않은가. 그렇게 몇 번이고 몰아칠 물건이 아니야. 따라오게."

"어르신!"

노인이 자기 키보다 큰 지팡이를 짚고 성큼성큼 산길을 탔다. 킨이 울며 겨자 먹기로 그 뒤를 따랐다. 지금이라도 본 경이 돌아오지 않을까, 잠시 멈추어 보았으나 노인의 불호령만 떨어졌다.

킨이 어깨를 축 내린 채 나뭇가지를 짚었다. 찬바람에 피부가 에여 따가웠다. 콧물이 연신 흘러 닦는 것도 귀찮았다. 국경 아닌 국경, 시모 산맥 골짜기였다.

본 경은 빈말로라도 좋은 동행자는 아니었다. 끔찍하리만치 과묵했고, 뒤처진 킨을 배려하는 법도 없었다. 그러면서 눈빛은 얼마나 매서운지, 킨은 똥오줌도 눈치 보며 처리해야 했다.

이런 인간이 젬과 친하게 지냈다니, 믿을 수 없었다. 그는 시모 산맥 초입에 들어서자마자 킨에게 통보했다.

"여기부턴 각자 행동합시다."

"예?"

짐승이 으르렁대는 듯한 목소리에 킨은 이미 필요 이상으로 쫀 상태였다. 본은 마스크를 아래로 내리는 성의조차 보이지 않았다.

"초록 마녀 소문을 입수한 게 이 근처라 하더군요. 나는 여기서 단서를 모을 테니, 랑퀴니에 씨는 볼일 보십쇼."

"아니아니아니, 본 경. 당신은 내 호위로 온 것 아닙니까? 부러 종자도 다 떨치고 둘이 온 게 무엇 때문인데……!"

"당연히 의심받지 않고 조용히 조사하기 위해서 아닙니까."

본이 눈썹을 찌푸렸다. 킨은 찍소리도 못하고 입을 다물었다.

"언덕 하나만 넘으면 용한 길잡이가 있다고 들었습니다. 그에게 부탁하면 트리비아 성까지 안내해 줄 겁니다."

본은 그대로 짐을 뚝 떼어 킨에게 들려주곤 산골 마을 입구로 쏙 들어가 버렸다. 한 번 뒤돌아보지도 않았다!

겨우 찾은 길잡이 노인은 킨을 보고 용케 자신을 찾았다며 낄낄 웃었다. 산행에 익숙지 않은 킨을 한눈에 알아본 것은 물론이었다.

발에 난 물집이나 상처도 능숙히 봐 주었다. 어느 면에선 본보다 백배 나은 동행자였다.

문제는 봉우리를 몇 개나 넘어 트리비아 성을 목전에 둔 때 일어났다. 입이 근지러웠던 킨이 지나는 말처럼 꺼낸 초록 마녀 얘기에, 노인이 "하하, 길 잃은 초록 마녀를 도와준 게 바로 날세" 하며 씩 웃은 것이었다.

눈보라가 치던 날, 웬 헐벗은 금발 청년과 시퍼런 녹즙 인간이 외진 산꼭대기에서 눈사람 꼴을 하고 있었다고 했다.

"집에 두고 몇 날 며칠을 돌보았지. 어찌나 싹싹하고 야무지던지 말도 못 하네. 내게 그런 손녀가 하나만 있었어도. 껄껄껄."

"그, 그럼 초록 마녀는 지금 어디 있습니까?"

"회색탑에서 데려갔다네. 다른 사람도 아니고 초록 마녀니까 말이야. 귀히 대접하려는 게 아니겠나? 그러고 보니 요샌 통 소식을 못 들었네만……."

킨은 젬이 트리비아 성에 있을 가능성을 점쳐 보았다. 그는 사방팔방 소리 지르고 싶은 심정에 몸부림치기 직전이었다.

이제 와서 본을 찾아 돌아가기엔 온 길이 너무 멀었다. 코앞에 젬이 있을지도 모르는 데 시간을 낭비하고 싶지도 않았다.

그러던 중 만난 회오리바람이었다. 검고 거대한 몸체가 황금색 분지를 종횡무진 누비더니 급기야 코앞에 있던 작은 산까지 덮친 것이었다. 까딱 잘못했다간 젬을 만나기도 전에 하늘로 올라갈 위기였다.

노인이 킨을 돌아보곤 지팡이로 바닥을 두드렸다. 얼른 따라오란 신호였다. 에라, 모르겠다. 킨이 미끄러지듯 내리막길을 탔다.

* * *

마법석이 특유의 색채로 빛을 발했다. 형광등처럼 희고 쨍한 빛과는 전혀 다른 종류였다. 그것은 부드럽고 은은하며 자연스러웠다.

석양이 가장 진해질 무렵, 피부에 내리쬐는 따뜻한 주홍빛 같은……

희미한 주홍빛이 카피레의 얼굴에 드리웠다 사라지길 반복했다. 사방이 밤에 먹힌 듯 깜깜했다.

마법석마저 없었다면 어찌 되었을지, 젬은 상상만 해도 끔찍했다.

습관처럼 약을 챙겨 온 것이 다행이었다. 젬이 심호흡한 뒤, 약을 한 입 머금었다. 카피레의 코를 잡아 살짝 들어 올린 뒤, 바로 입술을 겹쳤다.

맥없이 늘어진 혀를 건드려 억지로 약을 삼키게 했다. 카피레가 잔기침하며 끙끙 앓는 소릴 냈다. 젬은 몇 번 더 같은 행동을 반복한 뒤에야 입술을 닦았다.

급한 대로 약 한 병은 먹였겠다, 지혈도 했다. 젬이 한숨을 삼키며 정면을 올려다보았다. 무너져 내린 돌덩이가 숨구멍까지 틀어막을 듯 입구를 가리고 있었다.

사람 몸보다 큰 돌덩이는 물론, 흙가루까지 단단히 붙어 안에서 어찌할 도리가 없었다.

그나마 벽에 붙은 마법석이 아니었다면, 앞뒤 분간도 못 한 채 헤매다 죽을 뻔했다. 젬이 조심스레 카피레의 몸을 모로 돌렸다. 아까 젬을 감싸느라 등이며 뒤통수에 상처가 가득했다.

젬이 코를 킁, 삼켰다. 매운 허브 가루를 삼킨 듯 눈, 코, 입이 다 시렸다. 대체 이게 무슨 일이란 말인가. 사나운 돌풍이었다.

휩쓸려 죽지 않은 게 천만다행이었다.

젬이 소리 나지 않게 자리에서 일어났다. 입구 쪽은 이미 텄다. 그나마 하늘이 도와 뒷길은 아직 무사했다.

젬이 기억을 더듬었다. 분명 오른쪽, 헤이트 학파의 실험실 천장에 구멍이 뚫려 있었더랬다.

카피레는 아직 정신을 차릴 기미가 안 보였다. 많이 튼튼해졌다곤 하나 그래 봐야 카피레는 카피레였다.

젬이 웃옷을 벗어 카피레의 몸을 꼼꼼히 덮고 바닥에 떨어진 마법석 조각을 손에 쥐었다. 이대로 있어 봤자 죽도 밥도 안 됐다. 젬이 힘없이 늘어진 카피레를 보며 콧김을 뿜었다.

살짝 뜯어진 입술이 눈에 박혔다. 처음 해 본 입맞춤은 피와 흙먼지 맛으로 기억될 모양이었다.

레몬이나 딸기 맛을 기대한 건 아니었지만…….

'에이, 이게 무슨 감상이냐.'

젬은 고개를 흔들었다. 카피레를 이런 곳에서 죽게 할 수는 없었다. 젬이 절뚝절뚝 걸음을 옮겼다.

금 간 벽이 무너질까, 벽을 짚지도 못하고, 한 발은 아예 질질 끌다시피 했다. 느리게 발 끄는 소리가 동굴에 음산히 울려 퍼졌다.

오래지 않아 해골 눈처럼 뻥 뚫린 갈림길이 모습을 드러냈다. 오른쪽으로 향하려던 젬이, 시험 삼아 돌멩이를 왼쪽 길에 던져 보았다. 투명한 벽에 튕겨 나올 거란 예상과 달리, "똑또구르르……" 소리와 함께 돌멩이가 사라졌다.

어라?

젬이 멈칫한 순간, 작고 간지러운 소리가 멀리서부터 가까워졌다. 젬이 저도 모르게 한 발짝 물러섰다. 왼쪽 깊은 곳에서 희뿌연 빛이 달려오고 있었다.

피할 새도 없이 그것이 가까워졌다. 젬이 두 팔을 교차해 얼굴을 가렸다. 후두둑 스치고 부딪치는 소리와 함께 온몸에 자잘한 충격이 달렸다. 뱀처럼 긴 행렬이 연이어 젬을 스쳤다. 젬이 가까스로 눈을 떴다.

요정?

흰 요정 날개가 신기루처럼 지나갔다. 잔상처럼 날리는 빛 가루에 시야가 어지러웠다. 거짓말처럼 빛 길이 뚝 끊겼다. 젬이 천천히 팔을 내렸다. 뒤늦게 재채기와 함께 눈물이 터졌다.

온몸은 물론, 바닥까지 요정 빛 가루가 잔뜩 뿌려져 있었다. 젬이 눈물을 훔치며 옆을 보았다.

착각이 아니라면, 왼쪽 굴에서 나온 빛무리는 요정 떼가 분명했다. 젬이 희미한 빛에 의존해 바닥을 살폈다. 빛 가루가 이어진 곳은 다름 아닌 오른쪽, 헤이트의 실험실이었다.

젬은 상처도 잊고 서둘러 안쪽으로 걸음을 옮겼다. 헉헉대는 숨소리가 검은 굴에 메아리쳤다. 고막을 두드리던 날갯짓 소리는 어디 가고 없었다.

젬이 겨우 실험실 입구에 다다라 벽을 짚었다. 천장에 뚫린 손바닥만 한 구멍으로 한 줄기 서늘한 바람이 들어왔다. 아까 보았던 백색 요정 떼는 사라지고 없었다.

내가 헛것을 봤나? 젬이 비틀비틀 먼지 낀 실험 기계에 손을 올렸을 때였다.

"응?"

젬이 제 손을 허공에 비추어 보았다. 손끝이 진주 가루를 뿌린 듯 뽀얗게 빛나고 있었다.

홀린 듯 주변을 둘러본 젬이 이내 손바닥을 탁탁 털었다. 먼지가 아니었다. 요정 가루였다. 천장 중앙에 뚫린 구멍 아래 서자, 그들이 남긴 빛 가루가 환상처럼 허공을 떠다니는 것이 보였다. 저리로 나간 것이다.

갇혀 있던 게 아니었나? 젬과 아이는 마음대로 오갈 수 없던 공간이건만, 도무지 어찌 된 영문인지 알 수 없었다.

젬이 까치발을 들어 높이를 가늠하려다 뒤로 넘어질 뻔했다. 택도 없을 만큼 천장이 높았다. 이걸 어쩐담.

젬은 잠시 그대로 서 있었다. 천장에서 내리는 빛줄기가 바닥에 삐딱한 그림자를 그렸다.

"저기요! 누구 없어요?! 여기 사람 있어요!"

목마른 소리가 둥근 천장을 왕왕 울렸다. 조용한 바람 소리만 돌아왔다. 젬이 뒷목을 주무르며 한 걸음 물러섰다.

한 가지 수확은 있었다. 꽉 막힌 입구보다 이쪽이 월등히 공기가 맑았다. 젬이 실험실을 죽 둘러보곤 뒤돌았다. 카피레를 어떻게 이고 올지가 걱정이었다.

절뚝 걸음으로 굴을 나선 젬이 겨우 출발점에 다다른 때였다. 희미한 조명 아래, 휑한 바닥이 비추었다.

젬이 당황하여 앞뒤를 살폈다. 앞은 돌덩이로 꽉 막힌 그대로, 뒤는 젬이 오면서 본 바 그대로 텅 비어 있었다.

"……카피레?"

저도 모르게 불안한 목소리가 나왔다. 그때였다. 구석에서 돌 구르는 소리가 났다. 젬이 화들짝 놀라 벽을 짚었다. 빛이 들어오지 않는 구석에서 긴 그림자가 움찔 몸을 떨었다.

"……카피레?"

그림자가 윽, 소릴 내며 벽에 기대어 무너졌다. 젬의 코트가 바닥에 떨어졌다. 젬이 "카피레!" 외치며 다가가 그를 부축했다.

희미한 불빛 아래 잔뜩 찡그린 카피레의 낯이 드러났다. 젬이 코트 안쪽을 뒤져 약을 고르며 쫑알쫑알 말했다.

"정신이 들었으면 가만히 누워 있지 않고요! 머리는 괜찮아요? 막 어지럽거나 토할 것 같다거나, 그렇진 않고요?"

"윽, 이게 대체……."

"저도 모르겠어요. 정말 이게 웬 봉변이람? 그렇게 큰 회오리바람은 처음 봤다니까요. 소리도 괴괴하고 시꺼먼 것이, 지옥에서 올라왔다고 해도 믿겠어요."

카피레가 벽이 이마를 대고 끙끙거렸다. 젬이 자연스레 그의 등을 쓸어 주었다. 그 손길에 카피레가 이상하리만치 흠칫 놀랐다.

젬이 덩달아 움찔했다. 설마, 아까 입으로 약 먹인 게 들킨 건 아니겠지? 비상 상황이었는데……! 젬이 급히 목소릴 가다듬고 말을 이었다.

"어쨌든 목숨은 건졌으니 불행 중 다행이에요. 자, 이것부터 얼른 마셔요."

젬이 약병을 내밀었다. 카피레는 손에 힘이 안 들어가는지 허공에 헛손질만 했다. 젬이 카피레의 두 손에 약병을 제대로 쥐여 주었다.

카피레가 물끄러미 젬을 보았다. 불그스름한 조명 탓에 카피레의 눈동자가 꼭 석양처럼 깊어 보였다. 젬이 눈을 깜박이다 씩 웃었다.

"괜찮아요, 카피레. 아이가 곧 찾으러 올 거예요. 마틴이랑 로이도 있잖아요! 비상약도 많이 있어요. 일단 그거 다 마시고 저 안쪽에 가 봐요. 제가 봐 둔 곳이 있거든요. 여긴 먼지가 너무 많아서……."

멍하니 젬을 보던 카피레가 이내 꼴깍꼴깍 소릴 내며 약병을 비웠다. 젬은 뭔가 딱 잘라 말하기 힘든 위화감을 느꼈다.

실마리를 잡기 전, 카피레가 끙, 소릴 내며 몸을 세웠다.

"봐 둔 곳이 어디라고?"

"아, 이 안쪽이요."

젬이 일어서려다 비틀거리며 벽을 짚었다. 눈뜬 카피레를 보고 한숨 놓은 탓인지, 다리에 힘이 풀렸다. 카피레가 자연스레 젬을 부축했다.

스스로 한 일임에도 저가 놀란 듯, 카피레는 잠시 눈을 깜박였다.

"카, 카피레?"

"……다쳤어?"

"카피레만큼은 아니에요."

"코트 좀 펼쳐 봐."

젬이 당황한 사이, 카피레가 안쪽에 달린 포켓에서 피로회복약을 꺼내 뚜껑을 땄다. 그러곤 젬의 입술에 쓱 갖다 붙였다. 너무도 자연스러운 움직임이라 젬은 눈만 깜박였다.

"뭐, 뭐예요?"

"보나 마나 안 먹었을 테니까. 빨랑 삼켜. 먼지 때문에 숨쉬기 힘들어."

딴에는 챙겨 준다고 이러는 것을 알기에, 젬은 못 이기는 척 약병을 비웠다. 실은 아까 챙겨 먹었는데도, 먹었다고 말하기 싫었다.

"빨리빨리 움직여."

투덜대는 카피레의 목소리를 배경 삼아 안쪽으로 앞장섰다. 젬은 '뭔가 이상하다. 왜 이렇게 찝찝하지?' 했으나 머리가 통 돌아가질 않았다.

갑자기 닥친 여러 일에 정보 처리 기능이 바닥을 친 듯했다.

아무 곳에나 등만 붙이면 바로 곯아떨어질 자신이 있었다.

때문에 젬은 미처 알아차리지 못했다. 술 취한 사람처럼 휘청대는 젬의 뒷모습에, 카피레의 복잡한 눈동자가 못 박혀 있었다.

카피레는 아직도 빙글빙글 도는 시야에 간간히 벽을 짚었다. 뿌연 기억과 선명한 기억이 뒤섞여 두통을 유발하고 있었다.

한 가지는 분명했다. 자신의 이름은 카프도, 블랙도 아니었다.

카피레였다.

* * *

젬이 다시 눈을 떴을 땐 이미 해가 진 뒤였다. 천장 구멍으로 달 귀퉁이가 빼꼼 튀어나온 것이 보였다. 멀리서 새가 울었다. 콧구멍이 시렸다.

젬이 "춥다……" 하며 몸을 웅크릴 때였다. 따뜻하고 커다란 손이 젬의 어깨를 강하게 끌어당겼다. 젬은 그제야 자신이 누군가와 바짝 붙어 있음을 알아차렸다. 이마 위로 가벼운 숨소리가 내렸다.

"깼어?"

젬이 깜짝 놀라 고개를 들었다. 어슴푸레한 달빛에 카피레의 아름다운 얼굴이 모습을 드러냈다. 음영 진 얼굴이 어찌나 조각 같은지, 젬은 저도 모르게 숨을 들이켰다.

"많이 추워?"

"아아아뇨. 견딜 만합니다요. 하하하하하."

"근데 왜 이렇게 떨어?"

"예에? 추, 추워서요!"

카피레가 쓰게 웃으며 젬을 세게 끌어안았다.

"거짓말 진짜 못 해……."

젬이 꽁꽁 묶인 훈제 고기처럼 빳빳이 굳었다. 한숨 돌린 탓일까, 시선이 자꾸 카피레의 입술에 꽂혀 큰일이었다.

희미하게 피와 땀 냄새, 흙냄새가 났는데 카피레의 체향이 그보다 더 짙었다.

어휴, 내가 왜 이런담. 젬은 땀이 삘삘 나고 어쩔 줄 모르는 기분이 되었다. 손발을 가만두기 어려웠다. 카피레가 바짝 붙어 있어서 더했다.

낮게 웃음소리가 깔렸다. 카피레였다.

"……나 자는 동안 웃음 버섯이라도 훔쳐 먹었어요? 뭐가 그렇게 웃겨요?"

"내가 언제 웃었다고 생트집이야?"

"내가 장님에 귀머거린 줄 알아요?"

잠깐 눈 붙일 생각이었는데 해가 져 버리다니. 게다가 여태까지 구조 수색의 기미조차 보이지 않다니.

기가 막히고 코가 막힐 일이었다. 생각보다 큰 사고인지도 모르겠다고, 젬은 생각했다. 하다못해 아이와 함께였다면, 어떻게

든 밖에 도움을 요청할 수 있었을 텐데.

항상 옆에서 쫑알대던 친구가 없으니 손 하나가 없어진 듯 허전했다. 카피레마저 없었다면 혼자 엉엉 울었을지도 모르는 일이었다.

"말하다 말고 무슨 생각해?"

태연한 목소리에 젬은 불쑥 아까 일이 생각났다. 검은 회오리가 몰아치는 와중, 너무 익은 토마토처럼 낯을 붉힌 채 뭐라 외치던 카피레의 모습이.

"아까 하려다 만 말 뭐예요? 요 앞에서."

젬이 몸을 뒤척이는 척 카피레의 품에 살짝 붙었다. 그와 닿는 부분이 따뜻하게 열이 피어올랐다.

밤공기가 시려서다. 추워서 이러는 거다. 속으로 변명하며 젬이 입을 오물거렸다.

"응?"

"……카피레가 오늘 통째로 비워 두라고, 꼭 할 말이 있다고 했잖아요."

새 울음에 찌르릉 벌레 우는 소리가 섞였다. 휘파람을 닮은 바람 소리와 어울려 꼭 노래처럼도 들렸다.

젬은 카피레의 목울대가 크게 오르내리는 것을 보았다.

카피레는 심장이 덜컥 내려앉았다. 각양각색의 기억이 동시에 날뛰었다. 바로 알아차렸다. 카피레는 오늘, 젬에게 프로포즈를 하려고 했었다!

"막 뭔가 말하려던 때에 난리가 나선, 제가 제대로 못 들었거든요."

"그, 그랬어?"

"네. 그랬잖아요."

"그게……."

마주 닿은 피부로 미친 듯 요동치는 심장 고동이 고스란히 느껴졌다. 카피레는 침을 꼴깍 삼켰다. 뭐라 대답해야 할지 알 수 없었다.

한참 대답이 없어 젬이 옆을 보았다. 카피레가 복잡한 눈으로 천장 구멍만 보고 있었다. 젬이 헛기침을 한 번, 두 번 했다. 들으란 듯 크게 했다. 카피레는 미동도 없었다.

일 분이 한 시간 같았다. 아무리 기다려도 답이 없었다. 카피레가 천장을 보며 눈을 깜박깜박했다.

으이구, 그럼 그렇지! 젬이 집게손가락을 세워 카피레의 옆구리를 콱 꼬집었다.

"아야! 아야야야!"

"눈 뜨고 자요? 사람이 물으면 답을 해야지!"

"내 백옥 같은 살결에 멍이라도 들었음 어쩔 거야? 손은 또 왜 이렇게 매워?"

"일부러 엄살떠는 거 다 알아요!"

"진짜거든! 아이고, 눈물 난다. 상처가 터진 것 같기도 하고……."

젬이 할 수 없이 "어디 봐요" 하며 뒤통수를 보려 하자 카피레가 끙끙 소릴 내며 젬의 무릎에 머리를 댔다.

"머리 아프다면서요!"

"소리 지르지 마. 머리 울린단 말이야."

입을 나불대는 꼴을 보아하니 당장 죽을 상처는 아닌 게 확실했다. 젬이 못 이기는 척 무릎을 내주었다.

카피레가 뒤척이며 편한 자세를 잡았다. 일단 한고비 넘겼단 생각에 한숨이 터졌다. 카피레는 어지러운 기억을 헤매며 애써 태연을 가장했다.

부지불식간에 툭툭 튀어나오는 쪽팔린 기억이 한두 개가 아니었다. 광대 분장에 미스터 블랙은 애교였다.

젬에게 준비한 프로포즈 대사를 아직 하지 않은 게 불행 중 다행이었다. 평생 이불을 찰 뻔한 대위기였다.

그 복잡한 마음을 젬이 알 리 없었다. 코트 자락을 정리하던 젬이 멈칫했다. 가장 안쪽에 숨겨 놓은 보라색 약병에 손이 스친 탓이었다.

'맞아. 이게 있었지.'

머리에 얼음물을 맞은 듯 현실감이 닥쳤다. 갑작스러운 자각에 골이 띵했다.

"……카피레."

"……왜. 달빛 아래 내 모습이 너무 아름다워서 새삼 반했어?"

젬이 마른침을 삼켰다. 원숭이처럼 떼쓰고 젬에게 달라붙던 카피레의 꾸밈없는 모습이 주마등처럼 망막을 스쳤다.

불현듯 자각했다. 내가 아쉬워하는구나.

그리고 벼락처럼 예감했다. 지금이 아니면, 영영 이 약을 건네지 못할 것 같단 예감이었다.

"……전에 나한테 기억을 되찾는 약이 없냐고 물었던 거, 기억해요?"

카피레가 "뭐?" 하며 눈을 번쩍 떴다.

"기억을 되찾는 약 말이에요."

"뭐야, 새삼스럽게. 갑자기 그건 왜 물어?"

카피레가 젬의 배에 얼굴을 묻었다. 젬이 "카피레" 하고 낮게 부르자 대꾸 없이 얼굴을 흔들었다.

젬이 카피레의 먼지 낀 검은 머리카락을 쓰다듬었다. 흙먼지 탓에 머리가 십 년 쓴 수세미처럼 뻣뻣했다.

"……카피레가 하도 축제, 축제 노래를 부르니까, 오늘까지 완성하려고 얼마나 용썼는지 알아요?"

불안하게 눈동자를 굴리던 카피레가 벌떡 몸을 일으켰다. 갑자기 떨어져 나간 온기에 젬이 몸을 움츠렸다. 무릎이 시렸다.

"아까부터 대체 무슨 소릴 하는 거야?"

"기억을 되찾는 약, 레시피를 찾았거든요."

젬이 한 호흡 쉬고 뒤이었다.

"카피레가 그랬죠? 무슨 일이 있었건 상관없다고. 기억을 찾고 싶다고."

젬이 쥐고 있던 약병을 내보였다. 희미한 달빛 아래 보라색 약병이 검게 비추었다. 카피레가 약병을 보다 이를 악물고 젬을 보았다. 눈이 마주친 젬이 어색하게 웃었다.

카피레는 머리가 하얗게 변했다. 그가 뭐라 입을 달싹였다.

동그랗게 내린 달빛에 카피레의 머리 뿌리 부분이 금색으로 반짝였다. 아, 염색해 줘야 했는데, 하던 젬이 입술을 질끈 물었다.

아니, 이제 그럴 필요도 없을지 몰랐다. 젬과 카피레는 이제 같은 방을 쓰지 않을지도 몰랐다. 같은 비누 냄새가 날 일도, 잠이 덜 깬 얼굴을 놀리는 일도 더는 없을지 몰랐다.

젬이 약병을 쥔 손에 힘을 주었다. 손이 떨리지 않도록 애썼다.

이것이 제 이기심일 뿐이라면, 포기해야 마땅했다. 카피레는 젬의 계약자였다. 젬은 계약자가 원하는 약을 만들어 줄 의무가 있었다.

젬이 코를 찡긋하며 웃었다. 카피레의 얼굴 대신, 머리칼에 부서지는 달빛을 응시한 채 말했다.

"힘들게 만든 거니까, 나중에 값은 톡톡히 받아 낼 거니까요."

카피레는 대답이 없었다. 젬이 병을 내밀었다.

"반응이 뭐 이래요? 카피레, 선 채로 기절했어요?"

"……젬."

젬이 손을 내민 채 흠칫 떨었다. 낮게 떨리는 카피레의 목소리가 새삼 낯설었다. 무심결에 시선이 마주쳤다.

카피레의 표정이 뭐라 말할 수 없이 복잡했다. 기다란 속눈썹이 금방이라도 울 것처럼 파르르 경련했다. 달빛에 음영 진 뺨이 눈물길처럼 빛났다.

카피레가 "나는……" 하고 말을 흐렸다. 젬이 저도 모르게 다른 손을 카피레의 뺨에 가져다 대려던 찰나였다.

젬! 젬 마키나아!

젬이 화들짝 놀라 주변을 두리번거렸다. 카피레가 "뭐, 뭐야. 왜 그래?" 하며 걱정스러운 낯을 했다.

젬이 잘못 들었나, 하고 고개를 저으려던 때, 새된 목소리가 다시 젬을 불렀다. 젬이 설마, 하며 고개를 번쩍 들었다.

착각이 아니었다. "제에에엠!" 하는 목소리에 물기가 잔뜩 섞여 있었다.

"아이! 모이라이! 나 여기! 여기이이이!"

"으악! 자, 잠깐!"

"아이이이이이!"

젬이 허공에 팔을 크게 휘두르며 천장 구멍 아래 섰다. 젬이 휘두른 팔을 피해 스텝을 밟던 카피레가 그를 따라 위를 올려다보았다.

바로 그때, 달빛에 싸여 쏜살같이 활강하는 핑크빛 요정이 그의 얼굴을 스치고 지나갔다.

제에에에엠!

젬은 뒤로 벌러덩 뒤집히다시피 했다. 두 팔 벌려 아이를 맞은 젬은 곧장 엉엉 울고 난리가 났다. 소란한 가운데, 멀리서 희미하게 사람 소리가 들리는 것도 같았다.

젬의 얼굴을 대충 닦아 주던 아이가, 손에 든 길고 검은 것을 내밀었다. 홀랑 넋이 나간 젬이 아이가 시키는 대로 그것을 입에 대었다.

뒤늦게 알아본 카피레가 말릴 새도 없었다. 귀 찢어지는 소음이 천장을 높게 울렸다.

카피레가 반사적으로 귀를 막았다. 눈을 감았다 뜬 순간, 길쭉한 쥐색 코트가 눈앞에 서 있었다. 새집처럼 부스스한 볏짚 머리가 눈에 익었다.

역시나. 카피레가 혀를 찼다. 젬이 분 그것은 로이가 가지고 다니던 빌어먹을 호루라기, 새집 머리 호출기였다.

아직 기억도 제대로 정리하지 않은 상태에서 만나고 싶지 않은 상대였다. "빌어먹을" 하고 중얼거린 카피레가 막 젬을 부르려던 찰나였다.

"제, 젬?"

낯선 남자의 목소리가 귀에 꽂혔다. 젬의 눈이 휘둥그레지는 것이 보였다. 마틴의 허리에 바짝 달라붙어 있던 덩치 큰 남자가 엉거주춤 몸을 세웠다.

마틴과 비슷할만치 키가 크고, 곰처럼 몸집이 좋은 남자였다. 요정이 젬의 옷깃에 코를 세게 풀었다.

"……킨?"

마틴이 한숨처럼 말했다.

"……유라레에서 왔다는군요. 자세한 사정은 모르나 초록 마녀, 혹은 젬 마키나란 자를……."

"제에에에에엠!"

곰 같은 남자가 괴성을 지르며 바닥을 박찼다. 거대한 몸에 젬이 폭 감싸였다. 덩치 차이가 얼마나 나는지, 검은 머리 꽁지만 비죽 튀어나올 정도였다.

카피레는 그 자리에 발이 박힌 듯 옴짝달싹할 수 없었다. '유라레에서 왔다'는 말이 메아리처럼 자꾸 귀를 때렸다.

분명히 어디서 본 인상이었다. 흰 마과부 가운을 입고, 닥터 유리 곁에 알짱대던 녀석이었다.

갑자기 뒤통수에 톱이 갈리듯 뜨거운 통증이 달렸다. 날카로운 기억이 뇌리를 스쳤다. 검은 실험실, 흰색 마과부 가운, 푸른 실험관, 피에 젖은 본의 뒷모습, 눈물로 흠뻑 젖은 젬의 얼굴.

머릿속이 비 오는 날 흙탕물처럼 진탕이었다.

"일단 나가서 얘기합시다."

마틴이 들으란 듯 한숨을 폭 쉬었다. 안색이 시꺼먼 것이, 전에 없이 피곤한 인상이었다. 곰과 젬이 훌쩍이는 소리가 잔상처럼 흩어졌다.

카피레가 입술을 질끈 물었다.

*   *   *

킨은 귀빈 대접은커녕, 마을에 도착하자마자 삽부터 들어야 했다. 평지에 발 디디자마자 본 것이 흙무더기에 파묻힌 어린아이였으니 말 다 했다.

길잡이 노인과 끙끙대며 흙을 팠다. 아이는 기적적으로 큰 상처 없이 사지 멀쩡했다. 갑자기 불어닥친 회오리에 마을 전체가 난리였다.

킨은 해가 다 질 무렵에서야 초록 마녀를 데려갔다는 자를 만날 수 있었다. 회색탑의 주인이라는 이름처럼 얼굴이 잿빛으로 보이는 남자였다.

조명 탓인지, 난리 탓인지, 분위기가 끔찍하게 어두웠다. 길잡이 노인이 없었다면, 말 붙일 생각도 못 했을 법했다.

그는 킨을 슥 보더니 '보다시피 요즘 트리비아 상황이 이 모양이 꼴이라 마법석 문제는 협상의 여지가 없다'고 했다. 킨은 당장 고개를 저으며 마틴에게 성큼 다가붙었다.

젬 마키나란 자를 아느냐고, 녹즙 인간, 초록 마녀를 그쪽이 데려갔노라 들었다고 말했다. 긴장으로 숨넘어가기 직전인 킨의 호소를, 마틴은 무심한 눈으로 받아쳤다.

마틴은 "글쎄. 무슨 말씀이신지 잘 모르겠다. 당신은 그 사람과 무슨 관계냐"고 물었다.

킨은 입술을 굳게 물었더랬다. 그리고 겨우 말했다. 소중한 사람이라고.

'설마 이런 관계일 줄은 몰랐지.'

마틴은 못마땅한 표정으로 발로 숫자를 셌다.

동굴을 탈출한 뒤에도 곰은 젬에게서 떨어질 기미가 안 보였다. 핑크 요정이 볼을 꼬집고, 머리카락을 잡아당겨도 꿈쩍하지 않았다.

젬 외에는 무엇도 눈에 들어오지 않는 사람처럼 굴었다. 할 말도 눈물도 어찌나 많은지, 옆에서 보는 이가 지겨울 지경이었다.

의외인 것은 또 있었다. 옆에서 팔짱 낀 채 둘을 노려보는 남자, 카피레였다.

먼지로 흐트러진 흑발에 걸레처럼 해진 발목 치마. 흙투성이 검은 코트 차림에도 얼굴에서 빛이 나는 작자. 작은 로이의 우상이었던 놈이었다.

제 것에 누가 집적대는 꼴을 곱게 넘길 원숭이가 아닌데, 이상하리만치 얌전했다. 다리를 달달 떨고 팔짱 낀 손가락이 쉴 새 없이 꿈틀대는 꼴을 보아 성질머리는 여전한 듯했으나…….

알게 뭐냐. 급한 건 그게 아니었다. 유라레에서 왔다고 눈치 보는 데도 한계가 있었다. 마틴이 젬과 킨을 떼어 놓으려 벽에서 등을 뗄 찰나였다.

"로이는 어디 두고 혼자 왔지?"

"……."

"저건 네가 부른 건가?"

마틴이 그제야 카피레를 보았다. 카피레가 곰 쪽을 고갯짓했다. 마틴이 픽 비웃음을 날렸다.

"그렇담 어쩌려고?"

카피레의 눈빛이 뜻밖에 매서웠다. 백 년도 안 산 원숭이치고는 제법이었다. 마틴은 답을 기다리지 않고, 지체 없이 등을 돌렸다.

회포는 나중으로 미루라는 말에 킨은 잠깐 반발했으나 곧 물러났다. 로이의 일로 할 말이 있으니 얼른 따라오라 전하자, 젬은 금방 몸을 세웠다. 카피레가 자연스레 둘 옆에 섰다. 마틴이 단칼에 잘랐다.

"넌 안 돼."

"……누구 맘대로?"

"절대 안정이야. 아무에게나 함부로 보일 상태가 아니야."

있는 듯 없는 듯 이쪽을 힐끔대던 안소니가 슬쩍 카피레의 소매를 끌었다. 카피레와 눈이 마주친 그가 살짝 고개를 저었다.

카피레가 팔에 힘을 줘 안소니의 손을 떨치곤 젬을 힐끔 보았다. 굴에서 엉엉 운 탓인지 눈가가 붉었다. 안 그래도 흙이 잔뜩 묻은 얼굴에 눈물이 번져 늪 괴물이 따로 없었다.

젬이 카피레에게 입 모양으로 말했다.

'금방 올게요.'

답할 새도 없이, 마틴이 젬을 끌고 사라졌다. 거짓말처럼 찬 공기만 남았다.

"……제기랄!"

카피레가 바닥을 발로 찼다. 푹 패인 자갈 몇 개가 허공을 날았다. 탁한 소리와 함께 날아간 자갈이 곰 머리통에 명중했다.

킨이 "아얏!" 하고 몸을 움츠렸다. 눈썹을 바짝 세운 곰이 주변을 두리번거리다 카피레와 눈이 딱 마주쳤다.

산적 눈썹이 순식간에 팔 자로 시들었다. 누가 봐도 카피레가 왕자인 걸 알고 온 모양새였다. 카피레는 더 열이 솟았다.

카피레가 코트 주머니에 양손을 꽂은 채 양아치 걸음으로 곰에게 다가갔다. 안소니가 말릴 틈도 없었다.

"야. 할 말 없냐?"

"카, 카프? 아니, 미스터 블랙? 그, 저 기억을 잃으셨다고……."

"닥쳐."

앞에 선 카피레가 코를 높이 세웠다. 눈높이가 비슷한 것까지 마음에 안 들었다. 카피레가 곰의 귓가에 속삭였다.

"허튼수작 부리면 죽는다."

"카, 카피……."

"누구 명령으로 왔어."

"미, 미스터?"

"유리?"

깜짝 놀란 킨이 뭐라 말하기도 전, 카피레가 킨의 발을 세게 밟았다. 덩치는 산만 한 놈이 덫에 걸린 족제비처럼 경기를 일으켰다. 킨이 간신히 소리 낮춰 속삭였다.

"……와, 왕자님?"

"아는 척하면 죽인다."

뱀처럼 차가운 눈동자에 킨이 흡, 하고 숨을 들이켰다.

"서, 설마 기억이……?"

저도 모르게 튀어나온 말에 킨이 급히 제 입을 막았다. 카피레가 입꼬리를 비뚤게 올리며 한 걸음 물러났다.

그 웃음이 꼭 독을 품은 꽃처럼 진하고 요사스러워 킨은 마른 침을 꼴깍 삼켰다.

"……젬한테 말하기만 해 봐."

카피레가 눈초리를 길게 접으며 환청처럼 속삭였다.

"……진짜로 죽여 줄 테니까."

* * *

닥터 유리. 아버지. 코다. 모지리. 어미의 모습을 한 박제. 실험관. 본 그리고 젬. 마구잡이로 짜깁기한 기억이 머릿속을 헤집었다.

네게 살아 있을 가치가 있다고 생각하니?

머릿속에 메아리치는 환청, 끊임없이 카피레에게 묻는 그 목소리가 있었다. 그것은 아비이자 어미였고, 유리이자 코다였으며, 자신이었다.

제기랄, 엿이나 먹으라지.

카피레는 이를 득득 갈았다. 눈앞이 깜깜했다. 몸이나 마음 얘기가 아니라 시야가 어두웠다.

막 눈을 떴을 땐 무덤 속에 갇힌 줄 알았을 정도였다. 이따금 느리게 불을 밝히는 마법석이 아니었다면 그대로 숨을 멈췄을지도 모르는 일이었다.

멀리서 자신을 부르는 소리가 없었다면, 그와 함께 눈부시게 빛을 발하는 솜구름과 불꽃놀이가 없었다면 말이다.

그 순간, 카피레의 기억이 빠르게 길을 되짚었다. 영원 같은 찰나, 기억을 잃고 젬과 함께한 시간이 카피레를 재구성했다.

카피레는 생각하고 또 생각했다. 고민하고 또 고민했다.

기억을 잃은 시간은 밝은 색채로 가득했다. 떠올리기만 해도 온몸이 짜부라지는 듯한 유리의 실험실과는 천지 차이였다.

얼빠진 행동을 해도, 수치스러운 일이 있어도 젬의 옆에 있으면 공기가 달았다. 숨 쉬기 편했다. 바보처럼 굴어도 지는 기분이 들지 않았다.

부끄러울지언정, 지우고 싶진 않은 기억이었다. 혼란한 와중에도 카피레는 과거의 자신에게 비웃음을 금할 수 없었다.

왜 기억을 찾아야 하지? 왜 지난 일을 떠올리지 않으면 안 되지?

기억을 되찾은 지금, 카피레는 과거를 되돌릴 생각이 없었다. 애초 원숭이가 계획한 대로 가면 될 일이었다.

젬이 먹이려는 기억약이나, 유라레에서 왔다는 이 얼빠진 곰 새끼는 그저 방해물일 뿐이었다.

카피레는 이 생활을 뺏길 마음 따윈 추호도 없었다. 그것을 위해서라면 무엇이든 해치울 각오도 되어 있었다.

넋 나간 아비의 얼굴과 가슴 뚫린 본의 뒷모습이 망막을 스치고 지나갔다. 카피레는 실소했다.

어차피 부모도, 친구도 잃은 몸이었다. 그에게 남은 건 번지르르한 몸뚱이와, 약장수 젬밖에 없었다.

더는 아무것도 뺏기고 싶지 않았다. 그 누구에게도.

말로 해서 알아먹지 못한다면, 카피레는 몸소 친절히 새겨 줄 생각도 있었다. 그게 곰 새끼든, 마틴이든, 누구든 말이다.

* * *

여상한 걸음이 몇 발자국 못 가 달음박질로 변했다. 손목을 쥔 힘이 차갑고 억셌다. 허공을 밟는 듯한 느낌과 동시에 몸이 날았다.

젬은 어느새 껌껌한 회색탑 복도에 서 있었다. 마틴이 젬의 팔을 끌었다.

"왜 이렇게 급해요? 로이가 많이 다쳤어요?"

말이 채 끝나기도 전에, 마틴이 젬의 어깨를 잡아 벽에 밀어붙였다. 켁, 하고 목 졸린 소리가 터졌다. 날개뼈가 부서질 듯 욱신거렸다.

젬이 뭐라 할 새도 없이, 마틴이 얼굴을 가까이 붙였다.

"로이가 먹은 약이 뭐야."

"무, 무슨 소리예요?"

"보라색 약병. 원숭이 놈에게만 먹인다고 숨겨 놓은 약! 그거 무슨 약이었냐고!"

자칫하다간 사람 한 대 칠 기세였다. 젬이 침을 꼴깍 삼켰다. "기, 기억약이요" 하고 막 뱉을 찰나였다.

"으랴아아아압!" 하는 기합과 함께 젬의 후드에서 아이가 튕기듯 몸을 날렸다. 주먹을 불끈 쥐고 몸을 화살처럼 곧게 편 아이가, 그대로 주먹을 마틴의 콧구멍에 푹 꽂았다.

마틴의 눈동자가 가운데로 몰리고, 젬이 엄마야, 숨을 들이켰다. 저도 놀란 아이가 날개를 발작하듯 털었다.

악! 콧구멍! 내 손!

핑크색 빛 가루가 폭설처럼 휘몰아쳤다. 마틴이 말 못 하는 짐승처럼 괴롭게 울부짖었다. 정면으로 맞은 빛 가루에 폭탄을 맞은 충격인 듯했다.

인기척 없이 검기만 하던 회색탑 창문에 잠시 핑크색 불꽃이 펑펑 터졌다.

*　　*　　*

"……기억을 되찾는 약이라궁."

"네에에."

우스꽝스러운 코맹맹이 소리였으나 젬은 웃을 수 없었다. 마틴이 손수건으로 코를 꾹 누르고 있었다.

눈두덩이는 수프 그릇 뒤집어 놓은 것처럼 퉁퉁 부었고, 얼굴에 아직 붉은 기가 덜 가신 상태였다. 손수건 아래 콧구멍 상황은 더 심각하리라.

젬은 아이 쪽을 곁눈질했다. 한밤, 찬 우물물에 한쪽 팔을 어깨까지 벅벅 씻고 온 참이었다. 한기에 비누 냄새가 잔뜩 섞여 코가 근지러울 정도였으나, 아이는 아직도 찝찝한지 이따금 벌레 쫓듯 팔을 허공에 털었다.

마틴과 아이 사이에 흐르는 공기가 전에 없이 험악했다. 젬의 어깨가 자꾸 움츠러들었다.

"하필이면 조금 덜어 놓은 그런 걸, 그냥 비교용이었는데……"

혼잣말하던 젬이 우물쭈물 덧붙였다.

"달리 이상한 곳은 없으시고요?"

잠시 침묵하던 마틴이 작게 고개를 저었다. 바짝 깎은 손톱을 억지로 깨물었다.

"기억을 찾는 약이 있다면, 기억을 없애는 약도 있겠지."

"네?"

"돈이라면 원하는 대로 주겠어. 기억을 없애는 약을 만들어 줘."

젬이 미간을 찡그렸다. 갑자기 이게 무슨 소리인가 싶었다. 마틴은 그에 아랑곳하지 않고 혼자 바빴다. 말까지 더듬어 가며 다리를 달달 떨었다.

"그래, 너, 그 동굴에 관심 많았지? 헤이트에 관해서도 꼬치꼬치 캐물었잖아. 그 약만 만들어 준다면, 내 아는 건 모두 말해 줄게, 어때?"

젬의 시선이 마틴의 손깍지에 머물렀다. 마르고 못 박힌 손이 알콜 중독자처럼 부들부들 떨리고 있었다. 요정 빛 가루 탓에 한바탕 울음을 쏟은 뒤건만, 2차 홍수가 터지기 직전으로 보였다.

어쩔 줄 모르는 젬을 앞에 두고 마틴이 쾅 소리 나게 벽을 쳤다.

"대답해 봐 빨리! 만들 수 있어, 없어?! 뭐든지 달라는 대로 다 줄 테니까……!"

끝으로 갈수록 작아지는 목소리에 물기까지 섞였다. 예민 병 환자가 또 병이 도진 모양이었다. 젬이 고개를 살짝 저었다.

"만들 순 있지만, 마틴 왜 그렇게까지…… 마틴, 기억회복약은 독약이 아네요."

젬이 아는 로이는 수줍음 많은 열다섯 소년이었다. 기억회복약 한번 잘못 먹었다고 무슨 큰일이 생길 사람으로는 보이지 않았다.

"제기랄!"

마틴이 손수건을 쥔 손으로 벽을 때렸다. 철천지원수의 강냉이를 털 듯, 벽을 여러 번 두들기고 쳤다. 축축하게 젖은 흰 수건에 붉은 무늬가 찍혔다.

젬이 서둘러 주먹질을 말렸다. 마틴이 어깨를 부들부들 떨었다. 어두운 조명 탓에 텅 빈 것처럼 보이는 눈동자가 젬을 향했다.

큰 산을 짊어진 것처럼 지쳐 보이는 모습에 젬이 움찔할 정도였다. 마틴이 입술을 달싹였다.

"진짜 이러다 미칠 것 같아."

"여, 여기서 더 미치면 곤란해요, 마틴."

마틴이 젬을 보다 픽, 하고 바람 빠지는 소릴 냈다.

"……그럼 파를 칠까?"

잠시 정적이 흘렀다. 젬이 품에서 진정약을 꺼내 마틴의 가슴에 꾹 눌렀다.

"금방 죽을 것 같진 않네요."

"이런 재미라도 없었음, 진작에 미쳤어."

마틴이 손을 들어 약을 사절했다. 그가 말했다.

"……빈말 아냐. 될 수 있는 한, 빨리 좀 부탁해."

젬은 솔직히 잘 모르겠다고 말했다. 로이가 기억회복약을 먹은 건 알겠지만, 없던 일이 생긴 것도 아니고, 자기 일을 더듬어 보는 것뿐이 아니냐, 굳이 없애야 할 이유가 있느냐고 물었다.

마틴이 손수건을 바지 주머니에 대충 쑤셔 넣으며 말했다. 보통 인간은 몇백 년이나 되는 기억을 간직할 필요가 없다고.

"……네?"

"그러니까 내 말은, 나랑 놈 좀 살려 달란 뜻이야."

마틴이 작게 "제발" 하고 덧붙였다. 트리비아 최고 권력자. 회색탑의 주인. 마틴은 자신을 시간의 마법사라고 했다.

* * *

불로불사의 약, 시간을 되돌리는 약, 무에서 유를 창조하는 약. 전설에서 등장하는 세 가지 약은 여타 마법에도 그대로 적용되었다.

불로불사의 힘. 시간을 마음대로 조절하는 힘은 마법 중에서도 최고로 치는 능력이었다. 그에 비해 무에서 유를 창조하는 능력은 의견이 분분했다.

돌을 금으로 바꾼다는 뜻으로 해석하는 연금술 집단과, 서로 다른 개체를 조합해 새 생명체를 만들어 낸다고 해석하는 키메라 연구 집단이 우열을 다투었다.

게린 헤이트는 마법적 재능이 부족한 자였으나 목표는 높았다. 그는 최고의 마법사만이 손에 넣을 수 있다는 불로불사의 힘을 연구하고 있었다.

시모 산맥 오지.

침엽수림 사이에 우뚝 솟은 백색 절벽.

그곳에 숨은 신비한 요정 동굴을 발견한 것이, 게린 헤이트에겐 다시 없을 기연이 되었다. 그것은 동시에, 요정들에게 다시 없을 불행이기도 했다.

마틴의 설명을 듣는 내내, 젬은 게린 헤이트의 일기장을 떠올렸다. 시간을 되돌리는 힘. 동화책에서나 등장할 법한 소재였다.

젬의 녹즙 피부를 돌릴 때도, 마틴은 이와 비슷한 말을 했더랬다. 계약이 어쩌고, 시간이 어쩌고 했었다.

왕이 없는 나라 트리비아의 독특한 건국 이야기하며, 사람들이 왜 초록 마녀를 그리도 가까이 여겼는지, 퍼즐 조각이 하나씩 제자리를 찾았다. 마침내 완성된 그림에 젬은 잠시 할 말을 잃었다.

젬은 말없이 코트 안쪽에서 병을 하나 꺼냈다. 깊은 밤을 닮은 남색 약병이었다.

"혹시 몰라서 만들어 뒀던 거예요. 기억회복약 만드는 김에……."

젬이 변명처럼 덧붙였다. 기억을 되살리는 약과 기억을 지우는 약. 젬이 무슨 생각으로 두 병을 들고 있었을지 마틴은 어렴풋이 짐작이 갔다.

'……미련한 게 나와 닮았군.'

마틴이 약병을 받아 꼭 쥐었다.

"약값은 내일 천천히 얘기하지. 생각해 둬."

젬이 고개를 끄덕였다. 둘 다 눈을 마주치기 싫어 딴 곳만 보았다. 마틴은 서둘러 뒤돌았다.

설사 젬이 아쉬워한다 해도 돌려줄 수도 없는 노릇이었다. 약값으로 무엇이든 들어주겠다는 말은 거짓이 아니었다. 그거면 된 것 아닌가.

*　　*　　*

마틴은 급한 걸음으로 구름다리를 넘었다. 로이 방까진 금방이었다. 깜깜한 문 너머로 불똥 튀는 소리가 났다.

마틴이 조심스레 문을 열었다. 녹슨 경첩이 무거운 소리를 냈다. 벽난로 앞, 두꺼운 담요를 뒤집어쓴 로이와 눈이 마주쳤다. 로이가 어린 낯에 어울리지 않는 미소를 지었다.

"마틴."

로이의 미소가 무겁고 복잡해서, 마틴은 자신이 동떨어진 시간 어딘가를 헤매고 있는 것 같았다. 마틴이 문을 닫고 한 발짝 내디뎠다. 따뜻한 방 공기에도 이상하게 심장이 시렸다.

"……내 시간, 더 돌릴 생각 마. 난 분명히 말했어."

"똑같은 말 반복하게 하지 마. 네가 전처럼 칠십 넘게 늙을 수 있는 몸인 줄 알아? 시간을 돌리지 않으면……."

"야. 그럼 내가 지금 얼마를 살았는데 여기서 몇십 년을 또 살아야겠어? 좀 봐줘라."

낮보다 한결 차분해진 기색이었다. 로이가 장난스레 눈을 찡긋했다. 그러거나 말거나 마틴이 딱딱하게 대꾸했다.

"내가 장담하는데, 너 죽을 것 같거나 아프면 또 내 가랑이 붙들고 늘어질걸? 죽고 싶지 않다고."

"……솔직히 그럴 가능성이 제로라고는, 나도 말 못 하겠지만."

로이가 코를 훌쩍이며 몸을 옆으로 빼 벽난로 앞자리를 비웠다. 옆에 앉으란 신호였다. 로이의 언행 하나하나가 까마득한 옛날을 떠올리게 했다.

본래부터 비위 약하고, 엄살 심하고, 아픈 걸 못 참는 친구였다.

마틴이 발을 털지도 않고 털가죽을 밟았다. 오늘만 살 것처럼 간이 커졌다. 비싸거나 말거나 알게 뭐냐 싶었다.

"그러니까 내가 죽는소릴 해도, 더는 마법 쓰지 말란 소리야. 자, 이게 내 진짜 마지막 소원. 전에 건 취소! 땅땅!"

"개소리하고 있네……."

"이 자식, 진짜 입 걸어졌네. 누가 우리 초록 마녀를 이렇게 만든 거야?"

"너잖아, 너! 너! 이 빌어먹을 치매! 떼쟁이 자식이!"

마틴이 참다못해 곰방대로 로이의 정수리를 가격했다. 골 깨지는 소리와 함께 로이가 말도 못 하고 바닥에 쓰러졌다.

소금 맞은 지렁이처럼 몸을 떠는 걸 보니 죽지는 않았다. 마틴이 숨을 몰아쉬었다.

"지멋대로 시간을 돌려 달라 해서 사람을 몇백 년 뺑이시켜 놓고, 이제 와서 취소라고? 저 혼자 깔끔히 죽겠다고! 장난하냐, 개

자식아! 가족 좋아하시네! 친구 좋아하시네! 제기랄! 엿이나 먹어! 먹어! 먹어!"

마틴이 결국 제 성을 못 참고 호미질하듯 곰방대를 휘둘렀다.

로이가 대경실색하여 호랑이 가죽 위를 요리 구르고 조리 구르며 피했으나 등이며 어깨, 허벅지에 마구잡이로 내리치는 곰방대 세례를 다 피할 순 없었다.

처음 몇 대는 '그래, 내 잘못한 것도 있으니 이 정도는 달게 맞으리라' 하고 입을 앙다문 로이였으나, 넉 대, 다섯 대를 넘어가자 생명의 위기까지 느꼈다. 몇십 년, 몇 년 문제가 아니라 당장 곰방대에 맞아 죽을 판이었다.

"사람 살려! 나 죽는다! 으아악!"

죽을 둥 살 둥 버둥대던 로이의 눈에, 마틴이 고이 내려 둔 남색 약병이 들어왔다. 뭔지는 몰라도 젬이 만든 것이리라. 로이가 번개처럼 일어나 약병을 쥐었다.

"꼼짝 마!"

곰방대를 칼처럼 든 마틴이 제자리에 뚝 멈췄다. 로이가 눈물 젖은 뺨을 소매로 대충 훔치며 코를 삼켰다.

"또, 또 때리면 이거 깨 버릴 거야."

"깨기만 해 봐. 죽인다."

"아깐 죽지 말라며!"

"죽기만 해 봐!"

"아이고, 이 친구야……."

아까까지 로이는 벽난로 앞에 무릎을 안은 채 불꽃에 취해 있었다. 단편적으로 끊긴 기억들이 각기 부유하며 얼기설기 엮였다.

인생을 여러 번 산다면 이런 느낌일까, 하며 끝없이 기억 속으로 침잠하던 중이었다.

기억을 잃은 자신은 로이이기도 했고, 아니기도 했다. 마틴과 친구 같은 때도 있었고, 아닐 때도 있었다.

젬에게 반했던 것처럼, 마을 사람과 사랑을 한 적도 있었다. 미스터 블랙처럼 마을 사람과 친구가 된 적도 있었다. 둘 모두를 허무하게 잊은 적도 있었다.

반추하면 할수록 시간도 사람도 덧없었다. 로이란 자아 역시 마찬가지였다. 로이는 변함없이 제 곁을 지킨 마틴에게 고마움보다 미안함이 컸다. 미안한 동시에 원망하는 마음도 생겼다.

그러나 누굴 탓하리. 자신이 바란 소원이었다. 마틴은 원래 그런 녀석이었다. 이상하리만치 정도를 모르고, 곧이곧대로인 놈이었다. 인연에 집착하는 애정결핍증 환자였다.

과거의 자신, 세월에 먹혀 영원을 갈망하고야만 로이가 원흉이었다.

마틴의 말이 맞았다. 친구가 되어 주겠다고, 여기저기 좋을 대로 마틴의 마법을 제 것처럼 써 먹었다. 거기다 말년에 부린 투정으로 뒷바라지만 몇백 년을 시킨 꼴이었다.

그렇지만 아닌 건 아니었다.

"이거 무슨 약인데? 젬 님이 만든 거지?"

"말 안 해 줘."

"내가 바본 줄 알아? 나 약 먹여서 뭘 어쩌려구. 아무것도 모르는 애 또 시간 돌리려구?"

"그래."

"진짜였냐! 야, 그거 취소라니깐? 늙은이 이제 그만 보내 줘라. 너도 애 뒷바라지 그만하고 좋잖아."

"……약속했잖아. 가족이 되어 준다고."

마틴이 곰방대를 높이 든 채 말했다. 로이가 "뭐?" 하며 미간을 찡그렸다.

"시간을 돌려주는 대신, 내 가족이 되어 준다고 했잖아."

"언젯적 얘기냐……."

"했잖아!" 하며 마틴이 곰방대를 내리치려는 순간, 로이가 약병으로 머리를 막았다.

"했어! 당연히 했지! 했고말고! 내가 그걸 기억 못 할까 봐!"

거짓말처럼 곰방대가 허공에서 멈추었다. 로이가 입술을 파들파들 떨었다.

"……그러던 놈이 이제 와서 취소니 뭐니 지껄여? 니가 뭔데! 이 배은망덕한 놈! 니가 뭔데!"

"아이고, 머리야. 엄마야!"

마틴의 부릅뜬 눈이 어찌나 형형하고 무서운지 로이는 덜덜 떨리는 손에서 약병을 놓치지 않으려 애써야 했다. 동시에 가슴이 착잡했다. 설마설마했는데 이것으로 확실해졌다.

"……마틴."

로이가 침을 꼴깍 삼키고 마틴을 불렀다. 끝이 조금 떨리긴 했어도 그럭저럭 상냥한 음색이 나왔다. 마틴의 낯이 콱 찌그러졌다.

"뭐."

"있잖아. 그거 다 거짓말이었어."

"뭐가."

"소원을 들어주면 친구라느니, 가족이라느니 했던 거 말이야."

"……뭐?"

마틴의 손에서 일순 힘이 빠진 틈을 타, 로이가 재빨리 곰방대를 낚아챘다. 마틴이 텅 빈 손을 움켜쥐었다.

"어휴, 무서워서 어디 대화하겠냐. 무기 사용 금지. 그러니까……."

"……그래서?"

"응?"

마틴의 주변에 실바람이 솟구쳤다. 푸석푸석한 볏짚 머리카락이 밤송이처럼 바짝 서서 흔들거렸다. 가시 가죽을 뒤집어쓴 것 같은 그 형상이 보통 공포스러운 게 아니었다.

로이가 "하하" 하고 마른 웃음을 흘렸다. 이러려던 게 아닌데!

"……다 거짓말이라고? 이유가 뭐가 됐든 넌 나와 계약한 몸이야. 마법사의 계약이 애들 손가락 장난인 줄 알아? 하하. 안됐네. 마법으로 묶인 계약은 절대 번복할 수 없거든.”

“마, 마틴? 진정, 진정하세요. 쉬이, 쉬이이…….”

“또 그렇게 장난치듯이 넘어가려고 하지! 넌 옛날부터 그 모양이었어! 저한테 유리하다 싶으면 살살 약 올리고! 놀리고! 차라리 아무것도 모르는 새끼 로이 쪽이 백배 천배 나아! 당장 그 약 먹어! 먹고 당장 돌아와!”

“제멋대로인 게 누구야, 이 자식아!”

로이가 마틴의 얼굴을 향해 약병을 던졌다. 화들짝 놀란 마틴이 코앞까지 날아온 약병을 겨우 두 손으로 낚아챘다.

“깨지면 어떡하려고 이걸 던져!”

“야! 너는 누가 돈 줄 테니까 친구 하자고 하면 친구 하냐!”

벽난로 옆에 선 로이의 얼굴에 장작불이 일렁였다. 어린 낯이 숯처럼 붉었다. 종일 잔뜩 운 터라 피부가 땡땡 부어 있었다. 질리도록 본 얼굴인데, 표정이 낯설었다.

“이 바보야! 왜 몰라! 칠십 넘도록 서로 오줌 똥 싸는 거 다 보면서, 아침저녁으로 밥 같이 먹고, 지겹다고 욕하고 방구 뿡뿡 뀐 사이가 그럼 뭐야! 뭐냐구! 그걸 꼭 말로 해야 알아?!”

마틴은 내심 의아했다. 오랜 친구는 이런 얼굴을 한 적이 없었다. 눈앞에 있는 얼굴이 기억 잃은 로이의 것과 비슷해 보이면서도 어딘가 달랐다. 로이의 목소리에 물기가 섞였다.

“제발, 이 나이 먹고 쪽팔린 말 좀 하게 하지 마! 기억 잃은 건

난데, 왜 네가 열몇 살 꼬맹이처럼 구는 거야?! 아, 네. 댁은 원래 그러셨죠, 네에, 네에!"

"……너 지금 기억 있잖아."

"지금 그게 중요하냐, 이 멍청아! 미역 머리! 헛똑똑이!"

로이가 두 주먹을 위협하듯 세워 마틴에게 달려들었다. 가소로운 무게였으나 마틴은 속절없이 뒷걸음질 쳤다.

마틴의 등이 벽에 닿았다. 위에 달려 있던 카피레 액자 두엇이 충격으로 바닥에 떨어졌다. 천사처럼 잘생긴 얼굴이 허공을 향해 웃고 있었다. 기억 잃은 로이가, 왕자의 표본이라며 동경하던 얼굴이었다.

로이가 "아오, 쪽팔려!" 하며 마틴의 가슴을 주먹으로 쳤다. 탁탁 터지는 가벼운 소리에 심장이 따라 울렸다.

"그걸 꼭 말로 해야 아냐구! 나이는 폼으로 먹었어! 덩치만 크면 뭐해! 이 맹탕 같은 놈! 모자란 놈!"

"……지금 붙으면 내가 이기거든?"

"내가 이겨, 짜샤!"

로이가 울음처럼 덧붙였다. 네가 마법을 쓰지 못했더라도, 너는 내 친구였을 거라고. 마틴은 가만히 벽에 등을 대고 있었다.

배에 얼굴을 묻은 작은 머리통에 벽난로 빛이 일렁였다. 불이 옮겨붙은 것처럼 복부가 뜨거웠다. 이내 축축해졌다. 미안하다는 속삭임이 들린 것도 같았다.

마틴은 그게 진짜 로이가 한 말인지, 장작이 갈라지는 소리였는지, 창틈으로 새는 바람 소리였는지 헷갈렸으나, 이제 뭐가 어찌 되든 좋다는 생각이 들었다.

정확한 햇수도 모를 만치 오랜 세월이었다. 길다면 길고, 짧다면 짧은 시간이었다. 마틴이 멍하니 한 손을 들어 올렸다.

남색 약병이 불그스름한 장작불을 반사했다.

* * *

아침부터 줄줄이 손님이 방문했다. 회색탑까지 음식을 전해주러 온 양호 선생과 안소니, 그리고 눈이 탱탱 부은 킨이었다.

어제의 난리에도 불구하고, 트리비아 중앙에 큰 피해는 없었다. 창밖에 비친 마을 풍경이 어제와 한 치도 다름없었다. 밀밭도 황금 바다처럼 색이 고왔다.

그들은 마틴이 시간을 돌려놓았다고 했다. 양호 선생은 "똥싼 놈이 치워야지!" 했고, 안소니는 "죽지만 않으면 어떻게든 되기 마련입니다"고 했다.

양호 선생도 안소니도 "미스터 블랙에게 얘기 많이 들었다"며 젬을 정수리부터 발끝까지 하나하나 뜯어 보았다. 어찌나 눈빛이 은근한지 말도 못 했다.

카피레는 있는 척 없는 척 팔짱만 끼고 멀리서 구경만 했다. 그의 시선 끝엔 킨이 있었다.

킨은 마법석 수입 문제 해결 겸, 젬을 찾아 먼 길을 왔다고 했다. 자세한 사정까지는 몰라도, 어제에 이어 오늘까지 눈물을 찔끔거렸고, 안절부절못했다. 그간 보통 걱정한 기색이 아니었다.

세 사람 모두 할 말이 많아 보였으나 금방 문밖으로 쫓겨났다. 벽에 등을 기대고, 팔짱 낀 채 눈썹을 꿈틀꿈틀하는 카피레 때문이었다.

젬이 음식 바구니를 열면서 슬쩍 눈치를 보았다.

"뭐 안 좋은 꿈이라도 꿨어요? 영 심기가 불편해 보이는데."

"……잡것들이 방해만 않으면 기분 나쁠 것도 없어."

"어허! 어르신께 말버릇 하곤."

"아, 그쪽은 취소."

카피레가 그제야 허물어지듯 미소 지으며 팔짱을 풀었다. 그 얼굴이 평소와 미묘하게 달랐다. 주변 공기 역시 평소보다 반짝반짝 빛나는 듯 보였다. 창을 등지고 있는 것도 아닌데 이상한 일이었다.

카피레는 제 돈으로 산 멀쩡한 셔츠와 바지 차림이었다. 웬일로 아침 일찍 일어나 세수까지 끝내고 검댕 화장마저 제 손으로 마친 터였다.

분명 평소와 다름없는 복장이긴 했다. 딱 잘라 말하긴 어려우나 뭔가 달랐다.

'……이상하다.'

젬은 대놓고 말할 순 없어 그냥 벽난로 앞에 음식을 펼쳤다.

어제 들고 간 그대로 가져온 기억회복약이 자꾸 몸에 스쳤다.

그 감촉이 손톱에 박힌 가시처럼 신경에 거슬렸다.

카피레가 미지근한 샌드위치를 하나 집었다. 젬은 아이를 위해 삶은 달걀 껍데기를 까던 중이었다.

반쯤 걷은 커튼 너머로 안개 낀 풍경이 비추었다. 때마침 울음소리와 함께 한무리 새 떼가 지나갔다.

어제 그 난리가 있었다곤 상상도 못 할 만큼 평화로운 공기였다. 눈을 가늘게 뜨고 젬의 눈치를 살피던 카피레가 "있잖아……" 하고 운을 뗐다.

"그 곰처럼 생긴 작자랑은 무슨 사이야?"

"네?"

"……여기 오기 전부터 알던 것처럼 보이던데. 우린 가족도 친지도 없고 빚쟁이에게 쫓기는 신세라고 하지 않았어?"

"아아, 그, 그것이 말입니다요!"

젬의 달걀 껍데기 벗기는 손놀림이 점차 거칠어졌다. 아기 엉덩이처럼 탐스럽던 흰자에 손톱자국이 곰보처럼 푹푹 패였다.

숨죽여 지켜보던 아이의 낯이 점차 불편해졌다. 카피레는 아무것도 모른단 표정으로 눈만 깜박였다.

"친구, 친구예요! 제가 빚진 것도 알고 있는, 그, 뭐랄까. 불알친구? 우연히 여기까지 찾아왔다더군요! 하하! 얘길 들은 이상 절 도와주고 싶다고요."

"흐음. 그래?"

카피레가 여상한 얼굴로 샌드위치를 오물오물 씹었다. 그간

쌓아 놓은 거짓말이 있어 젬은 순간 눈앞이 아득했다.

킨에겐 또 뭐라고 변명한담?

카피레가 아직 요 모양 요 꼴인데, 유라레까진 또 어떻게 간단 말인가.

킨에게 유라레 소식을 들은 것은 좋았다. 이대로 모른 척, 이곳에 말뚝을 박을 순 없으니까. 아이의 반쪽을 위해, 약속을 지키기 위해서라도 그건 안 될 일이었다.

젬이 덜렁덜렁 반으로 부서지기 일보 직전인 달걀을 아이에게 건넸다. 아이의 복잡한 표정은 눈에 들어오지도 않았다. 젬이 넌지시 카피레의 눈치를 살폈다.

그래, 분명 이대로는 안 됐다. 젬이 코트 안쪽에 손을 넣어 보라색 약병을 쥐었다.

"카피레. 어제 하던 얘기 말인데요. 그, 기억을……."

"아아. 그거 말인데. 생각이 바뀌었어."

꼭 기다린 것처럼, 카피레가 바로 답했다.

"……네?"

"기억, 굳이 찾을 필요 없을 것 같거든."

"왜, 왜 갑자기 마음이 바뀌셨어요?"

"젬, 기억나? 내가 어제 젬에게 긴히, 필히, 꼭 하고 싶은 말이 있다고 했잖아."

카피레가 입 안에 든 것을 전투적으로 씹어 삼키곤 해바라기처럼 웃었다. 그 천진한 표정에 젬이 저도 모르게 고개를 끄덕였다.

“예에, 그랬던 것 같아요.”

큼큼, 헛기침한 카피레가 잠시 목소리를 가다듬었다. 그러곤 설탕 꽃처럼 싱긋 웃었다.

“……나랑 같이 살자.”

젬이 얼떨떨해 되물었다.

“예? 지, 지금도 같이 살고 있는데요?”

“아니, 그게 아니라…….”

카피레가 자연스레 몸을 숙였다. 이 세상 것이 아닌 것처럼 아름다운 이목구비가 거짓말처럼 가까워졌다. 숱 많고 긴 속눈썹이 천천히 감기며 보석 같은 눈동자가 살짝 가렸다.

젬이 두 눈을 질끈 감았다. 뺨에 부드러운 것이 닿았다 떨어졌다.

카피레가 평소 애용하는 달콤한 꽃향기가 코에 스몄다. 젬은 온몸에 솜털이 바짝 서는 듯했다. 저도 모르게 다리에 힘이 들어갔다.

빳빳하게 굳은 젬의 귓가에 카피레가 속삭였다.

“이런 의미로. 같이 살자.”

“카, 카피레……?”

젬이 녹슨 기계처럼 끽끽 겨우 고개를 돌렸다. 카피레의 볼에 서린 희미한 홍조에, 젬의 넋이 머나먼 여행을 준비했다.

“아, 부끄러워. 그렇게 보지 마. 나 지금 엄청 긴장했다구.”

젬이 어버버 입만 뻐금거렸다. 카피레가 가볍게 눈을 흘기며 중얼거렸다.

"그런 의미로 좋아해, 젬. 나 진짜로 젬을……."

카피레가 말끝을 흐리며 눈을 깜박였다. 깊고 짙은 눈매가 나비 날갯짓처럼 젬을 유혹했다.

카피레가 벙찐 젬의 뺨을 부드럽게 쓰다듬고는 젬의 손에 남은 샌드위치 포장을 벗겨 들려 주었다. 주스도 쪼로록 컵에 따르곤 칭찬 기다리는 강아지처럼, 수줍은 꽃봉오리처럼 젬을 보았다.

젬의 넋 나간 눈동자와 카피레의 반짝이는 눈동자가 마주쳤다. 카피레의 살풋 접힌 눈웃음에 젬은 결국 홀랑 넋이 나가 버렸다.

*　　*　　*

젬은 멍하니 고개를 끄덕였다. 염소처럼 양상추를 씹는 젬을 보며, 카피레는 속으로 안도의 한숨을 내쉬었다.

미인계가 제대로 먹혀 다행이었다. 그렇다고 거짓을 말한 것도 아니었다. 미스터 블랙이 준비했던 착각 범벅의 프로포즈 대사보단 이쪽이 백배 나았다.

카피레는 남은 샌드위치를 한입에 삼키곤 원수의 혀를 씹듯 맹렬히 입을 놀렸다. 이제 와서 기억을 되찾는 약 따윌 먹을 생각은 요만큼도 없었다. 그는 한시라도 빨리 곰 새끼를 유라레로 쫓아내리라 결심했다.

지난밤, 가슴에 구멍 뚫린 본의 뒷모습과 듬직한 형님의 미소가 밤새 카피레를 괴롭혔다. 카피레는 이를 질끈 물고 끙끙 고개만 흔들었다.

이제 와 유라레에 돌아가서 무엇을 어쩐단 말인가.

자신은 모지리의 복제라고 했다. 어미 배를 모르고 난 자식, 아비조차 버린 자식이었다. 제물로 태어난 예비품이었다. 그것만으로도 모자라 친구도 잡아먹었다.

내 것으로 생각한 자리가 내 것이 아니었다. 뺏겼다고 생각할 주제조차 못되었다. 미스터 블랙은 겨우 잡은 자신의 자리였다. 놓칠 수 없었다.

젬은 미인계로 되었다. 이제 곰 새끼만 처리하면 된다. 카피레의 머릿속이 팽이처럼 돌아갔다.

때문에, 그는 미처 눈치채지 못했다. 제 몫을 다 먹은 아이가 의심의 눈초리로 카피레를 훔쳐보는 것을 말이다.

* * *

"젬! 젬 마키나!"

젬이 헉, 하고 정신을 차렸다. 킨이 기가 막힌 듯 젬 눈앞에 손바닥을 흔들었다.

"……지금까지 나하고 무슨 말 했는지는 기억나?"

"보르누 왕세자님, 이 아니라 폐하께서 널 콕 찝으셨다구. 그리고 본 경이……."

그래, 본 경. 젬이 주먹을 꼭 쥐었다. 본을 다시 만날 수 있는 것이다.

"듣긴 들은 모양이네. 난 또 눈 뜨고 자는 줄 알았지."

젬이 푸르르 고개를 털었다. 이게 다 카피레 탓이었다. 갑자기 뒤에 후광을 두르고 덤비니 제정신으로 상대할 수가 없었다. 무시무시하다고밖에 표현할 수 없는 미모였다.

킨이 슬쩍 젬 눈치를 보았다.

"본 경은 곧 도착할 거야. 발 빠른 사람이니까. 너는 어쩔 거야."

"당연히……" 까지 말한 젬이 잠깐 숨을 삼켰다. 이른 아침, 촉촉한 목소리로 속삭이던 카피레의 음성이, 아이의 요정 가루보다 찬란히 빛나던 미모가 아직도 생생했다.

요정 왕자처럼 달콤하고 아름다운 낯이 젬의 세수도 안 한 얼굴에 뽀뽀를 날렸더랬다.

이 요사스러운 놈! 잘생긴 놈!

젬은 속으로 백번 천번 고개를 끄덕였더랬다. 그래! 다른 것 따위 알게 뭐냐! 같이 살자! 같이 살고말고!

그러나 아이 얼굴을 보는 순간, 젬은 그 말이 쏙 들어갔다.

카피레가 원하지 않는다면, 기억약을 건넬 생각은 결코 없었다. 카피레가 이대로 살고 싶다고 한다면, 만류할 생각 따위 요만큼도 없었다. 같이 살자고 한다면, 아이와 함께 셋이 알콩달콩 가족이 되고 싶었다.

하지만, 지금은 아니었다.

"당연히 가야지. 본 경이 오면, 오는 대로……."

"그래……."

킨이 찜찜한 표정으로 말을 이었다.

"그런데 젬, 왕자님 말인데……."

"으응. 아직 기억을 찾지 못한 상태라, 여러모로 불안정하셔서……."

"으으응?"

젬이 "혹시 이상한 걸 묻더라도 네가 이해해 줘. 굳이 혼란스럽게 하고 싶지 않아" 하고 중얼거렸다. 킨의 관자놀이에 진땀이 송골송골 맺혔다. 뭐라 입을 빼금거리던 킨이 "저어, 젬" 하고 운을 뗐을 때였다.

"젬 님!" 하며 노란 머리 남자, 안소니가 뛰어왔다. 어제 난리 탓인지 안소니를 비롯한 교원들이 여러 번 학교와 회색탑을 오가는 중이었다.

그가 숨을 고르며 말을 전했다. 회색탑의 마법사, 마틴이 젬을 부른단 소식이었다. 젬이 자리에서 벌떡 일어났다.

"갔다 올게."

"마법석 일도 좀 물어봐 줘. 이것도 일이라서……."

젬이 종종걸음으로 뛰어갔다. 킨이 힘없이 어깨를 축 늘어트렸다. 멀어지는 박쥐 코트가 귀엽고 애틋했다. 가슴에 엉킨 실타래가 숨은 것처럼 마음이 복잡했다.

어제의 소란이 거짓말처럼, 마을은 험한 곳 하나 없이 멀쩡했다. 열심히 삽질한 보람도 없이, 회색탑의 마법사란 자는 손짓 한 번으로 소란을 잠재워 버렸다.

왜 진작 하지 않았느냐 따지니, 마음의 평정이 필요하다나 뭐라나 지껄여 댔다. 태연 작작한 얼굴이 어찌나 얄밉던지.

그러나 난생처음 목도한 '진짜' 마법은 책 속에서 튀어나온 듯 신비로웠다. 마법사 주변에 넘실대는 흰빛이 이 세상의 것이 아닌 것처럼 아름다웠다.

넓은 분지 전체를 둘러싼 백색 마력이 마법사의 손짓에 따라 아지랑이처럼 춤을 추었다. 자그마한 흰 날개 요정 떼가 백색 파도를 타고 놀았다. 어디선가 나타난 흰 날개 요정 떼는 마틴이 마법을 마치자마자 거짓말처럼 사라져 버렸다.

그 탓일지도 몰랐다. 젬을 따라다니는 핑크색 요정을 그러려니, 하고 넘긴 것은.

킨이 뺄쭘하게 뒤돌았다. 안소니의 호기심 섞인 눈빛이 부담스러웠다. 더 두려운 건 혹여 모를 만남이었다. 젬을 만난 것은 좋았다. 카피레 왕자가 있을 것도 예견한 바였다. 그러나, 그 상태가 킨의 예상을 뛰어넘었다.

이런 동화처럼 아름다운 산골 벽촌에서, 그토록 오랜 시간을 젬과 단둘이 보냈겠다. 기억을 잃은 척 젬을 속이고, 서로를 의지하며…….

"어이. 바쁜가 봐?"

킨이 헉, 소릴 내며 자리에 굳었다. 여유로운 발소리가 바로 뒤에 멈췄다. 킨은 차마 돌아보지 못했다. 카피레가 친절히 그의 어깨를 두드렸다.

"내가 어제 못다 한 말이 있어서 말이야……."

그늘이라곤 찾아볼 수 없이 상냥한 목소리였다. 킨은 눈앞이 깜깜해졌다. 그가 겨우 입술을 물고 뒤를 보았다. 악마가 내려온 듯 아름다운 미모가 킨을 보고 미소 지었다.

지나던 면면들이 "미스터 블랙!" 하며 인사를 건넸다. 거기에 답하는 왕자의 얼굴이 인형 탈처럼 낯설었다. 왕자가 킨을 곁눈질하며 속삭였다.

"……조용히 따라와."

* * *

킨은 카피레에 대한 것이라면 단편적인 사실밖에 몰랐다.

돌아가신 왕비님을 쏙 빼닮아 외양이 매우 아름답다든가, 형님을 잘 따른다든가, 사람을 싫어한다든가, 싸가지가 없다든가.

혹은, 유리의 실험을 거쳤다든가 하는…….

유리와 가까이하며 알게 된 카피레 왕자에 관한 사실은, 하나

같이 절대 입에 담아선 안 되는 기밀 사항이었다. 킨은 속으로 몰래 생각한 적이 있었다. 얘도 참 인생이 불쌍하다고. 괜히 관련해 좋을 일이 없겠다고. 분명 우습게 본 마음도 있었다.

그러나 막상 마주한 카피레는 닥터 유리의 꼭두각시도, 복제 인형도 아니었다. 상황을 파악 못 한 바보는 자신 쪽이었는지도 몰랐다.

킨은 몇 번이고 발이 꼬였으나 부지런히 카피레의 등을 쫓았다. 바지에 뭔갈 넣은 것처럼 걸음이 불편해 보였다. 당연히 물어볼 용기는 없었다. 도망칠까 망설일 찰나엔 귀신같이 카피레가 뒤를 돌아보았다. 덕분에 심장이 남아나질 않았다.

카피레와 함께 인적 드문 숲길로 들어섰다. 키 큰 침엽수림과 우거진 덩굴나무가 사방에 잔뜩 깔렸다.

나무 사이를 통과하는 바람이 웅웅 우는 소릴 냈다. 바닥에 튀어나온 돌은 또 어찌나 많은지 발까지 욱신거렸다.

킨이 뒤를 보았다. 길이 보이지 않았다. 어떻게 혼자 돌아갈 수도 없는 숲 속이었다. 킨이 속으로 생각했다.

'서, 설마 죽이지야 않겠지. 그치? 그렇겠지, 젬……?'

그때였다. 카피레가 자리에 멈춰 옆에 있는 나무를 짚었다. 나무껍질이 아문 딱지처럼 거칠고, 둘레가 제법 튼실한 나무였다. 머리 바로 위에 드리운 가지가 유난히 굵고 쭉 뻗은 것이 인상적이었다. 사람이 매달려도 꿈쩍 안 할 만치 튼튼해 보였다.

"이 정도면 될 것 같군……."

"큼큼, 이곳까진 무슨 일로……."

카피레가 "응?" 하고 되물으며 싱긋 웃었다. 치약 광고에 나가도 될 만큼 청량한 미소였다.

"너, 젬을 데리러 왔다고?"

"제, 젬뿐만이 아닙니다. 당연히 왕자님도 같이 가셔야……."

"함부로 부르지 말라고 했을 텐데?"

카피레가 미소를 유지한 채 눈만 가늘게 떴다. 킨이 입을 잉어처럼 뻐끔거리다 이내 눈에 힘을 주었다.

"와, 왕자님께서 어디까지 알고 계신진 모르겠지만, 한시바삐 유라레로 돌아가셔야 합니다. 왕자님의 생환을 애타게 기다리시는 분이……!"

"아아아아."

카피레가 귀를 후비며 큰 소리를 냈다. 킨이 멈칫한 사이, 카피레가 허리춤에서 팔뚝만 한 봉을 꺼냈다. 아니, 어떻게 거기서 그게 나오는가. 킨이 두 눈을 의심했다.

"내가 네 얼굴 하나 기억 못 할 줄 알았어? 이 유리 쫄따구 새끼."

"헉, 아, 아니, 아닙니……!"

눈 깜짝할 새 킨에게 접근한 카피레가 팔뚝만 한 몽둥이로 킨의 뒤통수를 후려쳤다. 싱거울 정도로 맥없이 무너진 킨이 흙바닥에 얼굴을 박았다.

카피레가 주먹을 쥐었다 폈다 하며 "이게 먹히네" 하고 신기해했다.

카피레는 킨을 기억하고 있었다. 마과부 가운을 입은 사람 중 그만한 덩치는 드물었다. 더군다나 유리의 심부름으로 왕과 자주 접촉하던 이었다.

젬의 친구?

다 미끼라 보았다. 카피레가 미리 준비해 둔 새끼줄을 손에 감아쥐었다.

아니, 설사 진짜 친구라 해도 상관없었다.

카피레가 킨의 몸에 새끼줄을 꽁꽁 묶기 시작했다.

* * *

인기척이 들린 건 작업이 거의 막바지에 다다를 무렵이었다. 카피레가 폭포수처럼 쏟아지는 땀을 대충 닦으며, 미리 챙겨 온 불끈불끈 특제 보약까지 원샷 한 직후였다. 수풀 헤치는 소리가 멀리서 가까워졌다.

이곳은 회색탑 뒷산과 바로 인접한 숲이었다. 마을 사람 중 이곳을 찾는 이는 거의 없었다. 외지인이 애용하는 산길도 아니었다. 동물이라기엔 키가 제법 컸다.

카피레가 혀를 찼다.

처음이 어렵지, 둘이 어렵겠느냐.

그가 내려 뒀던 둔기를 손에 쥐고 온몸을 긴장시켰다. 빠른 걸음으로 가까워진 그것이 덩굴 사이로 불쑥 몸을 내밀었다.

카피레는 저도 모르게 손에서 힘이 빠졌다.

상대가 눈을 꾹 감았다 떴다.

"……카피레?"

머리에 죽은 나뭇잎이 잔뜩 붙어 있었다. 광대뼈가 톡 튀어나오도록 마른 얼굴이 낯선 듯 눈에 익었다. 카피레는 저도 모르게 손에서 힘이 빠졌다.

목을 조금 덮은 숏컷에 멀대같이 큰 키. 기억보다 조금 마른 몸뚱이. 허리며 허벅지에 주렁주렁 매달린 단검과 둔기류.

머리꼭지부터 발끝까지 죽 훑어본 카피레가 눈을 꿈벅였다. 상대가 얼빠진 표정을 지었다.

카피레의 손에서 방망이가 떨어졌다. 몽둥이가 바닥을 데굴데굴 굴렀다. 카피레가 떨리는 목소리로 말했다.

"……본?"

"카피레, 왕자님."

웃는 듯, 우는 듯 한 걸음 내디디던 본이 흠칫 놀라 눈을 매섭게 떴다. 카피레의 정수리부터 꼼꼼히 살펴보며 바닥에 떨어진 몽둥이까지 확인했다.

꿈인지 생신지 아직 분간이 덜 된 카피레가 "왜, 왜 그래?" 하자, 본이 굳은 표정으로 고개를 끄덕였다.

"안심하십쇼, 카피레. 증거 인멸이라면 나도 도와줄 테니까."

"이 인간이 진짜! 도와 달라니까! 살려 달라고!"

카피레가 눈치 못 채게 필사적으로 구조 신호를 보내던 킨이 결국 지네처럼 몸을 뒤틀었다. 그는 손발이 꽁꽁 묶인 채 나뭇가지에 거꾸로 매달린 상태였다.

"……뭐야, 이거 깨어 있었어?"

카피레가 씩 웃으며 뒤돌았다. 본은 카피레가 떨어트린 몽둥이를 주워 킨 앞에 섰다. 그러곤 활짝 웃는 낯으로 물었다.

"내가 어떻게 하면 됩니까, 카피레?"

"아, 진짜! 나 그런 거 아니라고! 닥터 유리 따위, 망할! 제기랄! 도와주러 온 거라고오오오!"

킨의 절규가 하늘 높이 울려 퍼졌다.

* * *

마틴의 공방은 회색탑에서 가장 넓고 높은 공간이었다. 천장 가까이 달린 창에서 대각선으로 빛이 내렸다.

마틴은 벽을 마주 본 나무 책상에 다리를 올린 채 의자에 몸을 기대고 있었다. 금방이라도 뒤로 넘어갈 것처럼 의자가 두 다리로 삐딱하게 서 있었다. 빛을 받은 머리카락이, 꼭 백색처럼 가늘게 빛났다.

텅 빈 공방. 불 꺼진 가마솥. 사방이 고요했다.

마틴이 푹 한숨 쉬며 곰방대에 불을 붙일 찰나였다. 끼이익, 경첩 우는 소리와 함께 문이 열렸다. 문틈으로 빼꼼 고개를 내민 것은 기다리던 손님이었다. 실바람이 따라 들어왔다.

마틴이 저도 모르게 미소 지었다.

"왔냐."

젬이 실험대에 걸터앉아 마틴을 보았다. 로이 일을 묻자니, 입이 안 떨어졌다. 곰방대 끝에서 매운 연기가 용 꼬리처럼 허공에 올랐다.

"킨이, 마법석 일 좀 물어봐 달라던데요."

"진짜 알던 사이인 모양이네."

"소꿉친구예요."

마틴은 영 관심 없는 눈치였다.

"안 됐지만 네 친구에게 말 좀 전해 줘. 동굴을 한동안 닫아 놓을 생각이라, 그쪽 말대론 안 되겠다고."

"왜 갑자기……."

"으음, 약값은 생각해 뒀어?"

젬이 허공에 발을 구르다 말고 마틴을 보았다. 마틴이 한 손에 턱을 괴고 곰방대를 흔들어 보였다. 지난밤, 마틴이 한 말이 다시금 떠올랐다. 시간을 돌리는 마법사라니. 현실감 없는 얘기였다.

젬이 긴가민가해서 물었다.

"약이, 잘 듣던가요?"

"……효과 좋던데. 덕분에 살았어."

어디까지 기억을 잃은 걸까. 카피레도, 젬도, 어쩌면 마틴과 함께했던 시간까지 잊어버린 걸까?

젬은 해맑게 웃던 로이의 얼굴을 떠올렸다. 마틴이 자리에서 일어났다. 잿가루가 바닥에 쏟아졌다.

"야."

"네?"

마틴이 묘한 눈으로 젬을 응시했다. 목깃에 숨어 있던 아이가 순간 날개를 파르르 떨며 경계했다. 아이를 돌아볼 새도 없이, 날 선 바람이 뺨을 스치고 지나갔다.

높은 이명이 고막을 때렸다.

'뭐지? 날벌레?'

젬이 얼굴 주변에 휘휘 손을 털었다. 날카로운 공기가 연기처럼 흩어지며 이명이 씻은 듯이 사라졌다.

"……방금 뭐였지?" 하고 젬이 중얼거릴 찰나, 아이가 "제엠!" 하며 젬의 목을 안았다.

갑자기 날아든 요정 가루에 젬이 코를 실룩거렸다. 마틴이 묘한 표정으로 곰방대를 입에 물었다. 조심성 없는 움직임에 바닥에 잿가루가 후두둑 떨어졌다.

"금서 붙들고 영 헛수고만 한 건 아닌 것 같네."

"푸엣취! 네?"

젬이 마틴과 아이를 번갈아 보았다. 아이의 복잡한 표정에 만감이 교차했다.

젬은 그제야 방금 자신이 느꼈던 이상한 공기가 마틴의 마법이었을지도 모른단 생각이 들었다.

코앞까지 걸어온 마틴이 젬을 머리부터 발끝까지 죽 훑어보았다. 그러곤 어깨를 가볍게 두드렸다.

"약값 줄게. 가자."

"어, 어디로요?"

마틴이 곰방대를 입에 문 채 씩 웃었다.

"뒷산."

* * *

백색 절벽은 마틴이 기억하는 최초의 장소였다. 넓고 높게 깎아지른 절벽은, 아침엔 푸르스름한 새벽을, 낮에는 깨끗한 상앗빛을, 저녁엔 불그스름한 석양을 담아내는 살아 있는 캔버스였다.

흰 날개 요정은 한낮의 절벽을 닮은 존재였다. 말은 통하지 않았지만, 마틴의 좁은 세계에서 유일하게 친구라 부를 만한 대상이었다.

그가 기억하는 게린 헤이트는 백발이 성성하고 온몸에 주름이 자글자글한 쭈그렁통 늙은이었다.

키는 열몇 살 애만 했고, 등이 익은 벼처럼 굽은 남자였다. 눈빛만은 웬만한 젊은이 못지않게 형형했는데, 돌이켜 보면 그것은 혈기가 아니라 광기에 가까웠다.

그는 인간에게도 동물에게도 공평했다. 안 좋은 의미로 그랬다. 마치 살아 있는 모든 것에 관심이 없는 듯했다.

그의 세상은 그와 마법을 중심으로 돌아갔다. 그는 자신에게 이익이 되는 것, 무익한 것, 해가 되는 것으로 세상을 구분했다. 그런 그가 목숨보다 아끼는 단 한 가지가 있었다. 그것이 바로 금서였다.

당시 금서는 마법에 재능이 모자란 이를 위한 보조 도구에 가까웠다. 자신의 영혼을, 혹은 제물을 바쳐 힘을 얻는 시스템은 어딘가 흑마법을 연상시켰다.

금서에 대한 세간의 인식은 별로 좋지 않았다. 게린 헤이트는 그에 아랑곳하지 않고 금서에 매달렸다.

쥐꼬리만 한 마력에도 불구하고 그는 자신이 천재라고 믿었다. 영혼을 팔아서라도 얻고 싶은 어떤 것이, 게린 헤이트에겐 있었다.

그것은 다름 아닌 세간의 인정이었다.

당시 시모 산맥은 험하고 외진 동네였다. 산맥과 접한 세 나라에서 쫓기듯 도망 온 사람이 이따금 터를 잡곤 했다.

변덕스러운 기후에 척박한 토양. 농담으로라도 살기 좋다 할 수 없는 땅이었다.

마틴은 그곳에 숨어 살고 있었다.

마틴은 자신이 아마 전쟁고아였을 것이라 여겼다. 그 이전의 기억이 희미했기 때문이다.

마틴이 기억하는 최초의 사람은 게린 헤이트였다.

마틴은 정처 없이 산을 배회하던 중 이따금 사나운 인간이나 들짐승을 만나곤 했다. 운이 좋으면 못 본 체로 끝났으나, 재수 없으면 발에 차이거나 먹을 걸 모두 뺏기곤 했다.

그날도 그런 평범한 날 중 하나라고 생각했다. 멀리서 가까워지는 발소리에 습관처럼 굴속에 머리를 파묻고 숨은 마틴이었다.

상대는 마틴의 예상과 달리 움직였다. 상대는 마틴의 엉덩이를 사정없이 발로 찼고, 먹을 걸 나눠 주었다. 그게 바로 게린 헤이트였다.

그는 마틴에게 딱딱한 빵과 물을 약속했다. 마틴은 망설임 없이 그의 조수 겸 약물 실험체가 되었다.

게린 헤이트는 백색 절벽 구석 동굴에 살았다. 교류하는 인간은 일절 없었다.

동굴 안쪽에는 말 못 하는 마법 생물이 가득했다. 사자 머리에 말의 몸통을 한 괴물, 날개 달린 뱀, 고슴도치처럼 가시 돋친 도마뱀 등등이 유리 상자에 갇혀 있었다.

그중에서도 가장 흔히 볼 수 있는 생물이 바로 흰 날개 요정이었다. 게린은 그들이 본래 백색 절벽에 깃들어 살던 생명체라고 했다.

검고 커다란 눈동자, 웃는 듯 아닌 듯 오묘한 표정. 상앗빛을 뿌리는 잠자리 날개가 인상적이었다. 마틴은 그들의 말을 알아들을 수 없었지만, 본래 타인과 교류가 없어 말을 잘 모르는 게 오히려 득이 되었다.

마틴은 오래지 않아 요정들과 친구가 되었다. 게린 헤이트는 딱히 그것을 말리지 않았다.

게린 헤이트는 박학다식한 노인이었다. 의술이며 마법 이론이며 약초학을 줄줄 꿰어 모르는 것이 없었다. 그가 따로 마틴을 가르친 적은 없으나 마틴은 마른걸레가 물 빨아들이듯 탐욕스레 지식을 흡수했다.

마틴은 타고난 마법사였다. 그것도 자질이 제법 큰 축에 속했다. 게린은 미처 알아차리지 못한 사실이었다.

게린 헤이트가 한참 금서와 요정 연구에 열을 쏟을 무렵이었다. 흰 날개 요정과 만남을 금지당한 마틴은 종일 하릴없이 동굴 밖 돌밭에서 시간을 보내곤 했다.

어느 날 마틴은 동굴 근처까지 놀러 온 한 아이를 만났다. 아이는 숲 어딘가에 숨겨진 마을이 있다고 했다. 자신은 그곳에서 왔다고, 그곳엔 친구도 가족도 있다고 했다.

마틴은 난생처음 본 또래 인간에게 넋이 홀랑 빠졌다. 독이 든 사과의 유혹이었다. 몇 번의 만남 끝에, 마틴은 대화에 익숙해졌다. 소리 내어 말하는 것이 두렵지 않게 되었다.

그 무렵, 게린은 한 연구에 성공했다. 맨발로 동굴을 사방팔방 뛰어다니며 고래고래 소리쳤다. 어찌나 기뻐하는지 웃다가 갈비뼈가 부러져 죽지 않을까 염려될 정도였다.

그는 습관처럼 실험 과정을 줄줄 노래했다. 요약하자면, 금서에 요정을 봉인하는 거라고 했다. 마틴은 고개를 갸웃했다. 그럼 요정은 어떻게 되는 거냐고 물었다.

게린 헤이트는 의아한 듯 당연한 걸 왜 묻느냐고 했다. 마틴은 뭐가 당연한지 알 수 없었지만, 더 물어보지 않았다.

노인의 유리구슬 같은 눈동자에 덜컥 겁이 났기 때문이었다.

오래지 않아 노인은 방대한 마력을 손에 넣었다. 또래 아이는 언제부턴가 가족이 아프다며 방문이 뜸해졌다.

흰 날개 요정들은 눈에 띄게 숫자가 줄어 갔다. 마틴이 마법을 자각한 것은 그 무렵이었다. 실험의 여파인지 한쪽 날개가 떨어진 요정이 있었다.

마틴을 그것을 고쳐 주고 싶다고 생각했다. 생각은 곧 현실이 되었다. 한 번 성공하자, 그는 이 미지의 힘을 이곳저곳에 써 보고 싶어졌다. 마틴은 충동을 참지 않았다.

꼬리가 밟힌 건 금방이었다.

노인은 약초 뿌리 같은 수염을 파르르 떨며 분노했다. 사기꾼, 도둑놈, 악마의 씨앗이라 마틴을 매도했다.

마틴이 따로 배우지 않고도 마법을 쓴단 사실 하나만으로, 그는 괴팍한 보호자에서 미친 노인으로 변해 버렸다.

그는 나무 지팡이를 인정사정없이 휘둘렀다. 마틴을 발로 차고 쾅쾅 밟았다. 마틴이 눈을 떴을 때, 그는 늘 보던 유리 상자 안에 갇혀 있었다.

실험실에 인기척은 없었다. 흰 날개 요정들이 유리 벽에 붙어 그를 보았다. 눈빛만으로 알 수 있었다.

흰 날개 요정들은 떠나라고, 달아나라고 했다. 거짓말처럼 잠금쇠가 풀리며 문이 열렸다. 마틴은 같이 가자고 했다. 요정들은 일제히 고개를 저었다. 이 절벽을 떠날 수 없다고 했다.

마틴은 구르듯 상자에서 몸을 빼내 동굴을, 돌밭을, 숲을 달렸다.

노인이 지팡이를 들고 쫓아올까 무서워 뒤도 돌아보지 못했다. 그는 예전에 만난 또래 아이의 도움으로 깊은 숲 마을에 몸을 숨겼다.

게린 헤이트가 먹인 약의 부작용으로 온몸의 털이 초록색인 탓에 초반엔 따돌림도 당했으나, 그간 배운 지식을 앞세워 오래지 않아 마을 의사로 자리를 잡았다.

노인이 그를 찾겠다고 산에 불을 지르진 않을까, 흰 날개 요정을 앞세워 그를 찾아오진 않을까. 마틴은 전전긍긍했으나, 그런 일은 없었다.

밤마다 덜덜 떤 것이 무색하게도, 마틴은 그 뒤 게린을 본 일이 없었다.

마틴이 다시 백색 절벽을 찾은 것은 몇십여 년이 지난 뒤였다. 몸도, 마력도 몰라보게 성장한 마틴은 근방에서 가장 강력한 마법사였다. 친구를 도와 작은 나라를 꾸린 직후였다.

게린 헤이트가 질리도록 실험했던 약 탓인지, 마틴은 유난히 노화가 느렸다. 젊어 보이는 외양이긴 했으나 나이로 따지면 마틴은 훌륭한 아저씨였다.

더는 두렵지 않다고, 노인은 이미 죽었을 것이라 혼자 되뇌며 마틴은 절벽 앞에 섰다.

동굴 입구는 그의 기억보다 몹시 낮고 좁았다. 안쪽에 고드름처럼 들어찬 수정에선 변함없이 기이한 마력이 흘렀다.

마틴은 한 걸음, 한 걸음 내디딜 때마다 손도 발도 작아지는 듯했다. 무력하게 두들겨 맞던 어린 시절로 회귀하는 느낌이었다.

겨우 게린 헤이트의 실험실에 발 디딘 때, 그는 저도 모르게 숨을 멈추었다.

둥근 실험실은 텅 비어 있었다. 흐트러진 책, 깨진 유리 조각이 바닥에 널려 있었다. 그 위에 뽀얗게 먼지가 쌓여 있었다. 오랜 시간 버려진 흔적이었다.

마틴은 이곳저곳을 꼼꼼히 살폈다. 노인이 구석에 웅크리고 있다가 별안간 튀어나와 목을 물어뜯을 것 같았다.

물론 기우에 불과했다. 실험실은 냄새나고 무거운 먼지와 어둠만 가득했다. 천장에서 둥근 빛이 가늘게 내리쬐었다. 그때 마틴은 구석에 어른거리는 그리운 빛을 발견했다.

마틴은 두 눈을 의심하며 가까이 다가섰다. 잘못 본 게 아니었다. 흰 날개 요정이 그의 주위를 맴돌았다.

* * *

마틴이 맨질맨질한 책상을 손으로 쓸었다. 먼지 대신 요정 가루가 묻어 나왔다. 젬이 실험실을 한 바퀴 둘러보았다.

둥근 벽의 반을 채운 책장, 골동품처럼 방치된 낡은 기계에 세월의 흔적이 역력했다.

"내가 아는 건 여기까지야."

젬이 무의식중에 배를 쓰다듬었다. 금서와 게린 헤이트의 일기장이 겹쳐 있었다. 그 판판한 감촉이 어딘가 께름칙하게 느껴졌다.

젬이 책상 앞에 섰다. 이름 없는 책과 노트가 가지런히 꽂혀 있었다.

"……혹시 무덤이라거나."

"알게 뭐야. 늙은이와 내 인연은 거기까지야. 그 후는 몰라. 네게 헤이트란 이름을 듣기 전까진 나도 잊고 살았어."

마틴이 바람 빠지는 소릴 내며 책 모서릴 긁었다.

"별로 떠올리고 싶지 않은 기억이야. 어때, 이만하면 약값으로 충분하겠어?"

"……게린 헤이트는 이곳을 떠나 다른 곳에 정착했을지도 모르겠네요. 거기서 제자를 두었을지도요. 닥터 유리가 헤이트의 금서를 썼던 걸로 봐선……."

"유리 헤이트 잉겔이라 했나? 거참, 기막힌 우연이군 그래."

"1인 전승 학파에선, 스승의 성을 제자가 물려받는 경우도 흔해요."

"흥, 그딴 거 내 알 바 아냐."

젬이 품에서 주섬주섬 금서를 꺼냈다. 닳아 해진 가죽 표지는 아무리 봐도 글자의 흔적을 찾기 힘들었다.

"아까 요정 얘기는……."

"게린 헤이트는 금서에 힘을 응축시키기 위해 마법적 존재를 책에 봉인하려 했어. 나도 자세한 건 모르지만, 뭔가 성과가 있긴 했던 모양이지. 네 그 핑크 요정을 보면 말이야."

아이는 줄곧 말이 없었다. 심각한 표정으로 젬의 어깨에 앉아 있을 뿐이었다.

"이제 어쩔 거야. 저 곰 새끼를 따라 돌아갈 거야?"

"그러려고요."

"원숭이 놈 기억은? 약은 먹였어?"

젬이 하하, 하고 어색한 웃음을 흘렸다. 괜히 코트 주머니에 손을 넣어 팔락팔락 날개 쳤다. 마틴이 더 묻는 대신 어깨를 으쓱했다. 젬이 급히 덧붙였다.

"혹시 카피레가 여기 혼자 남으면 잠시 부탁드릴게요."

"설마 나더러 애를 둘이나 돌보란 말이야? 그럴 일은 없을 거라 믿는다."

"만약에라니까요! 그리고 맨날 하던 일 아네요. 숙취해소약 넉넉히 만들어 놓고 갈 테니까……."

"이게 날로 먹으려 드네."

마틴이 어이없다는 듯이 웃었다.

젬이 흰 날개 요정은 어디 있느냐고 물었다. 마틴은 실험실 맞은편, 동굴 가장 깊숙한 곳에 그들의 둥지가 있다고 했다.

마틴이 위험할 때가 아니면, 바깥출입을 극도로 꺼린단 말도 덧붙였다.

젬이 바닥에 버섯처럼 솟은 마법석을 신발 끝으로 톡톡 두드렸다.

"아까 킨이 한 얘긴 무슨 뜻이에요?"

마틴은 괜히 천장에서 내리는 햇빛을 감상하는 척하다가 마지못해 입을 열었다.

"마법석을 쓸 일이 생겨서 말이야. 전처럼 무작정 파는 건 그만두려고. 듣자 하니 유라레에선 인공 마법석을 만드는 법도 개발 중이라며. 큰일이야 있겠어?"

"뭐에 쓰시게요?"

"……이게 자꾸 날로 먹으려 드네."

마틴이 눈을 부라렸다. 하나도 안 무서웠으나 젬은 예의상 물러나 주었다. 마틴이 지나는 말처럼 슬쩍 흘렸다.

"갖고 싶은 거 있으면 챙겨 가."

"네?"

"여기 있는 거 말이야. 책이나 그런 거. 이제 다시 올 일 없을 테니까."

젬이 눈을 동그랗게 뜨고 주먹을 쥐었다.

"예? 그래도 돼요?"

"싫음 말고."

"아녜요! 완전 좋아요!"

젬이 반색하며 달려가 책상 위에 책을 쌓았다. 세 권, 열 권, 스무 권을 넘어가자 마틴이 곰방대를 휘둘렀다.

"책 장사할 일 있냐! 적당히 해!"

젬은 줬다 뺏는다고 투덜거리며 겨우 몇 권을 추렸다. 게린 헤이트의 기록이 대부분이었다. 마틴이 우두둑 소리 나게 목을 양옆으로 꺾었다.

"배고프다. 가자."

이상하리만치 조용한 아이를 어깨에 얹고, 젬은 마틴의 뒤를 따랐다. 금줄에 다다른 때, 젬은 저도 모르게 뒤를 돌아보았다.

반딧불이처럼 조그마한 흰빛이 먼 곳에서 아른거리는 것도 같았다.

"빨리 안 나와?"

"가요!"

젬이 금줄을 폴짝 넘어 백색 돌밭에 섰다. 해를 정면으로 반사하는 흰색 풍경이 너무도 눈이 부셨다. 하늘이 높았다.

* * *

얼마간 앞에서 걷던 마틴이었으나 어느 순간 하늘로 솟았는지, 땅 밑으로 꺼졌는지 모습이 보이지 않았다.

또 혼자 마법이라도 쓴 모양이겠지. 술도 혼자 먹고, 마법도 혼자 쓰고. 하여튼 세상 저 혼자 사는 양반.

젬이 "그치?" 하며 아이에게 투덜거렸다. 아이는 웬일로 묵묵부답이었다. 마틴 흉보는 일엔 과도하리만치 적극적인 아이였건만, 이상한 일이었다.

젬이 주섬주섬 주머니에서 알사탕 하나를 깠다. 자리에 멈추어 아이 눈앞에 상하좌우로 사탕을 흔들었다.

반응 없던 아이가 "젬" 하고 낮은 소릴 냈다. 젬이 껍질 깐 사탕을 아이 손에 들려 주었다.

"응?"

이상해요. 기억이 안 나.

"뭐가?"

뭐든지요…… 게린 헤이트란 이름도, 닥터 유리도. 생각해 봐요. 젬 바로 전에 금서와 계약한 인간이 바로 유리일 텐데, 나는…….

젬이 사탕을 하나 더 까다 말고 아이를 보았다. 잠자리 날개가 비에 젖은 걸레처럼 축 늘어져 있었다.

"아이가 그랬잖아. 반쪽과 떨어져서 기억이 불완전하다고. 그리고 그게 보통 세월이야? 사람이 모든 걸 어떻게 완벽하게 기억하겠어."

난 요정이고, 사람이 아녜요. 하나도 위로가 안 되지만. 마음만 고맙게 받을게요.

"진짜야, 아이. 반쪽을 찾으면……."

젬이 말끝을 흐렸다. 아이의 반쪽, 젬의 목숨의 은인이었다. 젬은 아까 마틴의 공방에서 느꼈던 기이한 감각을 되새겨 보았다.

그것이 유라레에서 겪었던 마법과 비슷한 능력이라면, 전처럼 유리에게 끌려가기만 하진 않을 것이다.

갑자기 맷돌이 위에 얹힌 듯 숨이 콱 막혔다. 그래, 젬은 돌아가야 하는 것이다.

닥터 유리의 손에서 반쪽을 찾기 위해, 유라레 성으로.

아이가 "젬" 하고 사탕을 내밀었다. 너무 커서 핥다가 혀가 마를 지경인 알사탕 때문이었다. 다디단 과일 향이 났다.

젬이 사탕을 어금니로 깨어 조각을 나눠 주었다. 아이가 부루퉁한 얼굴로 입술을 오물거렸다.

뭐, 먹을 만하네요. 왕자궁에서 먹던 것관 비교도 안 되지만.

"그때랑 비교하면 반칙이지, 아이."

기억회복약은 어쩔 거예요. 그대로 묵혀 둘 거예요?

젬이 호두까기 인형처럼 사탕을 와그작와그작 씹으며 딴 곳을 보았다. 아이가 사탕을 쭉쭉 빨며 말했다.

젬 마음 가는 대로 해요. 난 뭐라고 할 생각 없어.

"아이……."

카피레의 아픈 기억을 제가 나서서 들쑤시지 않아도 된다는 것만으로도, 젬은 차라리 마음이 편했다.

날카로운 사탕 단면에 입 안에 자잘한 상처가 베였다. 젬이 손에 묻은 사탕가루를 탁탁 털어 낼 때였다.

"젬! 젬 마키나아아! 어디 있습니까아아아!"

젬이 "응?" 하고 주변을 두리번거렸다. 약초밭에서 가까운 뒷산 초입이었다. 듬성듬성한 나무 기둥 사이로 뭔가 시꺼먼 것이 능선을 달려오고 있었다.

뭐, 뭐지? 아이와 젬이 한 몸처럼 숨을 죽이고 눈을 가늘게 떴다. 젬의 박쥐 코트를 발견한 것일까. 검은 인영의 속도가 한층 빨라졌다. 그에 따라 젬을 부르는 목청도 높아졌다.

"제엠!" 하고 소리 높여 부르는 음식이 낯선 듯 어딘가 귀에 익었다. 허스키하고, 낮은 목소리에 촉촉한 물기가 서려 있었다.

이목구비가 눈에 들어올 만치 가까워진 거리. 젬이 두 눈을 크게 떴다. 뭐라 생각하기도 전, 발이 먼저 움직였다.

어깨를 떠나는 아이의 무게도 느낄 수 없었다. 젬이 긴가민가한 얼굴로 몇 발자국 앞으로 떼었다.

"……본!"

"젬!"

흥분한 멧돼지처럼 한달음에 튀어온 본이 젬을 번쩍 안아 들어 제자리를 빙글빙글 돌았다.

땀 섞인 흙냄새가 코에 확 끼쳤다. 항상 깔끔한 복장을 유지하던 본답지 않게 차림새가 엉망이었다. 얼굴도 십 년 구른 거지

꼴이었다.

젬이 본의 뺨을 두 손으로 힘주어 쥐었다.

"……이게 뭐야! 얼굴이 왜 이래요!"

"젬! 얼굴이 원래 이렇게 생겼던가요? 개구리 괴인이 어딜 갔지?"

"놀리지 말아요!"

젬이 본의 머리카락을 장난스레 당겼다. 눈 밑은 검게 푹 꺼졌고, 광대뼈가 폭 튀어나온 해골이 좋다고 씩 웃었다.

그 미소에 젬은 왈칵 눈물이 터졌다. 젬과 카피레를 막아서던 꼿꼿한 등이, 바닥에 퍼지던 피 웅덩이가 다시금 떠올랐기 때문이었다.

젬이 코를 훌쩍이며 오만상을 찌푸렸다. 못난이 얼굴로 "흐으으으" 하며 뭐라 입을 빼금거렸다. 눈물, 콧물, 침이 폭발했다.

본이 웃는 듯 우는 듯 젬을 힘주어 안았다. 무사해서 다행이라고, 카피레를 지켜 줘서 고맙다고 속삭였다. 젬이 본의 목을 안은 손에 잔뜩 힘을 주었다.

엉덩이를 단단히 받친 손이 든든해서, 속삭이는 음색이 기억보다 거칠어서 눈물이 멈추질 않았다.

본의 머리에 앉은 아이가 코를 쓱 문지르며 "감동적인 장면이야" 할 때였다.

"쿠울럭쿨럭쿨럭."

옆에서 요란한 헛기침 소리가 터졌다.

젬이 눈물로 범벅된 얼굴을 들었다. 카피레가 산적 고릴라로 변신하기 직전이었다. 단단히 팔짱 낀 자세로 팔뚝에 힘줄이 솟아 있었다. 갓 잡은 오징어 다리처럼 눈썹이 꿈틀꿈틀 춤추는 것은 물론이었다.

그 옆에 불편한 표정으로 진땀을 삘삘 흘리는 킨도 보였다.

"참 보기 좋네. 응? 누가 보면 다시 만난 연인인 줄 알겠다. 그치?"

카피레가 온화한 음성으로 중얼거렸다. 관자놀이에 불끈 솟은 힘줄이 말과 전혀 다른 뜻을 내비쳤다.

본이 조용히 젬을 내려놓았다. 손이 닿았던 곳을 탁탁 털어 주기까지 했다.

젬이 멍하니 "카, 카피레? 이게 대체……" 했다. 카피레가 마지못해 팔짱을 풀었다.

"할 말이 있어서 왔어. 새집 머리는?"

듣자 하니 본 경을 만난 지 얼마 안 된 모양이었다. 본은 마침 마을 어귀에 있던 카피레, 킨과 가장 먼저 마주쳤다고 했다.

본의 설명에 킨이 눈알을 요리조리 굴리며 마지못해 고개를 끄덕였다.

"카피레 일로 많이 놀라진 않았어요?"

젬이 속삭이자 본이 환한 얼굴로 고개를 저었다.

"이런 서프라이즈라면 심장이 멈춰도 좋습니다" 하곤 젬의 머리카락을 쓸어 주었다.

카피레가 천연덕스러운 표정으로 말했다.

"그 인간도 너와 아는 사이였다며? 여기서 우리랑 같이 살고 싶다더라. 새집 머리한테 빈방 하나 더 내놓으라고 해."

"네?"

하하하, 웃음 짓는 본의 얼굴에 그림자 한 톨 없었다. 카피레는 뭐 문제 있느냐는 듯 콧대만 세웠다.

아니, 킨에게 들은 얘기랑 전혀 다른데……?

보르누의 밀명을 받고 왕자를 찾아 먼 길을 떠난 우수 연구원과 천하무적 기사는……?

젬의 의아한 눈빛을 킨은 모른 척 외면했다. 안 그래도 너덜너덜한 킨의 복장에 못 보던 흙 자국과 죽은 잎사귀가 잔뜩이었다. 그 얼굴에 미처 숨기지 못한 불만이 가득했다.

젬은 짧은 추리를 끝냈다. 보아하니 본이 기지를 발휘해 기억 잃은 카피레를 배려해 준 모양이었다.

자세한 건 몰라도 마틴을 또 부를 필요는 없었다. 젬이 침을 꿀꺽 삼키고 답했다.

"마, 마틴은 먼저 가서 없어요. 그렇지만 굳이 빈방이 하나 더 필요하진 않을 거예요."

"뭐? 서, 설마 셋이 같은 방을 쓰겠단 건 아니겠지! 안 그래도 좁아터진 골방인데!"

"전 쪽방이라도 괜찮습니다, 젬!"

본이 주인 만난 강아지처럼 초롱초롱한 눈빛을 쏘았다. 젬이 고개를 저었다.

"본이랑 카피레가 같은 방을 쓰면 될 거거든요. 전 킨과 같이 유라레로 돌아갈 예정이라……."

높이 뻗은 나뭇가지 사이로 새 날갯짓 소리가 들렸다. 마른 잎이 바닥에 툭툭 떨어졌다. 시린 바람이 머리카락을 헝클고 지나갔다. 바람에 죽은 나무 냄새가 섞여 있었다.

아까까지 반시체 꼴이던 킨의 낯에 희미한 생기가 돌았다. 어리둥절한 본이 고개를 갸웃거리는 사이, 카피레가 미소 띤 얼굴로 한 발 다가왔다.

"……내가 방금 잘못 들었나 봐. 젬, 다시 한 번 말해 볼래?"

"음, 카피레? 이마에 핏대가 섰네요. 아주 또렷해요."

아이가 "쉿! 쉿!" 짐승 쫓는 소릴 내며 젬과 카피레 사이에 꼈다.

"차라리 잘 됐어요. 본과 함께라면 저도 한숨 놓이고요."

"……너 혼자 거길 왜 가는데?"

젬이 슬쩍 본과 킨을 보았다. 멀쩡한 사람 앞에서 거짓말을 늘어놓으려니 등에 진땀이 났다.

"저, 전에 말했잖아요. 우리가 빚지고 도망 왔다고요. 마틴한테 약값도 두둑이 받았겠다, 빚 청산하고 오려고 그러죠!"

"빚이라니요……?"

중얼거리던 본이 헙, 하고 입을 다물었다. 카피레가 뭐라 입을 뻐금뻐금하다 한숨을 쉬었다. 표정만 보면 기막혀 죽은 귀신이 빙의한 듯했다.

그 가운데 킨의 표정이 참으로 오묘했다. 점점 이상해지는 분위기에 젬이 "그, 그치, 킨?" 하고 동의를 구했다.

킨이 미묘한 표정으로 "으응! 응응!" 했다. 카피레의 얼굴에 점차 실핏줄이 올랐다.

카피레가 기억회복약을 거부한 순간부터 줄곧 준비한 변명이었다. 카피레가 원하지 않는 이상, 유라레에 같이 가자고 할 이유는 없었다.

안 그래도 눈에 띄는 양반이었다. 왕이 나서서 도와준다고 해도 카피레가 완벽하게 안전할 수 있을까? 영 마음이 안 놓였다. 상대는 바로 그 닥터 유리였다.

지금도 깊은 밤 이따금 잠 못 들고 끙끙 뒤척이는 카피레였다. 악몽이 무섭기는 젬도 마찬가지였다. 검은 지하 실험실 풍경은 아직도 꿈에 나올까 두려웠다.

젬이 혼자 고개를 끄덕끄덕했다.

"일 마치면 바로 데리러 올 테니까요. 약속해요!"

카피레가 주먹으로 제 가슴을 퍽퍽 쳤다. 말로 하지 않아도 음성이 전해지듯 표정이 생생했다. '그걸 말이라고 하냐, 이 멍청아!'란 외침이었다.

젬이 손뼉을 마주쳐 짝 소리를 냈다.

"아, 특제 보약은 충분히 만들어 놓고 갈 테니까요!"

"필요 없어!"

카피레가 결국 입에서 불을 뿜었다. 어깨까지 부르르 떨었다.

킨이 "히익!" 하고 나무기둥에 몸을 붙였다. 본이 굳은 미소로 "카, 카피레 님. 진정……" 했다.

카피레가 분을 못 참고 흙바닥을 발로 뻥뻥 찼다. 썩은 풀잎과 돌가루가 푹푹 파이며 돌 튀는 소리가 났다.

"안 돼! 절대 안 돼! 나 두곤 못 가!"

"카, 카피레! 진정해요!"

"진정!"

카피레가 힘주어 바닥을 찼다. 자갈이 튀어 킨의 이마를 직격했다.

"못 해!"

힘찬 발길질에 다시 한 번 튀어 나간 자갈을, 본이 여유롭게 피했다.

오랜만에 강림한 야생 원숭이, 산적 고릴라가 사납게 눈을 빛냈다. 카피레 주변에 후광 대신 먹구름이 깔렸다. 찬란한 빛 가루 대신 음산한 벼락이 콰콰쾅 내리쳤다.

전에 없이 날 선 표정에 어금니가 길어 보이는 듯한 착각이 일었다. 아이가 젬의 후드에 숨어 "엄마야, 세상에" 하고 중얼거렸다.

젬이 잔뜩 얼어 "그, 금방 온다니깐요?" 했다. 카피레의 전신에 검은 폭풍이 휘몰아치는 듯했다. 카피레가 핏줄 선 두 눈을 부릅뜬 채 으르렁거렸다.

"절대! 안 돼!"

젬은 순간 눈앞이 아득해졌다. 한동안 이상하리만치 의젓해졌나 싶더니, 우주 제일 떼쟁이의 강림이었다.

*　*　*

그날 밤, 회색탑 보금자리에 단둘이 남은 때였다. 젬이 카피레에게 물었다. 왜 꼭 따라와야겠느냐고.

카피레는 그럼 너는 왜 꼭 가야 하느냐고 물었다.

한 다리를 꼰 채 팔짱 낀 자세가 꼭 왕자궁에서 보던 카피레 같았다. 젬은 저도 모르게 불쑥 물었다.

"……카피레, 혹시 기억하는 거예요?"

젬은 무슨 기억인지 묻는 대신 제가 놀라 입을 다물었다. 카피레는 팔짱 낀 자세로 물끄러미 젬을 보았다. 젬은 설명할 수 없는 감각이 전신을 타고 오르는 것을 느꼈다.

카피레가 무표정한 얼굴로 답했다.

"아니."

감정이 느껴지지 않으리만치 담담한 음성에 젬은 불현듯 깨달았다. 자신이 취할 태도도 바로 알 수 있었다.

젬이 태연한 척 고개를 끄덕였다.

"그래요."

그게 다였다. 더 무슨 말을 해야 할지 알 수 없었다. 잠시 침묵이 흘렀다. 목깃 안쪽에서 아이가 천을 잡아당겼다.

젬이 "먼저 주무세요. 바람 좀 쐬고 올게요" 하며 뒤돌았다. 카피레가 힘없이 팔짱을 풀었다.

"젬 마키나."

"네?"

젬이 문을 열다 말고 뒤를 보았다. 카피레가 뭐라 입을 달싹이다 가면처럼 장난스러운 표정을 썼다.

"아니, 나중에 일이 잘되면 나도 너한테 묵직한 금화 주머니 줄 수 있다고."

젬이 말없이 빤히 보자 카피레가 급히 덧붙였다.

"아니, 진짜 나중에! 만약에! 진짜 만약에라니까!"

카피레 표정에 '나 기억 찾은 거 아니야, 진짜 아니야'란 글씨가 보이는 듯했다. 젬이 피식 웃으며 문을 열었다.

"거참 감사한 일이네요."

* * *

꽃밭에 내리는 석양 같은, 오묘한 빛깔의 솜구름이 씻은 듯 사라졌다. 아름답긴 매한가지였으나, 평소와 달랐다. 무슨 생각을 하는지 손에 잡힐 듯 훤한 풍경이 아니었다.

문이 닫힘과 동시에 카피레가 침대 바닥을 찼다. 발만 찌르르 아팠다.

첫인상은 사기꾼 약장수였다. 다짜고짜 약이랍시고 입에 병을 처넣더니, 사람 눈을 평생 이 꼴로 만들어 놨다. 뭐, 생각보다 나쁘진 않지만…….

카피레가 뒷머리를 벅벅 긁었다.

그래, 마담 D가 먹인 약 탓이었는지, 젬이 먹인 약 탓인지는 몰라도, 카피레는 젬 주변에서 끝나지 않는 불꽃놀이를 보고 있었다.

그것은 처음 각오한 것보다 나쁘지 않았다. 그냥 나쁘지 않은 수준에서 그쳤다면 훨씬 나았을 것을.

제 속을 훤히 드러내는 상대라면 뒤통수 맞을 일은 없겠다고 판단했다. 약장수 젬은 닥터 유리를 상대함에 제법 쓸 만한 패였다. 그것이 양날의 칼인 것을, 카피레는 미처 몰랐다.

젬은 지금도 진심으로 카피레를 걱정하고 있었다. 아무렇지 않은 척해도 카피레는 다 알았다.

카피레는 젬을 놓치고 싶지 않았다. 기억을 잃기 전에도 그랬고, 지금도 그랬다. 그 감정의 이름을 카피레는 최근에야 겨우 자각했다.

이곳 트리비아는 카피레에게 있어 작은 유토피아였다. 아비도, 유리도, 목숨의 위협도 없었다. 아무것도 기억하지 못하는 척, 젬과 이곳에서 살 수도 있었다.

돌아오겠다던 젬의 말은 진심이었다. 그러나 꼭 가야 한다던 말 역시, 무서우리만치 진심이었다.

카피레는 젬과 떨어져 혼자 전전긍긍 안달복달할 생각은 없었다. 그럴 순 없었다. 본과 나눈 대화가 머릿속을 스쳤다.

“폐하께선 닥터 유리를 끌어내릴 생각이십니다. 몇 년이 걸리든, 몇십 년이 걸리든 포기하지 않을 거라 하셨습니다.”

“나는?”

“변함없는 폐하의 동생이라고. 미리 힘이 되어 주지 못해 미안하다고 하셨습니다.”

“지금 돌아가면? 나는? 모지리는?”

“……카피레 왕자님 생활에 부족함이 없도록 만반의 준비를 갖춰 놓겠다 하셨습니다.”

“애완용 쥐새끼처럼 남몰래?”

본은 그 질문엔 답하지 않았다.

카피레는 조용히 본의 어깨를 두드렸다. 입 밖으로 차마 꺼낼 수 없는 말이 많았다. 본은 모든 것을 짐작하듯 조용히 카피레의 등을 두드려 주었다. 살아서 볼 수 있어 다행이었다.

본은 믿을 수 있다. 형님도 믿을 수 있다. 하지만…….

카피레가 침대 위로 몸을 날렸다. 오래된 매트리스가 바닥으로 쑥 꺼졌다. 익숙한 냄새가 폐부에 스몄다.

시린 가슴에 온기가 번졌다. 젬의 향기였다.

* * *

며칠 뒤, 트리비아 마을 어귀에 인파가 잔뜩 몰렸다. '굿바이, 미스터 블랙'이라고 쓰인 커다란 천이 새벽바람에 힘없이 나부꼈다.

그간 블랙의 미모에 푹 빠졌던 학교 팬클럽 회원들, 한몫 톡톡히 건진 옷 가게 주인, 빵 가게 주인 할 것 없이 마을 사람 대다수가 총출동했다.

눈, 코, 입이 벌게진 안소니가 연신 손수건으로 눈물을 훔쳤다. 오는 이도 가는 이도 드문 트리비아에서 보기 드문 광경이었다.

그중엔 어딘가 달관한 듯한 인상의 로이 왕자와, 언제나처럼 심기 불편한 표정의 마틴도 있었다.

연신 뒤돌아보며 손을 흔들던 박쥐 코트가 이내 우거진 나무 사이로 사라졌다. 로이가 천천히 손을 내렸다. 마틴이 불쑥 뱉었다.

"섭섭하지 않으십니까. 제대로 인사도 못 하고……."

"난 약 먹고 다 잊은 거야. 그게 나아. 젬 님에게도, 카피레 왕자에게도……."

로이가 말끝을 흐렸다.

돌이켜 생각하면 기억을 잃은 사람끼리 상처를 핥아 준 격이었다. 미스터 블랙은 여러 의미로 평생 잊지 못할 친구였다. 그만큼 아름답고, 그만큼 엉뚱한 친구도 찾기 힘들 것이다. 엉뚱한 걸로만 치자면 마틴도 지지 않을 테지만…….

미스터 블랙은 로이가 기억을 잃었단 애길 듣고는 발길을 끊었다. 멀리서 아닌 척 훔쳐보기만 했다. 로이는 그의 시선을 몇 번이고 눈치챘으나, 굳이 아는 체하지 않았다. 어차피 이후로 다시는 못 볼 사이였다.

그가 무사히 제자리를 찾길 바랄 뿐이었다.

기억을 잊는 약을 카피레의 소지품에 몰래 숨긴 것은 마지막 변덕이었다.

마틴이 "흠" 하며 콧바람 소릴 냈다. 안 그래도 로이 방에 가득하던 카피레 콜렉션을 하나둘 처분하는 중이었다.

로이는 '분명 인물 그 자체로 예술이긴 한데, 너무 다닥다닥 붙어서 부담스럽다'고 했다. 정신 연령이 할아버지가 된 탓인지, 아니면 젬을 사이에 둔 실연의 아픔 탓인진 모르겠지만, 마틴으로선 나쁘지 않은 결과였다.

정리된 콜렉션 중 일부는 안소니에게 돌아갔다. 안소니는 그것으로 다시 살아갈 기력을 얻었다고 했다.

로이가 장난스레 속삭였다.

"섭섭한 건 내가 아니라 너 아냐?"

"제가 왜요?"

로이가 재밌다는 듯 이를 드러내고 웃었다. 철없는 소년 같은 표정이었다.

"뭐야, 모른 척하기야? 너 첫사랑이잖아. 젬 님 말이야."

"하하. 무슨 말도 안 되는……. 농담 솜씨가 제법 늘으셨군요."

마틴이 코웃음 치자, 로이가 "아니아니아니, 진짜로 아니야?" 하며 몸을 바짝 붙였다.

"니 인생을 돌이켜 보라구. 네가 그렇게까지 치댄 여자가 또 있었냐구! 좋아하는 애 치마 들추는 코찔찔이처럼 굴었잖아, 너!"

"제가 언제 그랬습니까?"

"그랬어! 완전 그랬거든? 너 그래서 미스터 블랙도 싫어한 거잖아!"

"그건!"

순간 목소리를 높인 마틴에게 시선이 확 쏠렸다. 마틴이 뿔난 소처럼 눈을 부라리자 사람들이 샤샤샥 흩어졌다. "가서 더 자야겠다", "해장이나 할까" 하며 삼삼오오 뿔뿔이 나뉘었다.

마틴이 큼큼 목을 가다듬었다.

"그건 놈이 인간이 아니라 원숭이처럼 구니까, 좀, 그런 것뿐입니다."

로이가 "그으래애애?" 하며 말끝을 끌었으나 마틴은 대꾸하지 않았다. 멀어지던 안소니와 로이의 눈이 마주쳤다.

안소니가 반사적으로 고개를 꾸벅했다. 로이는 아무것도 모르는 척 고개 숙여 답했다.

로이는 그날 기억을 지우는 약을 먹지 않았다. 이대로 시간이 허락하는 곳까지, 마지막을 기다리겠다고 했다.

로이의 시계태엽을 돌릴 필요가 없다면, 시계공은 더 일할 필요가 없었다.

트리비아는 하나부터 열까지 마법의 도움 없인 살기 힘든 곳이었다. 적어도 분지 내 기후와 토양만이라도 현 상태를 유지할 수 있도록 조치할 필요가 있었다.

마틴이 없다 해도.

동굴을 폐쇄한 것은 그 탓이었다. 마틴은 그곳에, 흰 날개 요정과 마법석에 마지막 마법을 쓸 생각이었다. 마법사와 왕이 세상을 떠난 뒤에도, 이 땅을 지켜 달라는.

마틴과 로이는 불필요한 소란을 막기 위해 기억을 잃은 척, 시간을 돌린 척 시치미를 떼다 좋은 때를 봐서 몸을 숨기기로 했다.

금발 소년과 초록 마녀 이야기처럼, 또 진실과 살짝 어긋난 전설이 생길지도 모르는 일이었다.

"아, 배고파! 도시락 싸고 남은 거 먹자!"

로이가 뒤돌았다. 마틴은 잠시 박쥐 코트가 사라진 숲 쪽을 보다가, 천천히 등을 돌렸다.

눈앞에 높이 선 회색탑과 황금 밀밭이 펼쳐졌다. 빨리 오라는 듯 로이가 손짓했다. 오늘따라 바람 소리가 시리고 매웠다.

마틴이 천천히 발을 옮겼다.

—2부. 왕자와 초록 마녀 끝

25.
[막간극] 몇 개의 이름

리스페는 요즈음 두 가지 이름으로 불렸다.

그중 첫째는 유라레 왕실의 보물, 둘째 왕자의 이름 카피레. 두 번째는 그가 세상에 나서 가장 먼저 받은 이름, 리스페였다.

그리고 아무도 불러 주지 않는 애칭이 있었다. 리스페의 반쪽이 붙여 준 애칭, 우주 제일 모지리.

리스페는 그 이름이 싫지 않았다. 비록 불러 줄 사람이 곁에 남지 않았다 해도.

예쁜이와 카피레를 멀리 날린 날, 유리 헤이트는 리스페에게 물었다. 둘을 어디로 보냈느냐고. 리스페는 자기도 모른다고 답했다.

유리는 잠시 리스페의 얼굴을 조각조각 뜯어보더니 반시체가 된 양아들을 수습했다. 좀 더 지체했다면 송장을 치웠을지도 모를 일이었다.

그 뒤로도 유리는 몇 번인가 기습적으로 질문을 던졌다. 그들이 어딨느냐고. 젬 마키나가 금서와 어떤 계약을 했는지 아느냐고.

리스페는 모른다고 답했다. 금서와 연결이 끊긴 게 언젠데, 예쁜이와 영혼이 나뉜 게 언젠데 내가 그걸 알겠느냐고 되물었다.

리스페를 금서에 봉했다 뺀 것도, 예쁜이와 둘로 나눈 것도 모두 유리 헤이트가 한 짓이었다. 유리는 그러냐고 대꾸할 뿐 다그치는 일은 없었다. 옆에서 코다만 애가 닳았다.

리스페는 유리의 지하 실험실에서 유라레 왕자궁으로 거처를 옮겼다. 검고 삭막한 지하실과 달리, 창마다 높은 하늘과 푸른 숲이 그림처럼 펼쳐진 곳이었다.

성 곳곳에 솟은 상아색 돔 지붕이 천상의 것처럼 아름다웠다.

자신을 "형님"이라 칭한 보르누는 늘 자상한 미소를 잃지 않았다. 왕자궁엔 사람이 많았다. 모두 리스페를 "왕자님"이라 부르며 극진히 대했다. 알약이나 링거 대신, 삼시 세끼 맛있는 밥이 나왔다.

리스페는 어느 순간 이해했다. 그들은 자신을 보고 있지 않았다. 모든 것이 이 몸과 똑같은 얼굴을 한 '카피레'의 것이었다.

리스페는 자신을 믿지 않았다. 자신은 왕자이기도 했고, 요정이기도 했으며 둘 다 아니기도 했다.

유리는 리스페가 '망가졌다'고 했다. 망가졌다. 무언가 부족해 못쓰게 됐다는 뜻이었다.

오랜 시간, 리스페는 자신에게 결핍된 무언가를 계속해서 찾고 있었다. 그게 바로 예쁜이었다.

예쁜이는 자신의 가장 더럽혀지지 않은 부분을 분리한 인격체였다. 리스페는 예쁜이를 위해서라면 뭐든 할 수 있을 것 같은 기분이었다.

그러나 예쁜이는 너무 멀리 있었다. 하나였던 기억마저 까마득할 만큼 멀었다.

그 자리에 가끔 코다가 앉았다. 지팡이 없는 외발이 둘이 서로를 지탱하고 선 꼴이었다. 리스페는 그를 싫어할 수 없었다. 누구든 마음 붙일 곳이 필요한 건 마찬가지였다.

예쁜이의 소원을 들어준 뒤, 몸이 영 회복되지 않았다. 본래 삐걱거리던 몸뚱이, 반 토막 난 힘이었다.

리스페나 유리는 그러려니 했는데, 코다만 마음고생으로 죽어 갔다. 아침저녁으로 훌쩍거리고 툭하면 유리에게 호소했다. 리스페가 무슨 병에 걸린 건 아닌지 안달복달했다.

리스페가 멋대로 젬과 카피레를 도피시킨 일로, 유리는 리스페를 다르게 보았다. 말로 하지 않아도 변화가 확연했다.

동생을 눈에 넣어도 안 아프리만치 물고 빨던 보르누도 어느 순간 왕자궁 출입을 꺼리는 눈치였다.

궁에 괴이한 소문이 돌았다.

선왕의 병증이 사실은 유전이라, 둘째 왕자 카피레도 정신이 오락가락한단 얘기였다. 정통성을 노린 현왕이 선왕의 피를 끊기 위해 수를 쓴 것이 아니냐는 음모론은 점차 아래로, 정신병설은 점차 위로 돌았다.

카피레를 빼돌리고, 보르누가 한 걸음 물러난 이상, 리스페의 가치는 또다시 하락한 셈이었다.

유리는 골골대는 리스페를 보며 가끔 턱을 긁었다. 리스페를 어찌 사용해야 할지 고민하는 눈치였다.

리스페는 그러거나 말거나 관심 없었으나 코다는 달랐다. 이미 한 번 닥터 유리의 술수에 놀아났던 몸, 그것을 놓칠 코다가 아니었다.

*　*　*

리스페는 창틀에 걸터앉아 몸을 비스듬히 기대고 있었다. 희고 얇은 레이스 커튼이 잔잔히 파도쳤다.

푸른 하늘을 배경으로 도자기 인형처럼 창백한 피부와 금을 녹인 듯한 금발이 그림 같은 조화를 이루었다.

덜 잠긴 흰 셔츠 사이로 조각한 듯한 쇄골과 매끄러운 가슴팍이 드러났다. 공허한 눈동자가 허공을 응시하고 있었다.

"……카피레."

저도 모르게 튀어나온 말에 코다가 놀라 혀를 깨물었다. 리스페가 그제야 알아차린 듯 그를 돌아보았다. 티 없는 웃음이 돌아왔다.

"친구!"

"약 가져왔습니다. 물도요. 식사는……."

"친구는?"

"저는 먹었습니다. 자, 약부터 드세요. 식사는 남기지 않으셨겠지요?"

리스페는 영 성에 안 찬 표정으로 창턱에서 내려왔다. 보기 좋게 딱 맞았던 셔츠며 바지가 헐렁거릴 만큼 커졌다.

리스페는 하루가 다르게 말라 가고 있었다. 상자에 갇힌 꽃처럼 시들시들했다. 갈수록 더했다.

뭘 먹어도 토하고 설사하기 일쑤에 체온이 오락가락 널을 뛰었다. 코다로선 미치고 환장할 노릇이었다.

헛구역질을 참으며 겨우 약을 넘긴 리스페가 비틀비틀 침대로 향했다. 베갯맡에 울타리처럼 늘어선 인형 군단이 보였다.

알록달록하고 통통한 수제 인형들. 코다가 만들어 준, 지금도 만들고 있는 리스페의 작은 친구들이었다.

리스페도 만들어 보겠다고 한참 쪼물락거릴 땐 열 손가락이 상처투성이에 말도 아니었다. 완성품도 영 보기에 좋지 않았다. 사냥개가 온종일 갖고 논 것처럼 형편없었다.

시키는 대로 본 경에게 보내긴 했으나 솔직히, 코다는 그 인형이 쓰레기통으로 직행했을 거라 믿어 의심치 않았다.

본 경은 본 경이었다. 자기 기준에 안 맞는 일엔 칼 같은 사람이었다. 코다는 그 기준에서 벗어난 지 오래였다. 아마 리스페도 마찬가지일 터였다.

리스페의 눈이 가물가물했다. 코다는 그의 가슴까지 이불을 끌어 덮었다. 이마에 흐트러진 머리카락을 정리해 주었다. 리스페가 배시시 웃었다.

익숙한 기억이 떠올랐다. 카피레가 왕자궁에서 보낸 마지막 날, 약을 먹기 전 카피레는 리스페와 똑같이 누워 코다에게 고맙다고 했었다.

자기를 믿어 줘서, 선택해 줘서 고맙다고.

"조금 있다가 깨워 준다. 밤까지 코 하면 안 돼."

리스페가 중얼거렸다. 코다가 고개를 끄덕였다. 코다가 갓난쟁이 재우는 어미처럼 리스페의 가슴을 토닥였다. 곧 리스페의 숨소리가 규칙적으로 변했다.

코다가 천천히 손을 뗐다. 천사처럼 순하고 아름다운 카피레의 얼굴이 보였다. 코다는 스스로를 고문하듯 잠시 그 얼굴을 눈에 새겼다.

리스페, 그리고 카피레.

자는 얼굴만큼은 찍어 낸 듯 똑같은 두 사람이었다.

몰랐다는 말로 그냥 넘어갈 수 있는 가벼운 실수였다면 얼마나 좋을까. 결과적으로 코다는 제가 키우다시피 한 카피레를 간접 살해한 것이나 다름없었다.

밤낮으로 리스페를 돌보며 마주하는 얼굴에, 그 사실을 망각하는 것도 불가능했다.

아마 그것을 어렴풋이 짐작했기에 본 경도 왕자궁을 일찍 떠난 것이라 보았다. 코다가 자리를 털고 일어섰다.

침대 휘장을 내린 뒤, 발소리를 죽여 문을 나섰다. 자물쇠가 찰칵 소리를 내며 잠겼다.

실험실에서 거처를 옮긴 후, 왕자의 개인실은 출입을 엄히 금하고 있었다. 사실상 감금이나 다름없었다.

열쇠를 가진 사람은 코다와 유리, 둘뿐이었다. 코다는 자물쇠를 채울 때마다 심장이 딱딱해지는 것 같은 기분이 들었다.

안에서부터 상처가 고이고 썩어 딱지처럼, 고치처럼 단단해지려는 것이다.

코다가 시간을 확인했다. 유리가 수족처럼 부리던 조수가 먼 길을 떠난 지 근 한 달째였다. 닥터 유리는 개인 연구에 매달리고 있었다.

지금도 실험실에 박혀 있을 시간이었다.

* * *

코다는 순간 눈앞이 아찔했다.

“그게, 뭡니까.”

“아, 코다 군. 급한 용무라도?”

유리가 "기별도 없이 별일이군요" 하며 들고 있던 노트를 내려놓았다. 깃펜 끝에 묻은 잉크가 꼭 검은 피처럼 보였다.

간신히 벽을 짚고 선 코다가 힘겹게 침을 삼켰다. 유리는 "아이쿠, 조심하세요" 하면서도 미소를 잃지 않았다.

"약이 다 떨어졌던가요? 벌써 그럴 시기가 됐나."

"저게 무어냐고 물었습니다."

"응? 무얼 말씀하시는지?"

유리가 고개를 모로 살짝 기울였다. 흘러내린 옆머리가 안경을 살짝 가렸다. 코다가 입술을 짓씹으며 주먹을 세게 쥐었다.

"……저 실험관 안에 든 것 말입니다."

유리의 눈웃음이 짙어졌다. 그가 "아하. 이것 말이십니까" 하며 실험관 유리벽에 손을 올렸다. 여우처럼 기다란 눈초리에 장난기가 그득 담겼다.

"멋지지 않습니까? 후후후."

환희에 찬 목소리였다. 유리가 유리벽을 애무하듯 쓰다듬었다. 푸르스름한 용액이 가득 찬 실험관 속에 인간과 닮은 무언가가 몸을 웅크리고 있었다.

인간은 아니었다. 몸 반쪽에 뼈와 근육이 드러나고도 살아 있을 인간은 없을 테니까.

그것은 마치 해골 표본에 살을 붙이는 듯, 혹은 시체 껍질을 하나씩 벗겨 내부를 확인하는 작업 중인 것으로 보였다. 어느 쪽이든 끔찍했다.

"지금까지 했던 연구가 헛되지 않았어요. 아주 약간의 소스만으로 여기까지 가능할 줄은, 저도 몰랐답니다."

"닥터……."

스스로에 도취된 듯한 목소리였다. 코다는 애써 눈에 힘을 주었다. 정신 똑바로 차려야 했다. 같은 실수를 반복할 수는 없었다.

"무슨 일로 오셨습니까, 코다? 리스페라면 얼마 전에 봤을 텐데요."

"벌써 일주일 전 얘깁니다, 닥터. 약을 먹어도 통 몸이 받지 않는 모양이라고, 무섭게 마른다고 제가 몇 번이나……!"

"아, 그래그래. 들었던 것 같아요."

가벼운 대꾸에 코다는 주먹에 절로 힘이 들어갔다. 손등에 얇은 핏줄이 또렷하게 새겨졌다. 코다가 입술을 짓씹었다.

"이런 실험보다 왕자님을 신경 써 주시지 않겠습니까? 이대론 정말……."

"정말, 뭐요? 죽을지도 모른다고요?"

불길한 나머지 입에 담지도 않던 말이었다. 코다의 사나운 눈빛에 유리가 어깨를 으쓱했다. 가면처럼 뒤집어쓴 은은한 미소가 코다 속을 뒤집었다.

"걱정 말아요. 코다가 걱정하는 일은 없을 테니까."

"닥터!"

유리가 "그보다……" 하며 크게 기지개를 켰다. 우두둑, 하고 뼈 소리가 났다. 유리의 백색 머리카락이 힘없이 나풀거렸다.

창백한 조명 아래 유리 눈 밑의 다크서클이 평소보다 짙어 보이는 것도 같았다.

"코다. 날 돕지 않겠어요?"

"……무엇을 말입니까?"

"마과부 말예요. 계속 관심 있는 거 알고 있어요. 곧잘 따라 하지 않았습니까. 혼자 공부도 하고요."

"언젯적 얘기를 뜬금없이. 전 왕자님의 시종입니다."

코다는 저도 모르게 코웃음을 쳤다.

확실히, 어릴 적 외진 후원에서 리스페 왕자를 처음 만난 직후부터, 코다는 유리를 따라다녔더랬다. 실험실을 놀이터처럼 드나들며 노래 외듯 연구서를 외웠다. 까마득한 옛날 일이었다.

"리스페를 위해서라고 해도요?"

코다가 멈칫했다. 유리가 안경알을 고쳐 썼다. 코다를 꿰뚫어 보듯 빤히 쳐다보는 눈빛에 구역질이 올라왔다.

한참 대답이 없자 유리가 "흠" 하며 유리벽을 손가락으로 두드렸다.

"절 못 믿는 건가요?"

"물론입니다."

"이런, 가슴이 찢어지는 것 같군요. 당신도 카피레 때문인가요?"

당신도란 말이 귀에 박혔다. 의절을 선언하고 나가 버린 본을 말함이었다. 유리가 연극 조로 가슴에 손을 얹었다. 코다는 최대한 차분한 목소리를 내려 노력했다.

“둘 답니다.”

카피레, 그리고 리스페를 위해서였다. 유리가 어깨를 으쓱했다. 책과 잉크, 실험 도구가 이리저리 널린 실험대를 뒤지던 그가 흰색 약통을 하나 찾았다.

“음식 섭취가 어렵다 하시니 별수 없군요. 용법 용량은 전과 같습니다.”

“……감사합니다.”

유리가 약을 건네줄 것처럼 들고선 손을 놓지 않았다. 코다가 그를 올려다보았다. 유리가 살풋이 눈웃음쳤다.

“절 못 믿는다면서, 약은 믿나요? 제가 독이라도 섞었으면 어쩌려고요?”

코다가 움찔 떨었다.

그 말이 맞았다. 왜 자신은 관성적으로 똑같은 일을……!

유리가 “농담입니다” 하며 코다의 손에 약병을 쥐여 주었다. 코다가 덜덜 떨리는 손으로 약병을 힘주어 쥐었다.

“……당신께선 감정이 없으신 겁니까?”

유리가 눈썹을 살짝 찌푸렸다.

“코다?”

“……실언했습니다. 물러나겠습니다.”

* * *

코다가 그대로 뒤돌아 떠났다. 윙윙거리는 기계 소리가 실험실을 적막 대신 채웠다. 무감정한 발소리가 저 멀리 사라졌다.

감정이 없느냐라.

유리가 습관적으로 입꼬리를 올리며 실험관을 보았다.

제법 날카로운 질문이 아닌가.

푸르스름한 유리벽에 창백한 형상이 비추었다. 유리는 제 흰 머리카락을 잡아당겨 보다가 맥없이 손을 놓았다.

그도 뜨거운 인간이었던 때가 있었다. 영혼을 바쳐서라도 얻고 싶은 것이 있었던 때도 있었다.

당시 자신이 어떤 심정이었는지 짐작도 가지 않았다. 지금도 크게 다르지 않았다. 유리의 인생엔 너무 오랜 갈구, 너무 오랜 후회가 있었다.

유리는 자신이 무엇을 위해 연구하는 건지 스스로 헷갈릴 때가 많았다. 어느새 관성적으로 눈앞에 있는 것을 무조건 움켜쥐고 보는 자신이 있었다. 그것이 명예든, 돈이든, 금지된 연구든. 모두 하나를 위해서였다. 그리하여 언젠가는…….

유리가 실험대에 펼쳐진 두꺼운 노트를 힐끔 보고 덮었다. 랑퀴니에 군이 돌아오기로 한 날짜가 얼마 남지 않았다.

유리는 그의 귀환을 몹시 기다리고 있었다. 듣고 싶은 얘기가 많았다.

26.
수도 귀환

“그분께서 모두 준비해 두셨을 겁니다. 틀림없이! 아마도……
아마도!”

킨이 다리를 달달 떨며 혼잣말처럼 중얼거렸다. 자기 최면에 가까운 중얼거림이었다. 보르누 직통 번호가 영 연결이 안 된다는 듯했다. 그러거나 말거나 카피레와 본은 세월아 네월아 여유 작작했다.

젬과 눈 마주친 카피레가 무슨 일이냐는 듯 씩 웃었다. 젬은 어색한 웃음으로 고개를 저었다.

마법으로 날아간 때와 달리, 시모 산맥에서 유라레 수도로 가는 길은 멀고도 험했다. 무적 짐꾼 본 경과 인간 네비게이터 킨이 아니었다면 여정이 두 배로 길어졌을지도 몰랐다.

짧지 않은 기간 동안, 카피레는 본과 킨에게 완전히 적응했다. 무슨 얘기가 오갔는지 모르나 셋 사이에 흐르는 기류가 기묘했다.

게다가 카피레는 기억에 관해 숨길 생각이 없는 게 확실했다. 어찌나 두 사람을 막 대하는지, 빚지고 도망간 빚쟁이가 아니라 돈 빌려준 상사가 따로 없었다.

킨을 굶리고 본을 막 부리는 와중에도 카피레는 젬에게만은 제법 달콤했다. 안 그래도 잘생긴 양반이 젬을 볼 때면 자체 발광하듯 미모가 폭발했다. 사기에 가까웠다. 반칙이었다.

킨은 보르누가 선견지명으로 앞으로의 일을 다 짜 놨을 거라 장담했다. 본은 "흥. 그럴 리 없다. 보르누는 그냥 브라콤이다. 카피레가 보고 싶을 뿐이다. 대책 없다는데 내 한 달 치 월급을 걸겠다!"고 했다. 킨은 "얼씨구나, 거저먹는 내기로다!" 하며 호기롭게 자기 월급을 걸었다.

그리고 현재, 수도를 코앞에 둔 이때 보르누는 연락 불통이었다. 젬이 창밖을 보았다. 조금 있으면 역에 도착이었다. 귀청 떨어지는 열차 소음과도 곧 안녕이었다.

코 골며 늘어지게 자던 아이가 젬의 코트 주머니에서 꼼질꼼질 몸을 일으켰다. 입가에 과자 부스러기가 덕지덕지 붙었고 머리는 사막 사자처럼 부스스했다.

입이 찢어져라 하품하는 요정을, 본이 고이 안아 물수건으로 얼굴을 닦아 주었다. 아이가 익숙한 자세로 시중을 받았다.

창밖을 스치는 높은 건물이 점차 늘어갔다. 이윽고 초록이 우거진 산자락 너머로 번화한 도시 풍경이 펼쳐졌다. 높은 빌딩 숲과 개미굴처럼 꼬인 찻길, 복잡한 시내와 조금 동떨어진 곳에 상앗빛을 반사하는 유라레 왕성이 보였다.

젬이 저도 모르게 카피레를 힐끔 보다가 시선을 돌리던 카피레와 눈이 딱 마주쳤다. 그가 무표정한 얼굴에 재빨리 미소를 덮어썼다.

"빚쟁이가 다짜고짜 덤비진 않았음 좋겠네. 그치?"

"……예에. 그러네요. 하하하."

능청 떨긴. 젬이 어색하게 따라 웃으며 주머니를 뒤집어 털었다. 아이가 흘린 과자 부스러기가 후두둑 떨어졌다.

킨이 "아니, 대체! 왜! 왜!" 외치며 뒤통수를 좌석에 쾅쾅 박았다. 젬이 말리기도 전에 옆에 있던 본이 킨을 한 손으로 제압했다. 억센 손아귀 힘에 킨의 눈이 번쩍 뜨였다.

"진정하십쇼. 옆 칸에 폐가 됩니다."

"크흡!"

"내깃돈은 월급 받은 이튿날까지 입금하십쇼. 계좌 번호는 나중에 따로 알려드리지요."

"크흐흡!"

칸막이 일등실을 빌린 것이 천만다행이었다. 젬이 가방에서 마스크를 꺼냈다. 본래 킨이 쓰던 물건이라 천이며 끈이 약간 늘어나긴 했지만 없는 것보다는 나을 터였다.

젬이 카피레에게 마스크를 내밀었다. 지금까진 그럭저럭 넘겼다 쳐도 수도에서까지 얼굴을 내놓고 다닐 순 없는 노릇이었다.

카피레가 물끄러미 젬을 보았다. 젬이 목을 가다듬었다.

"……사람 많은 곳에는 언제나 바이러스가 활개 치는 법. 미리미리 예방합시다."

"나만?"

"본이나 킨은 감기 안 걸려요."

킨의 원망스러운 눈초리가 젬의 뒤통수를 찔렀다. 이 인간이 다 알면서 왜 시치미람. 젬이 입술을 오물오물 물었다. 카피레가 다 안다는 얼굴로 씩 웃었다.

"나는 안 되고?"

"그럼요."

"추운 날씨도 아닌데?"

젬이 마스크를 꼬옥 쥐었다.

그냥 얌전히 받아 쓰면 어디가 덧나는가! 안 그래도 얼굴 검댕도 관둔 탓에 눈에 확 띄는 얼굴인데! 알 것 다 아는 양반이! 젬의 속내를 읽은 것처럼, 야생 원숭이가 이를 드러내고 활짝 웃었다.

"아하. 남들이 내 얼굴 보는 게 싫어서 그렇구나? 그치?"

'아이고 분해! 분하다, 분해!'

아예 틀린 말은 아니라 더 분했다. 젬의 손에서 마스크가 휴지처럼 구겨졌다. 카피레가 뽀뽀를 기다리는 아이처럼 눈을 살짝 감았다. 직접 해 달란 뜻이었다.

아이가 들으란 듯이 혀를 츳츳 찼으나 젬에게 밖에 들리지 않았다. 킨이 “크흐흡!” 하며 눈물을 찔끔했다.

헐렁한 끈을 부러 거칠게 귀에 걸어 주며 젬은 들으란 듯 한숨을 푹푹 쉬었다.

젬이 카피레에게 마스크를 씌운 지 얼마 되지 않아 열차가 천천히 속도를 늦추었다. 벽돌색 역 건물이 보였다.

말끔히 단장한 아이가 젬의 목깃에 숨었다. 젬이 틈틈이 읽던 게린의 기록을 대충 옷 속에 숨겨 놓곤 자리를 정리했다.

* * *

커다란 가방을 든 사람들이 빠른 걸음으로 스쳐 갔다. 왁자한 소음에 열차 경적 소리까지 섞였다. 간식을 파는 보따리 상인들이 소리 높여 호객했다.

짐을 산더미처럼 등에 인 본 경을 따라 카피레와 젬, 킨이 병아리처럼 졸졸 따라가던 중이었다.

역 이곳저곳이 소란했다. 오가는 인파 사이에 커다란 카메라와 마이크를 든 사람이 보였다. 방송사에서 취재라도 나온 모양이었다.

“걸리면 재미없겠는데” 하는 킨의 중얼거림이 들렸다. 귀에 댄 휴대폰에서 뚜르르뚜르르 수신음이 새었다. 킨은 반쯤 포기한 듯 넋이 나간 표정이었다.

묵묵부답인 보르누보다 택시 기사를 믿어야 할 때가 아닌가 고민하던 때였다.

옆을 지나던 사람이 "카피레 왕자님, 어떡해……" 하고 중얼거렸다. 젬이 깜짝 놀라 옆을 보았다.

길 가던 사람들이 하나둘 자리에 멈추어 벽에 달린 대형 티비를 보고 있었다. 오랜만에 보는 현대 문물에 얼떨떨한 기분도 잠시, 젬은 제 눈을 의심했다.

뉴스 앵커가 착잡한 표정으로 소식을 전하고 있었다. 화면 밑에 커다란 자막이 깔려 있었다.

카피레 왕자. 궁내에서 쓰러진 채 발견. 급히 왕실 병원 후송 중!

흰 문자의 나열이 무엇을 의미하는 것인지, 젬은 순간 이해할 수 없었다. 카피레가 눈을 가늘게 떴다. 등에 진 짐 때문에 부피가 산처럼 커진 본이 그 곁에 살짝 붙었다.

"……뭐 아는 거 있냐?"

"아뇨. 저도 놀랐습니다. 제가 떠날 때만 해도 큰 문제는 없었는데요. 본래 왕자님이나 저분이나 몸이 부실하지 않습니까. 단순한 기절 아니겠습니까?"

개인 연구로 칩거 중인 닥터 유리의 행방에 이목이 쏠리고 있다며, 화면이 문 닫힌 왕자궁 정문을 비추었다. 마이크를 넘겨받은 기자가 두꺼운 자료집을 하나하나 넘기며 뭐라 말했다.

카피레 왕자는 본래 열 살을 넘기지 못할 것이었다는 둥, 그가 지금까지 살아 있는 데는 닥터 유리의 의술이 지대한 영향을 끼쳤다는 둥 했다. 뉴스의 주제는 어느새 닥터 유리 신의설로 옮겨가고 있었다.

가만히 보던 카피레가 "미친" 하며 코웃음 쳤다. 킨이 화면에 시선을 못 박은 채 "코, 콜택시라도 부르겠습니다" 했다.

본이 "그럴 필요 없습니다" 하곤 주머니에서 폰을 꺼내 어디론가 연결했다.

젬이 아이를 보았다. 아이는 젬의 후드 속에서 가라앉은 눈으로 그저 화면만 응시하고 있었다. 젬이 입술을 질끈 물 때였다.

"실례합니다. 거기 남자분!"

또랑또랑한 목소리가 지척에서 울렸다. 반사적으로 뒤돌아본 젬은 정수리 털이 거꾸로 솟는 듯했다.

아기 얼굴만 한 카메라 렌즈가 이쪽을 향하고 있었다. 정면으로 카피레를 비추는 각도였다.

"이번 사건에 대해 어떻게 생각하십니까!"

카피레가 카메라를 힐끔 보곤 어깨를 으쓱했다.

"……오랫동안 여행을 다녀온 터라, 무슨 일인지 모르겠군요."

마스크로도 감출 수 없는 우주 제일 미남 오오라에 기자가 답하다 혀를 씹었다. 마이크에 표시된 행성 마크가 눈에 띄었다.

자유로운 뉴스의 대표 격인 채널이었다. 현재 티비에 화면 구석에 달린 마크와 똑같았다.

젬은 저 행성 마크를 기억하고 있었다. 데자르 부인의 스캔들 발표 현장이 아직도 기억에 생생했다.

"그, 그러셨군요! 정말 큰일이었답니다! 요 몇 달간 유라레에 바람 잘 날이 없었거든요. 근래 두문불출하던 카피레 왕자가 쓰러진 채 발견되면서……."

"저런."

"수도 내 여론이 분분하답니다. 몇 달 전 상왕 하야 사건에서부터 시작해 지금 이 사태! 그를 둘러싸고 많은 흉흉한 소문이 있었더랬지요."

"이거 녹화하는 건 아니죠? 말씀을 참 재밌게 잘하시네요."

"어마. 시, 신사분께선 목소리가 참 좋으셔요."

카피레의 눈웃음에 기자가 당황했는지 말을 더듬었다.

통화가 길어지는 것일까. 본은 휴대폰을 든 채 뒤돌아 서 있었다. 지나던 사람 몇몇이 인간 짐덩이인 본에게 눈총을 날렸다.

킨과 젬은 혹여 저도 카메라에 찍힐까 감히 나서지 못하고 옆에서 손발만 허우적거렸다.

카피레가 살짝 목소리를 낮추었다.

"……그래서요? 흉흉한 소문이 대체 뭐지요?"

"정말 멀리 다녀오신 모양이군요. 후후. 요즘 가장 핫한 뉴스가 바로 왕실 음모론이랍니다."

카피레가 미세하게 눈썹을 꿈틀거렸다. 기자가 습관처럼 가벼운 윙크를 날렸다.

"첫째는 보르누 왕세자 흑막설이었어요. 상왕과 이 왕자를 제치고 안정적으로 즉위하기 위해 수를 썼단 의견이었죠. 뭐, 개인적으로는 설득력이 떨어진다고 봅니다만."

"저와 의견이 같군요."

"후후. 두 번째는 카피레 왕자 유전병설이에요. 돌아가신 왕비님을 닮아 몸이 약한 건 모두 아는 사실이지만, 최근 괴이한 소문이 돌고 있거든요. 카피레 왕자가 정신병에 걸린 게 아닌가, 하는."

기자가 목소리를 낮추며 "그러니까 상왕 폐하처럼요" 하고 덧붙였다. 카피레가 잠시 헛기침했다.

"정신병이요?"

"헤이, 일리! 준비 안 해?"

카메라를 든 남자가 투덜거렸다. 기자가 손목시계를 확인하곤 그를 흘겨보았다.

"아직 시간 좀 남았잖아! 뭐, 아픈 분께 대고 이러쿵저러쿵하고 싶진 않지만……."

카피레가 손을 흔들었다.

"세 번째도 있습니까?"

"물론. 세 번째가 가장 핫 하지요. 후후. 요즘 유라레 곳곳에 나붙은 찌라시 정본데, 실은 이것 때문에 왕실 음모론이 불거졌다고 해도 과언이 아녜요."

"흥미롭군요."

"하하. 허무맹랑한 소리지만요. 이름하야 닥터 유리 만물 창조설이에요."

기자가 말하다 말고 킥킥 웃었다. 발을 동동 구르던 젬이 고장 난 시계처럼 뚝 멈추었다. 카피레의 그림 같은 미소가 살짝 비뚤어졌다.

"……닥터 유리가 신이라도 된단 소립니까?"

"하하, 설마요! 장난으로 붙인 이름이에요! 내용은 단순해요. 카피레 왕자는 사실 닥터 유리가 만들어 낸 인공 생명 실험체란 헛소리죠."

카메라를 든 남자도 어깨를 으쓱하며 킬킬 웃었다. 젬은 웃을 수 없었다. 기자가 웃음 섞인 목소리로 말을 이었다.

"카피레 왕자의 과거나 미모나 하나같이 범상치 않잖아요. 게다가 닥터 유리와의 관계도 독특한 조합이지요. 대학자와 왕자님! 아무리 그렇다 쳐도, 솔직히 말도 안 되는 얘기죠. 유라레 사람 중에 왕비님 얼굴 모르는 사람이 어딨어요. 선왕 폐하는 몰라도 왕비님 유전자를 보면 뭐……."

기자가 눈을 찡긋했다. 카피레가 눈웃음으로 태연히 받아쳤다.

"하하. 그러게 말입니다. 정말 황당하군요."

"후후. 그러고 보니 눈이 굉장히 매력적이시네요. 독특한 빛깔이에요. 흔치 않은 에메랄드빛이, 꼭 누구 씨랑 닮으……."

카피레가 반사적으로 마스크를 올리며 고개를 숙였다. 기자가 고개를 갸웃했다.

"그러고 보니 목소리도 꼭 어디서 들어 본 것 같은……."

"……얘기 잘 들었습니다. 긴 여행 뒤라 피곤하군요. 실례하겠습니다."

"잠깐만요!"

"일리! 준비해!"

뒤도는 카피레의 어깨를 기자가 잡아챘다. 헐렁한 마스크 끈이 툭 떨어지며 카피레의 얼굴이 드러났다.

기자가 입을 딱 벌렸다. 젬은 소리 없는 비명을 질렀다. 얼굴 면적 차가 두 배나 되는 사람 걸 빌리는 게 아니었다! 카피레가 급히 마스크를 주워 썼으나 한발 늦은 뒤였다.

카피레의 눈짓에 젬이 킨의 등을 난타했다. 언제 통화를 끝낸 건지 본이 무시무시한 기세로 뛰어왔다. 그가 카피레를 공주님 안기로 들고 튄 것은 눈 깜짝할 새였다.

"허, 허억! 카, 카피레, 왕자님……?!"

기자의 경악을 뒤로하고 젬은 무작정 본을 따라 뛰었다. 무서운 속도로 멀어지는 짐덩이를 쫓던 젬이 순간 헉, 소릴 냈다.

대형 티비로 눈에 익은 짐 보따리와 박쥐 코트가 보였다. 젬이 저도 모르게 뒤를 돌아보았다. 커다란 카메라에 담뱃불 같은 빨간 불이 들어와 있었다.

젬은 속으로 절규했다.

'망했다! 우린 다 죽었다! 끝났다!'

"바보야! 뛰어!"

본 품에 안긴 카피레가 젬을 향해 소리쳤다. 킨이 귀신에게 쫓기는 얼굴로 젬의 소매를 잡아끌었다. 무시무시한 힘에, 무시무시한 속도였다. 젬은 인형처럼 킨의 손에 딸려 허공을 밟았다.

정문을 발로 차듯 열고 밖으로 나왔다. 높은 계단 아래 유난히 크고 검은 차가 보였다. 지나던 사람들이 길을 멈추고 이쪽을 힐끔거렸다. 본의 무시무시하게 거대한 짐 보따리가 한몫했다.

본이 단 몇 걸음만으로 날 듯이 내려갔다. 카피레는 뒷좌석에 고이 모시고, 트렁크에 짐을 발로 차 쑤셔 넣었다. 차가 부르릉 소릴 내며 출발 준비를 했다.

젬과 킨이 계단을 구르다시피 내려가 간신히 차에 올라탔다. 본이 쾅 소릴 내며 문을 닫았다.

"제기랄!"

카피레가 습관처럼 바닥을 찼다. 탁한 소리가 났을 뿐, 차체에 흔들림이 없었다. 바로 등을 차인 운전자 역시 유람선을 탄 듯 느긋했다.

킨이 헉헉 숨을 몰아쉬며 "난 이제 죽었다. 난 이제 죽었다"를 기도문처럼 외웠다. 본이 운전석에 대고 물었다.

"어디로 갑니까?"

"흠. 예정을 변경해야 할지도 모르겠군요. 일단 시내 외곽으로 빠집시다."

방금 일어난 일을 아는지 모르는지 태연한 음색이었다. 그는 분위기상 카피레에게 말 붙여선 안 된다는 것을 눈치챈 듯 조용히 운전대만 잡았다.

창밖 풍경이 빠르게 스쳤다. 젬이 멍하니 창에 이마를 툭툭 박았다. 카메라는 언제부터 돌아간 걸까. 카피레 얼굴이 몽땅 드러난 건 아니겠지? 절묘하게 잘렸을 수도 있지 않을까? 설마…….

"……사방이 뉴스로 난리니 오히려 잘 된 걸지도 모릅니다."

"그렇담 좋겠습니다만……."

젬이 운전석 룸미러를 보았다. 우연처럼 운전사와 눈이 마주쳤다. 주름이 자글자글한 남자의 눈웃음이 젬을 보고 깊어졌다.

젬이 얼떨결에 고개 숙여 인사를 건넸다. 남자가 허허 웃으며 운전대를 돌렸다.

"큰일은 없을 겁니다. 화면에 크게 수상한 장면은 잡히지 않았다고 하니까요."

"기자가 보지 않았습니까?"

"기자 한 명이, 그것도 살짝 스친 것 가지고 무슨 이야기가 나오겠습니까? 기껏해야 찌라시에 한 줄 추가가 될 뿐이겠지요."

"그렇담 다행입니다만……."

"왜 이 사람이 여기 있어?"

카피레가 그제야 고개를 들었다. 표정이 살벌한 것이 금방이라도 다시 앞좌석을 찰 기세였다. 본이 깜빡했단 얼굴로 카피레를 보았다.

"모르셨습니까? 정보부 부장이십니다."

기도문을 외던 킨이 그제야 정신이 돌아왔는지 고개를 들었다. 그가 눈을 느리게 깜박였다.

"서, 설마 폐하께서……?"

그가 보르누 직통 휴대폰과 본을 번갈아 보았다. 본이 "아, 부장님을 부른 건 접니다. 폐하께선 지금 정신없는 모양이라. 내깃돈은 제 겁니다" 했다.

킨이 "크흐흐흡!" 하며 다시금 입술을 씹었다.

부장이 귓가에 손을 댔다. "음, 음" 하고 답하던 부장이 곁눈질로 뒷좌석을 보았다. 카피레가 고개를 들었다.

"행선지가 정해진 모양이군요."

"어딥니까?"

본이 물었다. 차가 속도를 줄였다. 창밖을 스치는 풍경이 거짓말처럼 평온했다. 부장이 깜빡이를 넣으며 답했다.

"안나 부인의 저택입니다. 급히 연락이 왔다는군요. 이름은 들어 보셨겠지요?"

* * *

검은 차가 대문을 한 번에 통과했다. 확인 절차도 없이 자동으로 문이 열렸다. 푸르고 높게 솟은 가로수 길이 길게 이어졌다.

인적 없는 풍경이 꼭 그림 속에 들어온 듯했다. 이윽고 길이 끝나는 곳에서 드넓은 정원이 나타났다.

안나 부인.

젬은 어렵지 않게 기억을 떠올렸다. 데자르 백작 부인의 일로 진실약을 썼던 상대였다. 화려한 저택과 반대로 수수한 차림새가 인상적인 여인이었다.

데자르 부인과 절친한 사이였다고 했었다. 처음 만나러 가는 길, 카피레는 그녀가 왕년에 유명한 중매쟁이었다는 말도 늘어놓았더랬다.

마담 D는 재판이 끝난 뒤, 안나 부인의 저택에 함께 머무는 중이라고 했다. 데자르 저택은 매물로 내놓을 새도 없이 닥터 유리가 인수한 모양이었다. 젬은 이야기를 듣는 내내 멍했다.

아이는 뉴스를 본 이후 한 마디도 없었다. 젬은 불편한 침묵을 깰 자신이 없어 창만 보았다.

"그래서. 안나 부인이 지금 이 일과 무슨 상관이지?"

"폐하께서 닥터 유리를 경계하고자 결심한 때, 가장 먼저 접촉해 온 사람입니다. 친구 일로 개인적인 원한이 있다더군요."

카피레의 표정이 석고상처럼 딱딱했다. 부장이 대수롭지 않게 허허 웃었다.

"보통 발이 넓은 양반이 아니지 않습니까. 좀 속 모를 구석이 있긴 해도요. 왕자님 은신처를 준비하는 데도 조언을 들었습니다만……."

"그런데?"

부장이 귀를 만지작거렸다. 자세히 보니 귓구멍에 작은 기계 장치가 달려 있었다.

"방금 뉴스가 나왔는데……."

차 안에 일순 긴장된 공기가 감돌았다. 본과 부장이 눈빛을 교환했다.

"왕립중앙병원에 계신 왕자님, 께서 위독하신 모양입니다. 꽤 심각한 모양입니다."

"……뭐?"

"폐하께서 일단 믿을 수 있는 곳에 몸을 숨기라 하셨습니다. 안나 부인의 저택은 그런 면에선 안성맞춤이지요."

차가 정원을 부드럽게 돌아 저택 앞에 멈추었다. 본이 먼저 내려 문을 열어 주었다. 차에서 내린 카피레가 너덜너덜한 마스크를 코트에 쑤셔 넣었다.

계단 아래 서 있던 안나 부인이 차분한 걸음으로 다가왔다. 단정하게 틀어 올린 머리, 수수한 갈색 드레스 차림이 전과 다름없이 차분한 인상이었다.

내내 침묵하던 아이가 "어?" 소릴 냈다. 젬이 차에서 내리다 말고 반사적으로 위를 보았다.

깎아지른 듯이 높은 저택, 어느 창문에서 종이 몇 장이 나비처럼 팔랑팔랑 추락하고 있었다. 카피레를 마주하던 안나 부인의 고요한 미소에 살짝 금이 갔다.

발치에 떨어진 종이를 젬이 주워들었다. 퀭한 얼굴을 한 킨이

"뭔데?" 하며 옆에 섰다. 맨 윗줄에 빨갛고 굵은 글씨가 눈에 띄었다.

닥터 유리의 금지된 연구를 고발한다!

이런 게 여기 왜……?

젬이 손에 든 것을 읽다가 고개를 번쩍 들었다. 젬의 당황한 눈빛에 안나 부인이 입을 가리고 호호 웃었다.

안나 부인이 아무것도 모른 척 "들어가실까요"라고 말할 찰나였다. 누군가 활짝 열린 문밖으로 뛰쳐나왔다.

"여기 내 찌라시 몇 장 떨어지지 않았어?"

검은 머리채를 하나로 대충 묶은 여인이 뛰쳐나오며 숨을 헐떡이다 당황한 면면과 눈이 마주쳤다.

"이런……."

여인이 품에 안은 종이봉투를 꼭 쥐었다. 안나 부인이 미간을 꾹꾹 누르며 "데자르……" 했다. 젬은 그제야 눈앞의 여인이 어딘가 눈에 익음을 알아차렸다.

화장기 없이 수수한 얼굴, 작업복처럼 펑퍼짐한 바지, 물감이 얼룩덜룩 묻은 흰 셔츠. 전이라면 상상도 못 할 차림새였다.

"……마담 D?"

젬은 집사 손에 들린 전단지를 다시 보았다. 알록달록 자극적인 문구로 가득 찬 전단지는 갓 인쇄한 듯 뜨끈뜨끈했다.

* * *

빛바랜 체크무늬 테이블에 햇빛이 내렸다. 따뜻한 빛줄기 속에 작은 먼지가 민들레 홀씨처럼 허공을 날았다.

자잘한 꽃무늬 패브릭 소파에 만들다 만 뜨개질 소품이 아무렇게나 놓여 있었다. 집사가 직접 세팅하고 간 테이블은 한껏 흐트러져 있었다.

디저트는 흔적도 없이 사라진 지 오래였다. 접시에 과자 부스러기가 소금처럼 흩어졌고, 찻잔에 남아 있는 홍차 양은 제각각이었다.

젬이 씁쓰름한 마지막 한 모금을 목으로 넘겼다.

카피레와 젬, 정보부 부장, 그리고 마담 D가 소파에 띄엄띄엄 앉아 있었다.

"아무리 그래도 이건 좀 곤란하지요."

부장은 첫인상과 변함없이 웃는 낯이었으나 뒤에서 천둥 번개가 치듯 기세가 심상치 않았다. 도깨비 형상이 덧씌운 듯 얼굴에 핏줄이 울룩불룩했다.

카피레가 호로록 소릴 내며 식은 홍차를 마셨다.

"……왕실 모독죄로 감방 가실 뻔한 지 얼마나 됐다고 이런 짓을? 사과 몇 마디 정도로 끝날 일이 아닙니다."

마담 D의 색 없는 손톱이 하얗게 질렸다. 레임 경의 손에 들린 전단지가 시든 갈대처럼 맥없이 흔들렸다.

마담 D의 전단지는 닥터 유리와 카피레 왕자에 대한 자극적인 내용이 핵심이었다. 뉴스 기자가 말했던 왕실 음모론의 시발점이 여기에 있었다.

안나 부인은 가시방석에 앉은 듯 낯이 창백했다. 아무렴 자기 저택에서 왕실 비방 찌라시를 제작한 격이었으니 불편할 만도 했다. 정황상 공범일 가능성이 높았다.

젬의 후드 안쪽에서 아이가 손가락을 쪽쪽 빨았다. 말도 없이 청소기처럼 디저트를 흡입하는 통에 걱정이 컸다. 사람이 많아 얼굴을 확인할 수도 없었다.

안 그래도 불편한 공기에 젬은 절로 엉덩이가 들썩거렸다.

"……저로선 도저히 이 일을 묵과할 수 없군요. 폐하께 말씀드려 따로 조치하겠습니다."

"얘기나 들어 보죠."

카피레가 소리 나게 찻잔을 내려놓았다. 안나 부인이 헛기침했다. 부장이 딱딱한 얼굴로 카피레를 보았다.

"하지만, 왕자님."

"문구가 자극적이네요. 색 배합도 촌스럽고요. 누가 디자인했죠?"

"……저예요."

마담 D가 기어들어 가는 목소리로 답했다. 카피레가 씩 웃었다.

"사랑의 묘약을 몰래 먹이거나 갑자기 키스하겠다고 달려드는 것보다는 백배 낫군요."

부장의 낯이 코 푼 휴지처럼 찌그러졌다. 마담 D가 희미하게 미소 지었다.

"이제 그럴 일은 없을 거예요."

"몸은 괜찮습니까?"

"후후. 누구 씨 덕분에……."

혈색이 약간 돌아온 마담 D가 젬에게 윙크했다. 젬이 "하하" 웃으며 후드를 긁었다. 카피레가 "무슨 뜻입니까?" 하며 미간을 찌푸렸다.

식은 홍차를 물처럼 넘긴 안나 부인이 대신 대답했다.

"중매 선생께서 데자르를 위해 중화제를 만들어 주셨거든요. 데자르가 왕실 정신 병원에 갇히지 않은 건 저분 공이 컸지요."

젬이 "아이고, 아닙니다" 하며 무릎에 떨어진 과자 가루를 세었다.

안나 부인에게 진실약을 먹인 날, 그녀는 젬에게 물었다. 데자르를 구할 마법약이 없겠느냔 질문이었다.

그녀는 소송이든 배상이든 다른 건 자기가 할 수 있지만, 데자르를 치료하는 덴 한계가 있다고 했다.

젬은 소문난 중매 선생 겸 마법 약장수였다. 데자르와 친하게 지내던 안나는 젬의 마법약에 관해 이미 알고 있었다. 안나 부인은 돈이라면 얼마든지 줄 테니 데자르를 도와 달라고 부탁했다.

마담 D의 정신 이상 증세는 쉬이 치료될 병증이 아니었다. 그러나 젬은 마담 D가 복용하던 사랑의 묘약을 손에 넣은 상태였다. 중화제를 만드는 게 어렵긴 해도 영 불가능한 일은 아니었다.

젬은 카피레와 함께 날아가기 직전까지 마담 D를 위한 중화제를 안나 부인에게 제공하고 있었다.

"……왕자님을 해할 생각은 없었어요."

마담 D가 고개를 빳빳이 들었다.

"제 목표는 어디까지나 유리, 그 자였어요. 이 전단지를 계획한 것도 오로지 그것을 위해서고요."

"의도야 그렇다 쳐도 내용이 이게 뭡니까? 카피레 왕자는 닥터 유리가 만든 인공 생명체? 이걸 보고 사람들이 뭐라 생각하겠습니까? 왕실 모독도 정도가 있습니다."

"제가 겨냥한 건 닥터 유리와 실험관 남자예요! 진짜 카피레 왕자님이랑은 상관없다고요!"

"이게 어떻게 상관없을 수 있습니까?"

부장의 얼굴에 비웃음이 서렸다. 데자르는 물러서지 않았다.

데자르는 카피레 왕자 습격 사건을 듣고 낌새를 알아차렸다고 했다. 아니나 다를까, 뉴스에 비친 '카피레'는 그녀가 아는 카피레와 어딘가 달랐다. 몸이 안 좋다며 은거를 고집하는 것도, 보르누 현왕의 행보도 심상찮았다.

마담 D는 어쩌면 자기가 날린 조약돌에 벌집이 터졌는지도 모른다고 생각했다. 최악의 경우, 자신이 알고 있는 카피레 왕자가 죽었을지도 모른다고 생각하자 도저히 가만히 있을 수 없었다고 했다.

"물론 무사히 돌아오셔서 다행이지만요. 다신 못 볼지도 모른다 여겼는데……."

"저도 차암 반갑습니다, 그래."

카피레가 전단지를 팔랑팔랑 흔들었다.

"……왕자님. 설마 이 일을 그냥 넘기실 작정은 아니시겠지요?"

부장이 소파에서 일어나 카피레 옆에 섰다. 중후한 나이에도 키가 크고 근육이 탄탄해 위압감이 있었다.

카피레가 글쎄요, 하며 턱을 톡톡 두드렸다. 부장의 표정이 심히 못마땅했다. 그가 자리에서 벌떡 일어섰다. 1인용 소파가 뒤로 발라당 자빠졌다.

"저는 묵과할 수 없습니다. 당장 폐하께 이 건을 보고 드리겠습니다!"

"경."

"안나 부인. 당신도 마찬가지요. 친구 단속을 이따위로 하다니! 도대체 믿을 사람이 하나 없군!"

안나 부인이 뭐라 입을 열기 전, 카피레가 한쪽 팔에 턱을 괴고 말했다.

"앉으세요."

"왕자님!"

"의자, 바로 세우고 앉으세요. 내가 올려다보게 할 셈입니까?"

부장이 번개보다 빠른 속도로 의자를 세워 다소곳이 엉덩이를 붙였다. 카피레가 그제야 부장에게 시선을 주었다.

"여전하군요, 아저씨."

"그렇게 부르지 마십시오."

카피레가 바람 빠지는 소릴 내며 전단지를 펼쳤다.

"나쁘지 않아요. 틀린 말도 아니고."

"왕자님!"

"아저씨. 아저씬 더 이상 호랑이 기사단장이 아니야. 정신 차려요. 명예고 불명예고는 기사에게나 중요한 문제지. 이 찌라시는 내 목적과 통하는 데가 있어요."

안나 부인이 그제야 희미한 미소를 지으며 데자르를 보았다. 젬이 바닥에 떨어진 전단지를 주웠다.

닥터 유리의 명성은 금지된 실험 위에 서 있단 고발이 주된 내용이었다. 작자는 그의 성과를 언제 무너질지 모를 모래 탑으로 규정했다.

금지된 생명 연구의 결과물이 카피레 왕자의 클론이며, 카피레 왕자의 유전병설, 정신병설은 이 탓이라고 주장하고 있었다.

배경에 무지개색 그라데이션이 들어가 눈이 아팠다. 4분의 1을 차지하는 유리의 사진은 때려 주고 싶을 정도로 묘한 표정을 하고 있었다. 비뚜름하게 올라간 한쪽 입꼬리가 화룡점정을 찍었다.

그보다 조금 작게 인쇄된 카피레의 얼굴 역시 절묘했다. 인중에 콧물은 없었으나 눈썹이 축 처지고 입이 헤 벌어져 더할 나위 없이 멍청해 보였다. 타고난 미모가 아니었다면 우주 제일 바보천치로 보였을 표정이었다.

"좀 더 건설적인 얘기를 나눠 볼까요."

카피레가 등받이에 몸을 편히 기댔다. 안나 부인이 다 식은 찻잔을 테이블 위에 내려놓았다.

"구체적으로 어떤?"

"후후. 왕자님이라면 그렇게 나오실 줄 알았어요."

마담 D가 기쁨에 찬 표정으로 전단지 한 뭉치를 집어 들 때였다.

다급한 노크 소리가 문을 두드렸다. 답하기도 전에 문이 벌컥 열렸다. "이러시면 곤란합니다!" 하는 집사를 킨이 온몸을 써서 막고 있었다.

"참으세요! 저 인간에게 덤비면 죽는다고요!" 하는 목소리가 귀에 곧장 박혔다.

문을 연 장본인은 다름 아닌 본이었다. 그가 빠르게 카피레에게 다가왔다. 카피레가 눈썹을 찌푸렸다.

"무슨 일이야?"

"주, 죽었답니다……."

"뭐? 누가."

입을 달싹이던 본이 침을 꿀꺽 삼켰다.

"방금, 뉴스에, 카피레 왕자 서거 소식이……."

숨 들이켜는 소리가 들렸다. 아주 잠깐 사이 시간이 멈춘 듯했다.

"……뭐라고?"

카피레가 말했다. 본이 고개를 흔들었다.

"속봅니다. 방금, 왕립중앙병원에서……."

부장이 날 듯이 방 밖으로 뛰쳐나갔다. 젬은 후드 안쪽에서 뭔가가 옷자락을 세게 잡아당기는 것을 느꼈다.

젬은 아무 말도 할 수 없었다. 아무 생각이 나지 않았다.

"다시 알아 봐. 당장."

본이 입술을 깨물었다. 카피레가 자리에서 일어섰다.

"잠깐 방 좀 빌릴 수 있겠습니까."

안나 부인이 튕기듯 일어나 옆방으로 안내했다. 티비를 틀자마자 환한 미소를 띤 카피레의 화보 사진이 비추었다.

화면 맨 밑에 빨간 띠를 배경으로 흰 자막이 지나가고 있었다. '속보, 카피레 왕자' 어쩌구 하는 글자가 보였다.

감정 실린 앵커의 목소리와 흰 자막이 어지럽게 일그러졌다.

카피레는 팔짱 낀 자세로 돌기둥처럼 단단히 굳어 있었다. 눈도 깜박이지 않고 화면을 응시하는 얼굴에선 감정을 찾아볼 수 없었다.

화면에 검은 차 뒤꽁무니가 반복해서 비추었다. 칩거 중이던 닥터 유리가 결국 때를 맞추지 못한 것 같다는 멘트가 스쳤다.

카피레는 무의식중에 입 안쪽을 깨물었다.

'정말 때를 맞추지 못한 걸까. 정말? 그 유리가?'

카피레는 모지리의 맹한 얼굴을 떠올렸다. 인중에 말갛게 고인 콧물이나 바보처럼 헤벌린 미소를. 그리고 그를 위해 눈물 흘리던 코다의 모습도.

코다는 유리와 가까운 사이였다. 게다가 모지리는 유리 실험의 오리지널이기도 했다. 그가 아는 유리라면, 그런 패를 쉽게 버릴 리는 없을 터였다.

'혹시 이 모든 게 그의 계획된 시나리오는 아닐까?'

뒤돌아 통화하던 본이 큰소리로 한숨을 뱉었다. 그가 젬의 어깨를 짚으며 통화를 끊었다.

"오보랍니다."

카피레가 대답 없이 본에게 힐끔 시선을 던졌다. 안나 부인이 손수건으로 입을 가렸다.

"저건 뭔데."

"잠깐 심장이 멈췄던 모양입니다만, 숨은 붙어 있답니다. 닥터 유리가 아슬아슬하게 도착한 모양이라고요."

본이 주머니에 폰을 대충 쑤셔 넣으며 중얼거렸다.

"곧 정정 보도가 나갈 거라더군요."

"예나 지금이나 언론부는 월급을 공짜로 받아먹는군."

카피레가 발끝으로 바닥을 툭툭 찼다. 젬이 소파 등을 짚고 무릎을 굽혔다. 다리에 힘이 빠졌다. 젬은 그제야 손이 덜덜 떨리고 있음을 자각했다. 잠깐 새 몰아친 긴장에 전신이 녹초였다.

카피레가 젬을 힐끔 보았다. 마침 앵커의 흥분한 목소리가 실내를 쩌렁쩌렁 울렸다.

"여러분! 기쁜 소식입니다!"

화면이 막 중환자실에서 나오는 유리를 비추고 있었다. 기억보다 피곤해 보이는 낯이었으나 여우처럼 찢어진 눈초리와 은근한 미소는 여전했다.

앵커가 감격에 차 "대단하다! 역시 대단하시다!" 하며 유리 칭찬을 주워섬겼다. 카메라 플래시 세례를 받는 유리 뒤로 꽉 닫힌 중환자실 문이 보였다.

카피레가 전원을 껐다. 시선이 한 군데로 모였다. 카피레가 본을 봤다.

"형님은?"

"이 난리통입니다. 화장실 갈 시간도 없을 겁니다."

"기저귀라도 선물로 보내 줘야겠는데."

딱딱하게 얼었던 본의 입꼬리가 눈 녹는 것처럼 허물어졌다.

"그래야겠군요"

카피레가 실내를 죽 둘러보았다.

"가서 레임 경, 아니 부장 데려와."

"어, 어디 가셨지?"

"목줄 끊어진 개처럼 달려가더군."

본이 서둘러 문밖으로 뛰쳐나갔다. 카피레가 젬의 어깨를 두드렸다.

"가서 쉴래?"

"뭐, 뭘 하려고요?"

"내가 지금 할 수 있는 일이 뭐가 있겠어?"

카피레가 쓰게 웃으며 젬을 바로 세웠다. 젬이 두 다리에 힘을 주었다. 카피레가 가만히 젬의 눈을 바라보다 입을 열었다.

"어이, 곰 새끼."

젬도 킨도 깜짝 놀랐다. 킨이 얼떨떨해 물었다.

"예?"

"너 안 가냐?"

"어, 어디를 말씀하십니까?"

킨의 낯이 얼음과자처럼 꽁꽁 얼었다. 카피레가 한쪽 입꼬리를 비스듬히 올렸다.

"마과부."

* * *

아이는 이상하리만치 느낌이 멀다고 말했다. 반쪽에게 큰일이 났는데 아무 징조도 느끼지 못했단 사실이 새삼 허탈한 모양이었다.

젬은 아이를 한 몸처럼 끌어안고 누웠다. 낯선 침구, 낯선 공기 그리고 가슴을 때리는 아이의 한숨에 젬은 오래도록 눈만 뜨고 있었다.

깊은 새벽, 조용히 젬의 방문을 두드리는 소리가 있었다. 젬은 자신이 이 노크 소리를 기다리고 있었는지도 모르겠다고 생각했다.

젬이 아이를 금 간 유리 인형처럼 고이 내리곤 문을 열었다.

카피레였다.

얼굴에 잠기운은 하나도 없이, 머리카락만 십 년 쓴 빗자루처럼 부스스한 상태였다. 카피레가 젬을 물끄러미 보았다.

눈이 부신 듯 눈썹을 잔뜩 찌푸린 카피레 표정이 점차 온화하게 바뀌었다.

"약 좀 만들어 줘."

오랜만에 듣는 대사였다. 젬은 저도 모르게 헛웃음이 나왔다.

"들어와요."

안나 부인이 마련해 준 방은 그녀 취향처럼 아늑하고 소박한 분위기였다. 다르게 말하자면, 지나치게 소녀 취향이었다.

책꽂이에는 팔다리 달린 토끼, 곰, 너구리 동물 인형이 늘어서 있었고, 몇 없는 책은 죄다 파스텔톤 동화책이었다.

자잘한 꽃무늬가 박힌 분홍색 벽지에 아이보리색 레이스 커튼이 창을 가리고 있었다. 협탁에 놓인 자그마한 꽃병에는 핑크색 장미가 꽂혀 있었다. 침대보도 레이스, 테이블보도 레이스, 깔개는 핑크색 캐릭터 상품이었다.

카피레는 아기자기한 방 분위기에 조금 어깨를 움츠렸다. 젬도 처음에는 얼떨떨했던지라 이해 못 할 것도 없었다.

"맞다. 오늘치 보약 안 먹으셨죠."

"사람을 뭐로 보고. 챙겨 마셨거든?"

카피레가 의자에 엉덩이를 걸치고 앉아 세 손가락을 세웠다. 아침, 점심, 저녁 다 챙겨 먹었단 뜻이리라. 젬이 커다란 가방 지퍼를 열어 재고를 확인했다.

"제가 준 거 몇 병 안 남았죠?"

"이제 안 먹어도 되지 않아? 여기가 시모 산맥처럼 험한 날씨도 아니고……."

"으음. 퍽 건강해지시긴 했지만요. 울끈불끈약은 꾸준히 복용할수록 좋다고 그랬거든요."

카피레가 미간을 살짝 찡그렸다.

"이름이 뭐 그래? 피로회복약 강화판 같은 거 아녔어? 울끈불끈이라니……."

"예? 제가 말씀 안 드렸던가요? 젬 특제 보약은 울끈불끈약을 기본으로 제가 새롭게 개발한 초강력 자양강장제……."

"울끈불끈……?"

고개를 갸웃하던 카피레가 갑자기 두 손으로 얼굴을 가렸다. 젬이 아이가 깰까 봐 뒤를 힐끔 보면서 소곤거렸다.

"카, 카피레. 왜 그래요? 두통? 치통?"

"호, 혹시 이게 말로만 듣던……."

"뭐라고요? 크게 좀 말해 봐요."

카피레가 입술을 오물오물하더니 볼멘소리를 뱉었다.

"……울끈불끈. 이제 안 줘도 돼."

"아깝게 왜요! 지금껏 잘 마셔 놓구선!"

카피레가 마른 손으로 얼굴을 벅벅 쓸었다.

"……약효가 너무 잘 돌아 곤란할 정도니까. 음, 울끈불끈이 아니라 쪼글쪼글약이 필요할 정도니까."

"어휴, 안 들려요, 크게 말해 봐요. 카피레?"

젬이 답답함에 가슴을 쳤으나 카피레는 더는 입을 열지 않았다. 답하긴커녕 삐진 아이처럼 볼을 부풀리고 무릎만 보았다.

젬이 "어휴" 하곤 메모장을 꺼냈다.

"그래서. 무슨 약을 만들면 되죠?"

카피레가 손가락을 꼽아 가며 약 종류를 설명했다. 말이 이어질수록 젬의 낯이 복잡해졌다.

아무리 생각해도 용도가 의심스러운 주문이 줄을 이었다. 이 인간이 도대체 무슨 생각을 하는 걸까? 하며 젬이 마지못해 펜을 메모장에 휘갈겼다.

"가능해?"

"찾아는 보겠지만……."

카피레가 어깨를 으쓱했다. 그가 주머니에서 눈에 익은 약병을 건넸다. 얼떨결에 받아 든 젬이 눈을 가늘게 떠 조명에 병을 비춰 보았다.

"이게 뭐죠?"

"나도 몰라. 내 짐 속에 있던걸? 병은 눈에 익은데, 색이 평소와 달라서 말이야. 네 물건이라고 생각했는데."

젬이 멈칫해 약병을 다시 한 번 확인했다. 깊은 밤을 닮은 남색 물약. 그녀가 아는 약이 분명했다.

기억상실약. 분명, 마틴이 가져간 물건이었다.

'로이의 기억을 지우는 데 쓴다고 했는데…….'

젬이 혼잣말처럼 중얼거렸다.

"……이게 가방 속에 들어 있었다고요?"

"응. 대체 무슨 약이야?"

카피레가 물었다. 젬이 벽에 걸린 코트 안쪽에 약병을 숨겼다. 로이와 마틴은 마지막까지 티 내지 않았다. 카피레까지 알 필요는 없으리라.

생각보다 가슴이 덤덤했다. 젬이 하하, 웃으며 고개를 저었다.

"카피레는 평생 먹을 일 없는 약이에요."

카피레가 캐묻기 전, 젬이 먼저 선수를 쳤다. 그녀가 메모장을 흔들었다.

"그런데 이 약들, 도대체 어디다 쓰려고요?"

카피레가 소리 내어 웃었다.

"들어 볼래?"

27.
왕립중앙병원 21층

카피레 왕자는 순조로이 회복 중이라고 했다. 닥터 유리가 치료를 전담한 것은 물론이었다.

거기에 한 줄이 더해졌다. 오성 호텔 못지않은 서비스를 자랑하는 중앙병원 최상층 스위트룸을 카피레 왕자가 통째로 빌렸단 소식이었다.

채널 플래닛은 그날의 소란이 거짓말처럼 얌전했다.

카피레란 이름은 자막 뉴스로만 한 번 지나갔을 뿐이었다. 카피레는 "언론부가 이제야 무거운 엉덩이를 들었나 보군"라고 했더랬다.

젬은 왕자에 관한 뉴스를 꼬박꼬박 챙겨 보면서도 한 가닥이 불안이 가시질 않았다. 눈으로 모지리의 무사를 확인하기 전까진, 지워지지 않을 감정이었다.

그리하여 지금, 젬은 왕립중앙병원에 막 들어선 참이었다.

난생처음 입어 본 검은 수트 차림에 전신이 뻣뻣이 굳었다. 발에 딱 맞는 가죽 구두가 또각또각 리드미컬한 소리를 냈다.

유난히 높고 넓은 로비 천장에 화려한 샹들리에가 매달려 있었다. 자잘한 크리스털이 빛을 흩뿌렸다. 왕성 무도회장을 방불케 하는 풍경이었다.

수군대는 소리가 주위에 빗소리처럼 깔렸다.

젬은 절로 움츠러드는 어깨를 억지로 폈다. 환자고 보호자고 할 것 없이 이쪽을 힐끔대고 있었다.

그에 아랑곳하지 않고 거침없이 길을 여는 남자는, 다름 아닌 부장님이었다. 노년에 가까운 나이임에도 등이 어찌나 넓고 곧은지 앞이 잘 안 보일 지경이었다.

정보부 부장님은 분명 보기 드문 미중년의 표본이긴 했으나 시선의 이유가 그 때문은 아니었다.

젬이 넥타이를 헐겁게 하며 후, 하고 숨을 몰아쉬었다. 익숙지 않은 차림이라 걸음이 불편했다. 사지가 꽁꽁 묶인 기분이었다.

사람들이 자신만 보는 것 같아서는 물론, 절대 아니었다. 착각할 리가 없었다.

젬은 사람들의 시선을 따라 힐끔 옆을 보았다.

자그마한 머리통에 귀여운 회오리 모양 가마가 눈에 띄었다. 가발인 걸 아는데도 한 번 만져 보고 싶을 만치 깜찍했다.

젬의 시선을 눈치챘는지 종종걸음을 걷던 여자가 시선을 들었다. 빨간 머리 여자, 카피레가 입꼬리를 올리며 눈을 살짝 접었다. 젬의 심장이 쿵 내려앉았다.

뻣뻣한 빨간 머리 가발에 초록색 컬러 렌즈, 마담 D가 실력 발휘한 주근깨 화장으로도 카피레의 미모는 감출 길이 없었다.

감추기는커녕, 숲에 사는 요정이 현신한 듯 싱그럽고 귀여웠다. 시선이 몰리는 것도 당연했다.

아무리 그래도 이렇게까지 천연덕스러울 수 있다니.

젬은 카피레의 뻔뻔스러움에 1차 감탄, 자신이 만든 약에 2차로 감탄했다.

젬은 훌쩍 높아진 시선으로 주변을 한번 둘러보곤, 울퉁불퉁한 손을 쥐었다 펴 보았다. 본이 옆에서 "하나도 안 이상합니다" 하고 속삭였다. 젬은 좋아해야 할지 말아야 할지 복잡한 기분이었다.

이름하야 성전환 약.

복용자의 성별을 일정 시간 반대로 바꿔 주는 고급약이었다. 카피레가 주문한 '딴사람처럼 보이는 약'의 해결책이었다.

덕분에 현재, 카피레는 절세 미녀가, 젬은 듬직한 청년이 된 것이었다.

* * *

사건 이튿날, 카피레는 부장에게 병원에 직접 가 보겠다고 넌지시 운을 뗐다. 부장은 자리에서 펄쩍 뛰었다.

때가 어느 땐데 제 무덤을 파느냐. 닥터 유리가 들락날락하는 것은 물론, 눈에 불을 켠 파파라치 떼가 잠복 중이며, 정보부의 숨은 눈 역시 한 다스 포진해 있다고 카피레를 애써 타일렀다.

타일러서 들을 카피레가 아니었다. 카피레는 "몰라. 어쨌든 간다!"고 외쳤고, 부장은 점잖은 가면이 부서지기 직전까지 몰렸다.

"폐하께서 왕자님 안전을 최우선시 하라 명하신 이상, 절대, 절대로 안 됩니다!"

부장이 목청을 높였다. 그럴 바엔 자신이 직접 보고 오겠다, 원하신다면 동영상도 촬영해 올 수 있다고 큰소리까지 쳤다.

카피레는 일보 후퇴하는 듯 보였다.

심정지 사건 후, 시간이 꽤 지났으나 새로운 소식이라곤 몇 줄이 전부였다. 카피레 왕자가 고비를 넘겨 순조롭게 회복 중이라느니, 닥터 유리가 그의 치료를 전담하다시피 한다는 내용이었다.

카피레는 그중, 닥터 유리가 병원이 아니라 실험실에 박혀 있다는 정보부 소식에 주목했다.

왕자의 상태가 아무리 심각하지 않다고 해도 치료를 전담한다는 사람이 병원에 코빼기도 안 비추다니. 수상쩍기 그지없었다.

부장은 아주 홈 비디오를 찍어 오겠다 호언장담하고 떠났으나, 반나절 뒤 빈손으로 돌아왔다. 답지 않게 어깨가 잔뜩 굽어선, 카피레의 눈을 슬금슬금 피했다.

말인즉슨 감시가 보통 삼엄한 게 아니라는 것이었다. 병원 직원이 누구한테 무슨 말을 들었는지 스위트룸 전용 엘리베이터를 엄중히 감시한다고 했다.

운 좋게 스위트룸에 도착한다 쳐도, 지옥견처럼 사나운 시종이 눈에 불을 켜고 물고 늘어질 게 뻔하다는 말도 덧붙였다.

카피레는 얘길 듣는 내내 깊은 생각에 잠겨 있었다.

젬은 사흘 만에 카피레가 주문한 마법약을 모두 완성했다. 안나 부인의 도움으로 재료와 기구를 빌린 덕이었다.

마틴의 공방에서 기계처럼 마법약을 수련한 탓일까. 들인 시간에 비해 마법약 질이 월등히 좋았다. 완성된 약을 보고 젬이 스스로에게 감탄할 정도였다.

젬이 자신을 칭찬하는 의미로 어깨춤을 추고 있을 때였다. 내내 시무룩하던 아이가 돌연 젬에게 물었다.

젬 요즘 뭐 이상한 거 없어요? 자도 자도 피곤하다거나, 자꾸 배가 고프다거나, 팔다리가 쑤신다거나…….

"난 언제나 설탕과 밀가루에 굶주려 있지."

장난치지 말고요.

젬은 아이가 무엇을 염려하는지 짐작이 갔다. 마력이 커질수록 감당해야 할 대가가 커진다는 금서의 리스크. 복불복에 가깝다는 운명의 장난에 대한 것이리라.

금서를 본격적으로 사용한 지도 꽤 지난 시점이었다. 젬은 조심스레 자신이 꽤 운이 좋은 편이 아닐까 생각하고 있었다.

그녀가 처음 빌었던 황금알을 낳는 암탉, 즉 무에서 유를 창조하는 약에 관한 레시피는 감감무소식인 채, 마력만 힘을 더해 가는 요즘이었다.

젬이 오렌지색 약병 두 개를 들어 보였다.

"그것보다 이것 좀 봐, 아이. 절대복종약 색깔이 이거랑 완전 비슷하지 않아? 바꿔 놓고 본이나 카피레한테 먹이면 진짜 재밌겠다. 그치?"

……어디 한번 해 봐요. 재밌겠네.

장난으로 한 말에 아이가 눈을 빛냈다. 젬은 괜히 찔끔해 약병을 숨겼다.

완성된 약 중 금서 레시피는 둘이었다. 하나는 복용자가 어떤 명령이든 듣게 하는 절대복종약, 다른 하나는 여자는 남자로, 남자는 여자로 바꿔 주는 성전환 약이었다.

젬은 완성된 약을 카피레에게 자랑스레 선보였다. 카피레는 즉시 인원을 소집했다.

"절대 안 됩니다!"

부장은 입에서 불을 뿜는 용이 되었다. 카피레는 다 예상했다는 듯 담담한 태도였다.

닥터 유리는 카피레를 치료할 때 한 번도 병원의 손을 빌린 적이 없었다. 그의 연구는 카피레와 밀접하게 연결되어 있었고, 모든 것은 극비로 처리해야 했기 때문이었다.

그런 그가 모지리를 병원에 그냥 두었다?

사건이 지난 지 벌써 며칠째였다. 카피레는 몇 가지 가설을 세웠다. 개중 가능성 높은 것이 모지리 폐기설이었다.

카피레가 입꼬리를 올려 빈정거렸다.

"그래서. 그럼 난 언제까지 여기 있으면 되는데? 철창에 갇힌 쥐새끼 마냥?"

"쥐새끼라뇨! 폐하께서 나서시면 곧……!"

"경 눈엔 형이 대마법사로 보이는 모양인데, 마법사는 닥터 유리야. 형은 인간이고."

"폐하는 폐하십니다!"

"나도 알아."

부장의 낯이 타고 남은 숯처럼 시꺼멨다. 뭐라 입을 뻐금거리는데 혈압이 오르는 것이 빤히 보였다. 젬은 진정약을 건네야 할지, 말아야 할지 고민에 빠졌다.

"……그래서 방금 얘기했잖아. 봐. 더 좋은 방법이 있으면 내놔 보라구."

카피레가 테이블 위에 젬이 가져온 약을 주르르 늘어놓았다. 그러곤 본의 어깨를 툭 쳤다. 본이 어깨를 한껏 펴곤 브리핑을 시작했다. 작전은 이러했다.

젬이 가져온 약을 이용해 중앙병원에 잠입한다. 카피레와 본,

젬이 한 팀으로 움직여 왕자의 동태를 살피고, 그들과 교섭한다.

부장이 마른 손으로 얼굴을 쓸었다. 오늘따라 얼굴 주름이 더 깊어 보였다. 본에게 들은 말이 떠올라 젬은 안쓰러움을 금할 수 없었다.

부장은 느긋한 일상을 기대하던, 은퇴한 기사 출신이라고 했다. 현왕의 부탁으로 어쩔 수 없이 정보부 부장 자리에 앉은 거라는 거였다.

늦장가를 들어 만날 퇴근 시간만 기다리던 사람이 최근엔 집에 들어갈 수가 없어 눈물만 흘린다는 정보였다. 중후한 낯만 봐선 상상도 가지 않는 일이었으나 말한 사람이 본이니 믿을 수밖에 없었다.

"작전이 성공한다 칩시다. 뭐가 바뀌겠습니까?"

"내 예상이 맞다면, 우리 편이 하나나 둘 정도 늘어나겠지."

"그게 무슨 의미가 있다고요?"

부장이 손깍지로 입을 가린 채 카피레를 똑바로 보았다.

"그놈이 우리 편이 되면 뭐합니까. 당신의 자리를 뺏어 간 도둑놈 아닙니까?"

"도둑놈?"

카피레가 눈을 깜박이더니 피식 웃었다.

"도둑놈이라니. 한 번도 그렇게 생각한 적 없는데."

"왕자님!"

"경. 나라고 놈이 마냥 편하고 좋은 건 아니야. 하지만……."

카피레가 푸른색 약병을 들어 빛에 비추었다. 물감을 그대로 담은 듯 새파란 색이 유리에 걸쭉한 자국을 남겼다.

"놈을 못 본 척할 수는 없어."

"……."

"남의 손에 실험 쥐처럼 놀아나다 죽는 걸 방관할 생각은 더더욱 없고."

부장이 무거운 한숨을 뱉었다.

"이해할 수 없군요."

부장은 여전히 못마땅한 기색이었으나, 한 가지 조건을 들어 허락했다. 자신이 동행해야 한다는 것이었다.

그리하여 오늘 아침, 카피레와 젬은 성전환 약을 한입에 들이킨 것이었다.

젬은 제모습을 거울로 확인했을 때보다 시녀복을 입은 카피레를 봤을 때 더 놀랐다. 미의 여신이 지상에 강림한 수준이었다.

풍성한 속눈썹, 보석을 박은 듯 영롱한 눈동자, 앙증맞은 코와 입술, 또렷한 눈썹과 자신만만한 표정. 어느 명화에서도 찾아볼 수 없었던 절세 미인이었다. 눈 한 번 깜박이는 것만으로 나라를 무너뜨릴 미모였다.

그러나 어디까지나 이번 작전의 목적은 미인계가 아니라 잠복 수사였다. 마담 D가 나서서 카피레 얼굴에 주근깨를 만들고, 피부톤을 어둡게 하려 애썼다. 어찌나 본판이 좋은지 아무리 덧

발라도 미모가 완전히 지워지지 않았다.

젬은 옆에 서 있다가 덤으로 얼굴에 붓칠을 당했다. 안 그래도 사내다워진 얼굴에 험상궂음이 더해졌다.

카피레는 왕자궁에서 파견 나온 시녀로, 젬과 본은 레임 경의 부하란 설정이었다.

*　　*　　*

부장이 선글라스를 내리며 데스크 가장 안쪽, 검은 자리를 눈짓했다. 무테안경에 깐깐해 보이는 여인이 서류를 뒤적이고 있었다.

손님이 없는 것도 아닌데, 유독 그녀 앞에만 먼지가 날렸다. 딱 보니 창구 위에 남다른 금테가 둘러져 있었다.

젬 일행이 모퉁이에 숨어 머리를 맞댔다.

"왕실 전용 창굽니다. 미리 준비한 카드키로 들어갈 수도 있지만, 저 여자가 보통 매의 눈이 아니라서요. 바로 보호자한테 연락해 버리더군요. 그 지옥견 말입니다. 차라리 정공법이 나을 겁니다."

"후후. 이때를 위해 이렇게 준비해 온 것 아니겠어?"

카피레가 흘러내린 옆머리를 새침하게 귀 뒤에 꽂고는 젬에게 윙크했다. 젬은 큐피드의 화살을 맞은 양 심장이 덜컥했다.

카피레는 성전환 약에 대단히 만족해했다. 비슷한 얼굴이어도 체형이 다르니 왕자로 의심하지 않을 것이고, 누구든 일격 필살 미인계로 날려 버리리라 자신만만했다.

카피레가 망토 단추를 끌러 원피스형 왕실 시녀복이 살짝 보이도록 했다. 본이 빠르게 속삭였다.

"아무리 그래도 지금 카피렌 가녀린 소녀가 아닙니까. 듬직한 저나 젬이 가는 게 오히려 낫지 않겠습니까?"

"젬은 안 돼."

카피레가 눈을 부라렸다. 듬직하단 소리도 마음에 안 들었으나, 못한단 소리도 탐탁잖은 젬이 "저 정도면 괜찮거든요!" 하고 눈에 힘을 주었다.

본이 고개를 설레설레 저었다.

"저 정도만 돼도 충분할 겁니다."

"훗, 그 자신감. 나쁘지 않아. 할 수 없군, 한 번 해 봐."

본이 크흠흠, 목을 가다듬고, 손거울을 꺼내 샤샤샥 앞머리를 정리했다. 셔츠 단추를 두어 개 끄르곤 눈에 힘을 빡 줘서 표정을 점검했다. 카피레가 말없이 그의 등에 향수를 뿌려 주었다.

본은 5분도 안 되어 싸움에 진 개가 되어 터덜터덜 귀환했다.

"무, 무슨 일이 있었던 거죠?"

"보통 사람이 아닙니다. 가시 박힌 철옹성, 절대 방어, 인간 고드름……!"

수수께끼 같은 단어를 중얼거리며 본이 찔끔찔끔 눈물을 닦았다. 젬이 소매로 눈물을 닦아 주려 하자 무릎을 살짝 굽혀 줄

정신은 남은 듯했다.

카피레가 고개를 절레절레 저었다.

"수행이 한참 부족하군."

"카, 카피레?"

카피레가 손거울을 탁 접으며 고개를 들었다. 칠한 듯 아닌 듯 발그레한 볼 터치가 잘 익은 복숭아처럼 탐스러웠다.

"잘 보고 배워라, 본."

카피레가 봉긋한 치맛자락을 살랑살랑 흔들며 멀어졌다. 앙큼한 눈웃음에 잔향이 남은 듯 젬이 코를 킁킁거렸다.

젬과 본, 부장은 모퉁이에 우뚝 선 야자수 화분에 쪼르르 몸을 숨기고 데스크 쪽을 훔쳐보았다.

멀어서 대화는 들리지 않았으나 카피레가 살짝살짝 어깨를 틀고, 입술을 오물오물하고, 손끝으로 스커트 자락을 쥐었다 폈다, 여인을 향해 눈을 깜박깜박하는 교태가 고스란히 보였다.

돌처럼 딱딱하던 여인의 얼굴이 점차 잘 익은 복숭아처럼 물렁해졌다. 본이 "크으으" 하며 고개를 끄덕였다. 감동의 눈물이라도 흘릴 기세였다.

젬은 입만 떡 벌렸다. 가방 안쪽에서 아이가 중얼거렸다.

젬 저런 거 할 자신 있어요?

"……단번에 넘어갈 자신은 있어."

잘 기억해 놔요. 손해 볼 것 없을 테니까.

젬이 실소했다.

"아이, 내가 저런 걸 누구한테 하겠어?"

누가 알아요? 젬 애교에 누구 씨가 껌벅 죽을지?

그때였다. 안경 여인이 수줍게 웃는 얼굴로 카드키를 건넸다. 카피레가 천사처럼 만개한 미소로 손을 흔들었다. 여인이 넋 빠진 낯으로 살랑살랑 손짓했다.

위풍당당하게 돌아온 카피레가 훗, 하고 앞머리를 쓸었다. 본이 떨리는 두 손으로 카드키를 고이 들었다.

"대체 어떻게 한 겁니까?"

"훗. 내 미모는 남녀노소를 가리지 않지."

본이 감격에 찬 얼굴로 고개를 끄덕였다.

카피레는 왕실에서 파견 나온 시녀에 빙의해 연기를 펼쳤다고 했다. 왕자궁에 배정된 지 얼마 되지 않았다며, 스위트룸에 상주하는 시종님이 무서우니 연락하지 말아 달라고 신신당부했다는 것이다.

"……놈이 오래 자리 비우는 걸 본 적이 없으니 오래 있지 말라더군."

"그럼 가십시다."

부장이 대표로 카드키를 들고 앞장섰다. 엘리베이터로 가기 위해선 데스크를 지나쳐야 했으나, 매의 눈 여인은 빨간 머리 미소녀에게 정신이 팔려 나머지 세 사람은 눈에 들어오지도 않는 듯했다.

다행히 엘리베이터 앞엔 사람이 없었다. 네 대의 엘리베이터

중 하나만 검은 문에 금장이 박혀 있었다. 부장이 검은색 문에 카드키를 댔다.

가벼운 종소리와 함께 문이 열렸다.

젬이 묵직한 서류 가방을 힘주어 쥐었다. 무거운 코트가 없으니 꼭 벌거벗은 것처럼 어색했다. 몸에 딱 붙는 수트 차림도 불편하기만 했다. 길어진 팔다리와 높아진 시야도 어색함에 한몫했다.

평소 몸에 두르고 다니던 약병을 가방에 담고 있자니 영 어색해 자꾸 손을 꼼질거리게 되었다.

"얼른 타."

카피레가 손짓했다. 젬이 재빨리 그 옆에 섰다. 좁은 공간, 아무도 입을 열지 않았다. 모두가 문 위에 숫자를 더해 가는 판만 보았다.

목표는 21층, 리스페의 스위트룸이었다.

* * *

종소리와 문이 양쪽으로 갈라졌다. 2시 45분. 막 간호사가 들어갔다 나갔을 시각이었다. 조사한 대로라면 앞으로 30분은 그 누구도 21층을 방문하지 않을 터였다.

부장이 목소리를 낮게 깔았다.

"명심하십쇼. 최대한 빨리, 용건만 간단히……."

"잔소리 그만해요, 아저씨."

꾀꼬리처럼 고운 음색이 톡 쏘았다. 카피레가 복도를 앞장섰다. 본이 금붕어 똥처럼 꼭 붙어 갔다.

부장의 깊은 한숨이 바닥을 뚫을 듯했다. 젬이 엉거주춤 그 뒤를 따랐다.

푹신한 감촉이 구두 밑창을 부드럽게 감쌌다. 붉은 카페트가 복도에 길게 깔려 있었다. 상앗빛 대리석으로 마감한 복도 벽에 드문드문 액자가 걸려 있었다. 푸른 숲이나 가을 억새밭 따위의 풍경화가 대다수였다.

잔잔한 피아노 선율이 배경에 깔렸다. 병원 특유의 싸한 냄새만 빼면, 호텔에 못지않은 분위기였다.

젬이 본 뒤에 바짝 붙었다.

그녀는 몇 번이고 머릿속으로 시뮬레이션한 상황을 다시금 되짚었다. 리스페를 만나면 일단 그래, 인사, 인사부터 해야 했다. 건강이 안 좋다니까 내가 도와줄 건 없는지 묻고, 아니, 감사 인사도 중요했다.

그가 도와준 덕에 카피레도, 젬도, 아이도 무사하다고 인사하는 거다. 우리가 날아간 곳은 아주 높고 험준한 산맥이었는데, 거기서 많은 요정을 보았다고…… 꼭 너처럼 흰빛을 발하는 그런 요정들이 숨어 살고 있었다고…….

부장이 자리에 우뚝 멈췄다.

그가 커다란 액자 구석에 카드를 댔다. 불빛이 두 번 깜박이더니 찰칵 소리가 났다. 벽에 걸렸던 어마 무시하게 큰 액자가 반으로 갈렸다. 모르고 왔다면 그냥 지나쳤을지도 모를 입구였다.

부장이 마지막 경고를 위해 뒤로 돈 순간, 카피레가 양손으로 문을 밀고 들어섰다. 부장의 한숨이 아까보다 깊어졌다.

널찍한 응접실이 모습을 드러냈다. 전면 유리창으로 시원하게 뚫린 도시 풍경이 눈에 먼저 들어왔다.

커다란 원목 테이블에 크리스털로 만든 천사상과 아이 몸통만 한 도자기 꽃병이 놓여 있었다. 꽃병에 장식된 크림색 장미가 어딘가 눈에 익었다.

젬이 주변을 둘러보았다. 응접실을 중심으로 양옆에 복도가 길게 이어져 있었다.

부장이 "오른쪽입니다" 하며 앞장섰다. 젬이 뒤돌아 입구를 닫았다. 피아노 선율이 거짓말처럼 뚝 끊겼다.

복도 안쪽에 다가갈수록 싸한 소독약 냄새가 짙어졌다. 느리고 규칙적인 기계음이 점차 가까워졌다.

방이 한두 개가 아니었다. 대부분 닫혀 있었고, 인기척은 느껴지지 않았다. 부장이 어느 문 앞에 서서 문패를 확인했다.

반쯤 열린 문틈으로 흰 침대 시트 끝자락이 보였다. 부장이 카피레에게 눈짓했다. 젬은 침을 꼴깍 삼켰다.

카피레가 고개를 끄덕였다. 천천히 문이 벌어졌다.

크고 무섭게 생긴 기계 장치들이 환자 머리 주변을 둥글게 둘러싸고 있었다. 그것은 마치 거대한 가시나무 장식에 머리를 들이민 것처럼 보였다.

침대 맞은편에 자리한 널찍한 소파에는 만들다 만 듯한 솜뭉치와 천 쪼가리가 아무렇게나 널려 있었다. 몸통과 팔다리가 보이는 것으로 미뤄 봉제 인형을 만들던 중으로 보였다.

커튼을 살짝 내려 햇살이 침대 발치를 살짝 비추었다. 상대적으로 그림자 진 머리맡, 흐트러진 모지리의 금발이 전보다 탁해 보였다.

카피레가 천천히 침대 곁으로 다가갔다. 아이가 가방 틈으로 고개를 빼꼼 내밀었다.

아까부터 시계 초침처럼 귀를 괴롭히던 소리는 모지리와 연결된 기계에서 나고 있었다. 가는 몸에 연결된 줄이 한두 개가 아니었다.

카피레가 높이 달린 링거 줄을 쳐다보았다. 투명한 유리병에 액체가 반쯤 비어 있었다. 젬은 할 말을 잃었다.

"이거, 진짜 자는 거야?"

카피레가 중얼거렸다.

분명 왕성 발표 자료엔 의식을 찾았으며 순조로이 회복 중이라 했건만, 생각보다 상태가 심상찮았다.

젬이 가까이 다가가 리스페 주변을 살폈다. 처음 보는 장치며 모니터가 여럿이었는데, 대충 알아볼 수 있었다. 킨과 함께 한 의학 공부가 빛을 발한 순간이었다.

체온이 조금 낮긴 했지만 심박 수가 고르고 호흡도 문제없었다.

카피레와 똑같은 얼굴.

모지리는 깊은 잠에 빠진 것처럼 보였다. 창백한 낯빛에 곱게 두 손을 포개고 누운 자세가 꼭 동화책에 나오는 공주님 같았다.

아이의 표정이 어두웠다. 그저 한 마디 말도 없이, 모지리를 뚫어져라 바라보기만 했다.

젬이 바닥에 한쪽 무릎을 꿇고 가방을 열었다. 촘촘히 정리된 약병이 모습을 드러냈다. 젬은 곧장 목표물을 찾아냈다. 이럴 때를 대비해 혹시 몰라 상비해 둔 비상약.

무려 기절한 코끼리든 약에 절은 반시체든 즉시 눈뜨게 한다는 초강력 각성제였다.

젬이 미리 준비한 스포이드로 약을 쭉 빨아들였다. 새파란 물감 같은 각성제가 유리관에 반쯤 찼다.

젬이 마른 장미 꽃잎 같은 입술을 조심스레 벌렸다. 젬의 크고 굵어진 손에 비해 그의 입술은 너무 여리고 작았다. 힘주면 찢어질 것 같은 기분에 젬의 손이 살짝 떨렸다.

뒤에서 큼큼, 하고 카피레가 헛기침했다.

젬이 모지리의 목 뒤를 받쳐 약을 넘기게 했다. 마른 목울대가 작게 오르내렸다. 젬이 조심스레 모지리를 다시 뉘었다.

잠시 침묵이 흘렀다. 째깍째깍 손목시계 돌아가는 소리가 정적을 채웠다. 초침이 한 바퀴를 막 돌았을 때, 카피레가 물었다.

"이거 오래 기다려야 해?"

"이상하네요. 즉효성인데."

본이 모지리 코에 침 묻은 손가락을 대 보고 손을 들었다 놨다 무릎을 두드려 반사 신경까지 확인해 보았다. 젬이 저도 모르게 손톱을 입에 가져다 댔다.

"이럴 리가 없는데……."

"여기서 더 시간을 지체할 순 없습니다."

부장이 선글라스를 고쳐 쓰며 말했다. 그의 콧수염이 바르르 떨렸다.

젬, 잠깐만요.

침대 주변을 빙글빙글 돌던 아이가 모지리 가슴 위에 앉았다. 젬이 입에서 손을 떼고 왜 그러냐고 물었다. 아이가 "이상해요" 하고 고개를 흔들었다.

……이거, 아녜요.

"뭐가?"

이거, 우주 제일 모지리, 내 반쪽이 아니라구요.

젬이 잠시 눈을 깜박이다 "뭐?" 하고 되물었다.

"그, 그게 무슨 소리야, 아이. 틀림없잖아. 이렇게 생긴 얼굴이 어떻게 또 어딨겠어. 생김새도 똑같고, 뉴스에서도……."

아이가 입술을 물었다. 카피레가 "무슨 일이야?" 하며 눈썹을 세웠다.

……아무것도 느껴지지 않아요. 마치 영혼이 날아간 빈 껍데기처럼,

영혼이 있어야 할 자리가 비어 있다구요. 아무리 내가 놈과 분리된 상태라 해도 이 정돈 알아요. 내 반쪽이 아니야.

아이가 고개를 저었다. 꼭 영혼이 빠져나간 것처럼, 뱀이 벗은 허물과 같다는 것이다.

젬이 각성제를 꾹 쥐었다. 소란에도 불구하고 모지리는 굳게 닫힌 눈을 뜰 생각이 없어 보였다. 그가 먹은 건, 반시체도 눈뜨게 한다는 마법약이었다.

빈 껍데기라. 젬이 입술을 씹었다.

"그렇지만, 이렇게 숨이 붙어 있는데……?"

죽은 건 아녜요. 몸은 멀쩡하잖아요. 무슨 영문인지는 모르겠지만, 육체와 영혼이 분리된 게 분명해요…….

아이가 입술을 짓씹었다. 레임 경을 제외한 모두의 머릿속에 같은 이름이 스쳤다.

유리 헤이트 잉겔.

카피레가 턱을 만지작거리다 중얼거렸다.

"한발 늦었나……."

"어떻게 할까요."

본이 시계를 확인했다. 초침은 쉬는 법이 없었다.

"후퇴합시다. 이미 늦었다면 지체해 봤자 득 될 게 없지 않습니까."

본은 조용히 답을 기다리는 눈치였으나 부장은 그렇지 못했다. 그는 5초에 한 번씩 시계를 확인하고 있었다.

"……아주 늦은 건 아네요. 껍데기든 뭐든, 숨은 붙어 있다니까."

카피레가 혼잣말처럼 되뇌며 침대 옆에 섰다. 쪼그리고 앉아 약병만 만지작거리던 젬이 울먹이는 눈으로 카피레를 보았다.

남자가 됐어도 맹한 인상이라고, 카피레는 생각했다.

안경과 박쥐 코트만 없다뿐이지, 젬 주변에 춤추는 솜사탕 구름과 불꽃놀이가 똑같았다.

어둡고 우중충한 구름만 봐도 알 수 있었다. 젬은 불안한 상태였다. 걱정하고 있었다.

카피레가 잠시 모지리를 보다가 젬에게 손을 내밀었다.

"부탁했던 거."

"예? 아, 이거요?"

젬이 주섬주섬 가방에서 생수병을 꺼냈다.

"본, 모지리를 데리고 안나 부인 저택으로 돌아간다."

"왕자님! 큰일 치르시는 수가 있습니다!"

본이 대꾸 없이 침대 옆으로 척척 다가왔다. 부장이 붉어진 낯으로 한 발짝 앞에 나섰다.

"분명히 말씀드렸지요? 로비에 숨은 파파라치 수만 열 손가락을 넘습니다. 게다가 지옥견은 어쩌구요? 벌써 시간이 꽤 지체되었어요. 시종 놈이 곧 올 거라구요!"

내 분명 놈이 30분 이상 자리를 비우는 꼴을 못 봤다 말하지 않았느냐며, 부장이 콧수염을 파르르 떨었다. 카피레가 젬의 손에서 생수병을 건네받았다.

"제 말 듣고 계신 겁니까! 얼른 짐부터 챙깁, 쿨럭쿨럭."

"진정해요. 아저씨."

카피레가 들고 있던 생수병을 부장에게 건넸다. 손사래 치던 부장이 마지못해 물병을 들이켰다.

병을 반쯤 비운 부장이 입을 쓱 닦다가 멈칫했다. 카피레가 의미심장한 눈빛으로 그를 보았다.

"……혹시 물도 상할 수 있는 겁니까?"

"레임 에드워드."

카피레가 가발을 대충 벗으며 낮은 목소릴 냈다. 부장의 눈동자가 호수 위에 낀 안개처럼 탁해졌다. 절대복종약의 효과였다.

"지금 당장, 리스페를 데리고 안나 부인의 저택으로 돌아갑니다. 알겠습니까?"

"……으!"

"아무도 모르게, 할 수 있지요?"

"으으으으으!"

본이 모지리 몸에서 이불을 벗겨 내며 "제가 나머지도 먹일까요?" 했다. 카피레가 어깨를 으쓱하자, 그가 벌떡 일어나 남은 생수 반병을 레임 경의 입에 꽂았다.

제자리에 차렷 자세로 굳은 채 "읍읍!" 소리만 내는 부장과 젬의 시선이 스쳤다. 젬이 재빨리 고개를 돌렸다.

절대복종약은 한 방울만으로도 강력한 위력을 발휘했다. 맨

처음 복용자의 이름을 부른 사람의 명령을 일정 시간, 무조건 따르게 만드는 약이었다.

젬이 건넨 생수병은 절대복종약을 미리 타 희석해 둔 물건이었다. 젬의 주머니엔 약 열 명 정도에게 사용할 분량이 남아 있었다.

'죄송합니다, 부장님. 제가 나중에 꼭, 꼭 마법약 한 박스 선물할 테니까요!'

젬이 재빨리 가방을 추스르는 사이, 본이 모지리 몸에 붙은 기계 장치를 과격하게 떼었다. 젬이 가방을 번쩍 들고 일어섰다. 귀를 긁던 카피레가 본을 불렀다.

"따로따로 움직이자. 모지리 데리고 너부터 내려가. 비상계단이랑 엘리베이터, 뭐로 할래."

"제가 계단을 쓸 테니, 카피레가 엘리베이터를 타고 내려오십쇼. 그런데 부장님은……."

카피레가 부장의 어깨를 두 손으로 쥐고 눈을 마주 보았다. 그가 "본을 따라서 먼저 내려가세요. 아셨죠?" 하자 안개 낀 눈이 미약하게 흔들렸다.

본이 모지리를 고쳐 업으며 말했다.

"뭣 하면 부장님도 업고 갈까요?"

"모지리는 가운데서 무슨 죄며, 사람들 눈은 어떡할 거야? 됐어. 알아서 따라갈 테니까."

본과 레임 경은 발소리도 없이 복도를 빠져나갔다. 아이가 젬의 목깃 속으로 들어오려다 포기하고, 어깨에 앉았다.

"아이?"

불안해요. 만약에 진짜 영혼이 분리된 거라면…….

침대와 소파 주변을 살피며 마지막 단서를 찾던 카피레가 돌연 고개를 번쩍 들었다.

"잠깐. 코다가 여길 비운 게 몇 시부터였지?"

"네?"

엘리베이터에서 젬이 내렸을 때가 2시 45분. 현재 시각은 3시 정각을 몇 초 앞두고 있었다.

그때였다. 침대 헤드 위, 벽에 달린 네모난 기계에 빨간 불이 깜박이더니, 돌연 화면이 비추었다.

엘리베이터에 올라타는 한 사람이 있었다. 빼빼 마른 체구에 펑퍼짐한 시종복. 어딘가 눈에 익은 뒤통수였다.

젬과 카피레의 낯이 새하얘졌다. 젬이 "어, 얼른 계단으로 뛰어요" 했다. 카피레가 고개를 저었다.

비상계단 문을 여는 카드키와 엘리베이터용 카드키가 따로 있으며, 계단으로 통하는 카드키는 본이 들고 갔단 거였다.

카피레가 침을 꼴깍 삼키곤 젬에게 속삭였다.

"중화제."

"네?"

"성전환 약 중화제!"

그가 옷장을 벌컥 열어 환자복을 꺼냈다. 그가 허겁지겁 옷을 입는 사이, 젬이 가방을 뒤집어 중화제를 건넸다.

"이걸로 뭘 어쩌시려고요!"

"이렇게 된 이상 이판사판이야. 내가 모지리 흉낼 낸다."

카피레가 침대에 앉아 한입에 약을 들이켰다.

카피레의 몸이 서서히 변화했다. 그가 "으으" 하며 몸을 웅크렸다. 열기가 훅 오르며 자그마했던 몸집이 젬보다 훌쩍 커졌다.

그가 끙, 소릴 내며 몸을 폈다. 젬이 그를 얼른 침대에 누이며 기계 장치를 대충 갖다 붙였다. 눈대중이 맞았는지, 기계가 삐삐, 규칙적인 소리를 내기 시작했다. 복도에서 들었던 것보다 훨씬 빠른 박자긴 했지만.

침대 머리 벽 화면이 코다의 뒷모습을 비추었다. 엘리베이터 중앙에 홀로 선 모습이 꼭 정지된 화면처럼 정적이었다. 카피레가 입술을 푸르르 떨었다.

"내가 연기력 하난 타고났다지만, 상대가 코다라니……."

"괜찮으시겠어요?"

카피레가 "이거 받아" 하며 땀이 밴 카드키를 젬의 손에 쥐여 주었다.

"방에서 북쪽으로 꺾으면 비상구가 있어. 일단 숨었다가 때를 틈타 엘리베이터 타고 도망가."

카피레가 손거울로 얼굴을 확인하곤 베개에 머리를 댔다. 젬이 카드키를 주머니에 대충 쑤셔 넣었다. 그가 힐끔 시선을 던졌다.

"안 가?"

"나 없으면 비상약도 없이 혈혈단신 어떻게 버티려고 그래요?"

젬이 경직된 웃음소리를 내며 넥타이를 조였다.

"그리고, 지금 저는 정보부 직원이니까요."

"그냥 직원이 아니라 불법 침입자겠지……"

카피레는 더는 토 달지 않았다.

"……뭔가 방법이 있겠죠. 진짜 반시체가 될 작정은 아닐 거라 믿어요."

"절대복종약. 몸에서 떼어 놓지 마. 상황 봐서 결정할 테니까."

카피레가 몸을 숙여 젬의 가방에 손을 쑥 넣었다. 닦을 거라곤 때 탄 물방울무늬 손수건밖에 없었다.

그가 얼굴을 대충 문질러 빨간 볼 터치를 지우려는 걸, 젬이 급히 막았다. 젬이 가방 구석에서 오래된 분을 꺼내 카피레 뺨에 대충 두들겼다. 발그레하던 두 뺨이 한결 창백해졌다.

코가 간지러울 만도 한데, 카피레는 눈도 깜박이지 않고 젬을 빤히 쳐다보고 있었다. 젬이 저도 모르게 손을 움츠렸다.

"뭐, 뭐예요."

"……젬. 지금이라도."

그때였다. 멀리서 잠금쇠 돌아가는 소리가 들렸다. 젬이 화들짝 놀라 분통과 약병을 가방에 쑤셨다. 카피레가 사지를 축 늘어트려 반시체 연기에 돌입했다.

희미한 발소리가 점차 가까워졌다. 쏜살같이 가방 속으로 숨은 아이가 고개만 빼꼼 내밀어 "젬, 젬! 릴렉스! 남자! 남자!" 하고 속삭였다.

'맞아. 지금 난 정보부 말단 남자 직원!'

젬이 억지로 어깨를 펴곤 단단한 표정을 꾸몄다. 젬이 주문처럼 중얼거렸다. 나는 말단 정보부 직원. 레임 경의 부하. 나는 말단 정보부 직원, 레임 경의 부하!

나직한 발소리가 들렸다. 카피레가 실눈을 뜨곤 젬을 보았다. 말로 하지 않아도 알 수 있었다. 정신 똑바로 차리란 신호였다.

삐삐삐!

기계 소리가 초침보다 빨라지기 시작했다. 젬과 카피레의 눈이 휘둥그레졌다. 빨라도 너무 빨랐다.

진정해요, 카피레!

젬이 간절한 눈을 했으나 이미 늦었다. 잠시 멈칫한 발소리가 갑자기 급해졌다.

"리스페!"

숨찬 소리가 문을 열어젖혔다. 카피레가 눈을 질끈 감았다. 젬이 빳빳이 굳었다. 정수리 털이 거꾸로 서는 듯했다.

태연한 척 평온한 그의 얼굴이 정신 잃은 모지리와 똑같았다. 그러나 젬은 카피레의 주먹에 힘줄이 불룩 솟은 것을 놓치지 않았다.

그래, 무대에 선 사람은 카피레뿐만이 아니었다. 젬이 천천히 뒤돌았다.

시꺼멓게 죽은 눈 아래가 눈에 박혔다. 펑퍼짐한 시종복은 여전했으나, 덥수룩하니 정돈 안 된 머리가 낯설었다. 못 알아볼 리가 없었다. 코다였다.

젬이 애써 눈을 부릅떴다.

일순 불안하게 흔들리던 코다의 표정이 잘 벼린 칼날처럼 매섭게 변했다.

"어떻게 들어오셨습니까. 여기가 어디라고……."

"저, 정보부 부장님의 명령으로 왔습니닷! 폐하께서 경과를……!"

젬의 목소리가 실수로 한 옥타브 튀었다. 코다가 한 대 칠 것처럼 성큼성큼 가까워졌다.

"보고라면 매일 아침, 저녁으로 전하고 있을 텐데요."

"그, 그것이, 직접 확인하고 오라는……!"

"……하. 보고서를 못 믿으셔서 직접 사람을 보내셨다?"

코다가 코웃음 쳤다. 비뚤게 올라간 입꼬리가 파르르 경련했다.

"그래. 또 덧붙인 말씀은 없으십니까?"

"무, 무슨 말씀이신지……."

"정보부가 보내서 왔다? 폐하의 명령? 왜. 닥터 유리께선 아무 말 없으시던가요?"

코다가 검지를 뾰족하게 세워 젬의 가슴을 쿡쿡 찔렀다. 젬은 저도 모르게 구겨진 깡통처럼 표정을 찡그렸다.

남자로 변한 덕분에 가슴에 살이 없어 찔리는 족족 눈물 나게 아팠다. 송곳이 콕콕 박히는 듯했다.

"왜 대답이 없습니까. 아까처럼 나불거려 봐요."

"아, 아이고 그것이 ……."

저도 모르게 앓는 소리가 났다. 젬이 무의식중에 신음하며 어깨를 움츠린 때였다. 아까부터 심상찮던 삐삐삐 소리가 말달리는 소리처럼 급해졌다.

코다가 화들짝 놀라 "왕자님!" 하며 침대 옆에 바짝 붙었다. 엉겁결에 밀쳐진 젬이 몇 발자국 뒤로 물러났다.

카피레가 "으윽" 하고 숨을 참았다 뱉듯이 헐떡거렸다. 아닌 게 아니라 일부러 숨을 멈췄던 듯 얼굴이 시뻘겠다.

카피레가 한 달간 사막에 조난한 사람에 빙의한 듯 힘겹게 허공에 손을 휘저었다. "무, 무울……" 하고 호소하자 코다가 덩달아 당황한 듯 숨이 넘어갈 것처럼 헐떡였다.

젬이 서둘러 물컵을 건넸다. 코다가 얼떨떨해 받아 들었다.

꿀꺽꿀꺽 카피레 물 넘기는 소리가 기계 소리와 맞물렸다. 아까보다 한결 가라앉은 박자에 코다의 낯이 한결 환해졌다.

"리스페. 왕자님? 정신이 드십니까? 저 코답니다."

코다가 카피레의 볼을 가볍게 두드리며 속삭였으나, 카피레는 눈꺼풀을 꼭 닫아 버렸다. 엉거주춤 물병을 들고 섰던 젬이 "무, 물 채워 오겠습니다" 하곤 방을 나왔다.

고요한 복도 공기에 현실감이 파도처럼 덮쳤다. 휘청거리던 젬의 발걸음이 점차 조급해졌다.

심장이 갈비뼈를 부수고 튀어 나갈 것 같았다. 아니면 입으로 튀어나오든가.

앞날이 깜깜했다. 성전환 약의 효과는 기본 12시간에 불과했다. 레임 경의 부하, 말단 남자 직원 젬에겐 앞으로 6시간 정도밖에 남지 않은 셈이었다.

당장에라도 뒤에서 코다가 열 손가락을 갈퀴처럼 세우고 달려올 것 같아 젬은 연신 뒤를 돌아봐야 했다.

이 와중에 스위트룸 복도는 미로처럼 복잡하기 그지없었다. 환장할 노릇이었다.

휘청휘청 복도를 헤매던 젬이 겨우 화장실 세면대에 몸을 기댔다. 뒤늦게 몸이 저릿저릿하며 소름이 몰려왔다.

손가락에 찔린 가슴이 아직도 못 박힌 듯 아팠다. 젬이 넥타이를 끄르며 중얼거렸다.

"어휴. 멍 안 들었나 몰라. 무슨 손이 저리 억세담. 그치, 아이?"

젬이 습관처럼 중얼거리다 멈칫했다. 평소와 달리 가방 속에 숨은 아이를 깜박한 것이었다.

내가 지금 이럴 때가 아니다.

젬이 대충 세면대 물을 틀어 유리병을 채웠다.

변기물도 아닌데 먹고 죽기야 하겠느냐. 아이도 물론이거니와 홀로 코다를 상대하고 있을 카피레도 걱정이었다. 얼른 돌아가는 게 중요했다.

젬이 막 수도꼭지를 잠근 때였다.

"……정수기라면, 복도 맞은편 방에 있습니다만."

젬이 전기 맞은 양 몸을 파드득 떨었다. 똑똑 물방울 떨어지는 소리가 들렸다. 손끝이 고드름처럼 차갑게 얼었다.

젬이 천천히 고개를 들어 세면대 유리를 보았다. 입구에 서서 이쪽을 노려보는 한 남자가 있었다.

눈 밑이 유난히 검어 눈알이 안으로 쑥 꺼져 보이는 코다였다. 먹구름에 둘러싸인 듯 분위기가 음침했다.

젬이 입을 뻐금뻐금하며 물병 손잡이에 힘을 주었다. 코다가 세면대 유리를 통해 젬을 응시하면서 천천히 다가왔다.

그가 젬 옆 세면대에 물을 틀었다. 쪼르르 가는 물줄기 아래 그가 두 손을 댔다.

겨우 허리를 편 젬이 무심결에 옆을 보았다. 심장이 발등 위로 뚝 떨어지는 듯했다. 코다의 손바닥이 꽃분홍색과 흰 분가루로 물들어 있었다.

젬이 잔뜩 얼어 코다의 표정을 살폈다. 코다는 부모 죽인 원수를 보듯 손바닥을 노려보고 있었다.

"참 이상한 일이지요. 제가 아침저녁으로 왕자님 피부 관리에 힘쓰긴 합니다만……."

그가 눈동자만 쓱 움직여 젬을 보았다. 이게 사람인가, 귀신인

가. 젬이 저도 모르게 물병을 두 손으로 쥐었다.

"이건 듣도 보도 못한 분가루군요. 싸구려 화장품 냄새도 지독하고요. 이게 어찌 된 일인지 당신이라면 알 것도 같은데……."

"저, 저는……."

코다가 수도를 잠그고 옆으로 돌아섰다. 손가락 끝에서 물방울이 떨어져 회색 돌바닥에 뚝뚝 점을 그렸다.

"전 지금 질문을 드리고 있는 겁니다. 미스터."

젬이 한 발짝 물러섰다. 유리병에 가득찬 물이 출렁이며 젬의 가죽구두를 적셨다. 코다는 먹이를 노리는 짐승처럼 눈 한 번 깜박이지 않고 젬을 노려보았다.

젬의 머릿속이 뭉친 실타래처럼 정신없이 얽혔다.

뭐라 대답해야 하지? 대체 뭐라고…….

젬이 입술을 달싹이다 시선을 바닥으로 피했다. 바로 그 순간, 코다가 튕기듯 몸을 날려 젬을 덮쳤다.

사나운 소리와 함께 유리병이 떨어졌다. 날카로운 파열음이 타일 벽과 천장을 타고 사방에 메아리쳤다.

꼬리뼈를 타고 충격이 올라왔다. 상황을 파악할 새도 없이, 무거운 것이 젬의 몸에 올라타 멱살을 쥐었다.

고막이 얼얼하고 시야가 빙글빙글 돌았다. 셔츠고 바지고 할 것 없이 흠뻑 젖었다. 젬은 비 맞은 고양이 꼴이 되어 눈만 깜박였다.

미친놈 앞에 장사 없다더니, 멱살을 휘어잡은 힘에 젬의 상체가 맥없이 흔들렸다. 코다의 얼굴이 코가 닿을 듯 가까이 붙었다. 헐떡이는 숨에 쇳소리가 섞여 있었다.

젬이 바짝 얼어 코다를 마주 보았다. 관자놀이에 불룩 선 핏줄이 보였다. 번들번들한 눈동자에 실금처럼 핏줄이 서 있었다. 금방이라도 흘러넘칠 듯 눈에 물이 가득했다.

젬의 멱살을 쥔 손이 바람맞은 잔뿌리처럼 덜덜 떨리고 있었다. 천 길 낭떠러지에 동아줄을 붙든 듯 손아귀 힘이 억셌다. 그가 짓씹듯 말을 뱉었다.

"……누가 보내서 왔어. 유리? 폐하께서 그자와 손잡으셨나?"

"케, 켁. 무슨……!"

홍분으로 목까지 벌게진 코다가 흐흐흐, 하고 웃음인지 울음인지 모를 소리를 흘렸다. 목을 옥죄는 손길에 젬은 숨이 꽉 막혔다.

"솔직히 답해! 저거 누구야! 왕자님을 어디다 숨겼어!"

"자, 잠깐……!"

"카피레도 모자라 이제 리스페까지 뺏어 가려고 해? 누구 맘대로! 누구 맘대로!"

젬이 켁켁거리며 손톱을 세워 바닥을 긁었다. 창백한 화장실 조명이 놀이기구를 탄 것처럼 번쩍번쩍 돌아갔다.

이러다 진짜 죽겠구나.

젬은 눈앞이 노랗게 변했다. 몸이 빳빳이 굳기 직전, 아득한 목소리가 젬을 불렀다.

제에엠!

목을 쥔 힘이 탁 풀리며 가슴을 누르던 무게가 사라졌다. 젬이 "허억!" 하고 숨을 몰아쉬며 애벌레처럼 몸을 뒤집어 웅크렸다.

목에서 쌕쌕 소리가 올라오며 눈물과 콧물이 하나가 되어 바닥에 뚝뚝 떨어졌다. 눈알에 불이 붙은 듯 뜨거웠다.

그런 젬의 어깨를 감싸는 손길이 있었다. 젬이 헐떡이며 고개를 들었다.

코다가 날개 뽑힌 파리처럼 바닥에서 발버둥 치고 있었다. 집요하게 그의 얼굴 근처에서 요정 가루를 뿌려 대는 아이가 보였다.

차가운 힘이 젬의 어깨를 꾹 쥐었다. 다름 아닌 카피레였다. 젬이 이름을 부르려다 쉰 목소리를 내며 기침하자 카피레가 벌떡 일어나 코다의 무릎을 찼다.

코다가 억울한 듯 번쩍 상체를 세웠다. 요정 가루 덕에 눈두덩이 자두처럼 붓고 콧물이 홍건해 우스운 꼴이었으나 눈빛만은 형형했다.

카피레가 시큰둥한 목소리로 말했다.

"누가 누구한테 손을 올려 지금."

"……너 누구야. 누가 보내서 왔어!"

"내가 보내서 내가 왔다. 짜샤."

카피레가 불시에 날린 발길질에 코다가 맥없이 한 대 맞곤 "이, 이이!" 하며 볼을 붉혔다. 머리카락이 거꾸로 설만큼 분노한 낯이었다. 금방이라도 한 대 날릴 듯 기세가 대단했다.

그것도 잠시였다. 성난 눈썹이 일순 팔자로 시들었다.

"왜 또 왕자님과 똑같은 얼굴이냐구……!" 하며 코다가 소나기처럼 굵은 눈물을 줄줄 흘렸다.

카피레가 할 말을 잊고 잠시 그를 보았다. 코다는 물이 뚝뚝 떨어지는 눈으로 카피레를 노려보았다. 번들번들한 눈동자가 실핏줄이 터졌다.

"닥터 유리한테 전해. 약속 지키라고. 왕자님을 해치지 않겠다고 했잖냐고. 두, 두 번이나 사람을 속일 셈이냐고!"

코다가 주먹으로 바닥을 몇 번이고 내려쳤다. 굵은 물방울이 바닥에 뚝뚝 떨어졌다. 그 모습을 보면서 젬은 눈물이 쏙 들어갔다. 그러고 보니 저 양반 참 눈물이 많았더랬다.

아이가 요정 가루를 뿌리는 걸 멈추고 젬의 어깨에 앉았다. 카피레가 뒷머릴 긁으며 한숨을 푹 내쉬었다. 그가 코다 앞에 쪼그려 앉았다.

"……모지리는 안전한 곳에 옮긴 것뿐이야. 해치지 않아."

"뭐, 뭐……?"

"물론, 나도 아직 안 죽었고 말이지."

코다가 멍하니 카피레를 보다가 코를 킁 삼켰다. 카피레가 눈썹을 찡그렸다.

"아직도 모르겠냐?"

"……카피레, 왕자님?"

카피레가 어깨를 으쓱했다. 코다가 "카, 카, 카……!" 하다가 눈을 하얗게 뒤집었다. 카피레가 어떻게 말릴 새도 없이 코다가 돌바닥에 이마를 박았다.

아이가 재빨리 손짓해 바닥에 흩어진 유리 조각을 한데 모았다. 카피레가 코다를 뒤집었다. 다행히 소리만 요란했을 뿐, 머리가 깨지진 않은 듯했다.

눈꺼풀을 뒤집어 봐도 돌아간 눈알이 돌아오질 않았다. 이마가 벌건 것이 혹이야 나겠으나, 뭐 어떠랴. 기절한 코다의 낯이 울다 지친 아기처럼 벌겠다.

카피레가 젬에게 손을 내밀었다.

"괜찮아?"

젬이 그 손을 잡고 몸을 일으켰다. 아이가 "하여튼 방심할 수가 없어요" 하며 목에 붙어 볼을 문질렀다.

젬이 "엣취" 하고 몸을 떨었다. 옷이 몸에 착 달라붙고 머리도 엉망이었다. 뒤늦게 한기가 몰려왔다.

젬이 코를 훌쩍이며 몸을 움츠리자 카피레가 큼큼, 헛기침하며 손을 뗐다.

"일단 씻고 몸부터 말려!" 하며 수납장에서 되는 대로 수건을 꺼내 젬에게 던졌다. 젬이 엉거주춤 서서 날아오는 수건을 족족 받아 냈다. 아직도 현실감이 없었다.

"욕실, 욕실이 어디지?" 하며 우왕좌왕하는 카피레를 두고, 아이가 젬을 끌었다.

멍하니 아이의 뒤를 따르던 젬의 귀에 익숙한 진동 소리가 들렸다. 젬이 바싹 마른 수건을 꼭 쥔 채 병실 문을 열었다.

검고 뚱뚱한 가죽 가방 속, 젬의 공용 폰이 불빛을 반짝이고 있었다. 젬이 서둘러 전화를 받았다.

본이었다.

* * *

리스페, 왕자님은 요즘 들어 부쩍 더 힘들어 했어요. 밥 먹는 것도, 자는 것도, 그냥 살아 있는 것 자체를 벅차했단 말이 옳을 겁니다.

깨어 있는 내내 하는 거라곤 멍하니 햇볕을 쬐는 게 전부였으니까요. 식물이 따로 없었죠. 꼭 물과 햇빛만 있으면 살 수 있을 것처럼 먹을 걸 거부하기도 했어요.

유리는 대수롭지 않게 넘겼습니다. 아무리 호소해도 한 귀로 흘리는 게 눈에 뻔히 보였어요. 죽지만 않으면 그만 아니냐는 태도였죠.

저는 이러다 정말 왕자님이 죽을지도 모른다고, 그럼 늦는다고 발을 굴렀지만, 글쎄요. 닥터 유리는 이미 관심을 잃은 듯 보였어요. 새 관심사가 생긴 듯했죠.

선왕 폐하께서 그리되시고, 유리는 바로 다음 연구에 착수했거든요.

현왕께선 아시다시피 몸이 열 개라도 부족한 상황이시고요. 유리에게 따로 명령할 사람은 아무도 없었죠.

아니, 사실 거짓말이에요.

그래요. 폐하께선 바쁘다고 동생을 내팽개칠 분은 아니시죠. 눈치채신 건 아닐까, 의심하긴 했어요. 아마 그랬을 겁니다.

리스페 왕자님은 리스페일 수밖에 없으니까요. 카피레 왕자님이 될 순 없었죠.

어쩔 수 없는 흐름이었어요. 폐하께 동생은 카피레 왕자님이었던 것뿐이에요. 제가 주인으로 모신 게 리스페 왕자님이었듯이.

현왕 폐하께서 등 돌리신 이상, 리스페를 지킬 사람은 저밖에 없었습니다. 그리고 리스페를 치료할 사람은 닥터 유리가 유일했죠.

카피레 왕자님이 그랬듯이, 리스페 왕자님도 다른 약에 쉽게 과민 반응을 일으키곤 했으니까요.

저는 스스로에게 최면을 걸고 있었는지도 모릅니다.

아무리 그래도 리스페가 죽는 일은 없을 거라고. 아무리 닥터 유리라 해도 아기 때부터 돌봤던 생명을 간단히 버리지는 않을 거라고 말예요.

보시다시피 제가 틀렸던 겁니다. 같은 실수를 반복하고 만 거죠. 또 말입니다.

예? 빈 껍데기?

어딘가 다른 곳에 영혼이 머물고 있을 가능성이 있다고요?

대체 그게 어딥니까? 닥터 유리가 리스페의 영혼만 꺼내 제멋대로 쓰고 있을지도 모른단 말 아닙니까?

닥터 유리가 몰두한다는 새 실험 내용이 뭐냐구요? 저도 자세한 건 모릅니다.

다만 가장 최근에 그의 실험실에 들렀을 때, 끔찍한 걸 보긴 했어요.

커다란 실험관에 만들다 만 듯한, 혹은 녹다 만듯한 사람 형체가 있었어요. 허연 해골에 반은 근육과 살이 붙었고, 반은 그대로였죠.

팔다리가 수초처럼 늘어져 제 형상을 갖추지 못했어요. 처음엔 포르말린에 담긴 시체인 줄 알았죠.

닥터 유리가 뭐라 흘린 말은 없냐고요? 글쎄요. 정확히 기억나진 않습니다만, 지금껏 했던 연구가 헛되지 않았다고 했던 것 같습니다. 퍽 기뻐 보였어요.

이게 리스페를 찾는데 도움이 되겠습니까?

혹, 이미 늦어 버린 거라면 어떡하죠? 그렇담 저는 이제부터 어떡하면…….

아얏! 엣취! 이 핑크 요정은 정말 마음에 안 드는군요. 전보다 더 버릇이 없어졌어요.

닥터 유리라면 리스페가 중환자실로 옮겨진 후, 한 번도 몸소 들른 적 없습니다. 치료 장치나 처방을 지시하긴 하지만, 그뿐이에요.

저도 염치란 게 있는 사람입니다. 원래대로라면 감히 도움을 청할 수 없는 처지인 것을 압니다.

……그렇지만 지금 제가 믿을 수 있는 사람은 당신밖에 없군요.

감사합니다. 은혜는 꼭 갚겠습니다.

하지만 이 상태로 카피레 왕자님이 리스페인 척하는 건 무리가 아닐까요. 만약에 닥터 유리가 리스페의 영혼을 빼낸 거라면, 왕자님을 보는 순간 의심하지 않겠습니까?

그래요. 리스페의 영혼이 그의 손에 있는지 아닌지 알아볼 방도가 있다면 좋겠습니다만…….

예? 마과부에 아는 사람이 있으시다고요? 닥터 유리와 가까운 102호 사무실을 쓴다?

호, 혹시 최근까지 닥터 유리의 조수 역할을 하시던 분을 말씀하십니까? 그분이 돌아오셨습니까?

음, 자세한 사정은 몰라도 자제하는 편이 좋을지도 모릅니다. 닥터 유리는 조수를 오래 쓰는 법이 없어요.

바로 얼마 전, 제게 그 자리를 권하기까지 했지요.

달력을 세며 조수가 빨리 귀환하길 기다리던 눈치던데, 그분께선 별말 없으셨습니까?

응? 표정이 왜들 그러십니까?

* * *

랑쿼니에, 킨과 연락이 되지 않은 지 한참이었다. 오랜만에 돌아온 수도였다. 마과부에 쌓인 일이 많으리라 짐작해 부러 재촉하지 않은 것인데, 코다의 말을 듣고 나니 그렇게 넘길 문제가 아니었다.

개인 번호도, 정보부에서 줬다는 통신기로도 연락이 안 됐다. 젬의 낯이 시꺼메졌다.

고요한 병실, 카피레는 침대에 반쯤 누워 팔베개를 베고 있었다. 카피레가 크게 한숨 쉬었다.

"얼른 유리 곁으로 가라고 등 떠민 사람이 나니까. 책임도 내가 져야겠지."

맞은편 소파에 앉아 솜뭉치를 괴롭히던 코다가 슬그머니 고개를 들었다.

"그가 어떻게 된 줄 알고 책임을 지십니까."

"거야 이제부터 알아봐야 하는 거고. 유리가 뭘 꾸미고 있는지 알아내는 게 먼저야. 놈은 요즘도 데자르 저택 지하 실험실에 박혀 사나?"

코다가 고개를 저었다.

"지하 실험실과 마과부를 왔다 갔다 합니다. 도서관에도 자주

들르는 눈치고요."

"마과부 실험실은 어때. 경비가 삼엄한가?"

"죄 안경쟁이들만 모인 곳인데 특별할 것이 있겠습니까. 네임카드가 필요하긴 하겠지만요."

카피레가 어깨를 으쓱했다.

"그럼 잠입하긴 쉽겠네. 마과부부터 뒤지자."

코다가 솜뭉치를 걸레 짜듯 꾹 쥐었다. 폰을 만지작거리던 젬이 고개를 번쩍 들었다.

"서, 설마 직접 가시려고요?"

"그럼?"

코다가 "안 됩니다!" 하며 눈을 부라렸다. 카피레가 눈썹을 세로로 세웠다.

"왕자님은 절대 마과부 책상 인간처럼 보이지 않습니다! 게다가, 생각해 보십쇼. 바로 어제까지 중환자실에 묶였던 사람이 갑자기 그런 곳에 나타나 봐요!"

"그렇다고 여기서 가만히 반시체 연기만 하고 있을 수도 없잖아. 그리고……."

카피레가 젬에게 윙크를 날렸다.

"내겐 끝내주는 약장수가 있다구."

"전 분명히 말씀드렸어요. 전과 똑같은 변신약은 못 만든다고요."

젬이 엉덩이를 뒤로 뺐다. 카피레가 씩 웃었다.

"그럼 더 좋은 거 만들어 주면 되잖아."

이 인간이 사람을 도깨비방망이로 여기는 게 분명하구나.

젬은 "모른다", "무모하다" 하고 시치미를 뗐다. 잠시 망설이던 코다가 "약소하지만, 이거라도……" 하며 금화 주머니를 건넸다.

젬은 얼떨결에 주머니를 받아 들었다. 무게가 제법 묵직했다.

젬은 생각을 좀 해 보겠다며 옆방으로 피신했다.

천장과 바닥이 빙글빙글 섞여 돌았다. 정신이 제 것이 아니었다. 모지리에 이어 킨까지 행방이 묘연한 상황이었다.

묵직한 소리가 바닥에 떨어졌다. 아이가 놀라 허공을 날았다. 젬이 주머니를 떨어트린 소리였다

금속끼리 부딪치는 소리가 잔상처럼 귀를 간질였다. 젬이 두 손으로 얼굴을 덮고 심호흡했다.

"젬" 하고 부르는 아이의 목소리가 전에 없이 조심스러웠다. 젬이 얼굴에서 천천히 손을 뗐다.

괜찮아요?

"……물론이지, 아이."

젬이 두 손을 들어 뺨을 짝짝 치곤 주머니를 주웠다. 방에 불이 들어왔다.

창 하나에 옷장이 전부인 작은 방이었다. 길쭉한 창으로 하나 둘 불을 밝히는 도시 풍경이 펼쳐졌다.

젬이 창턱에 걸터앉아 주머니 입구를 열었다. 반짝이는 금화

가 모습을 드러냈다.

오랜만에 맡은 돈 냄새가 그리운 생각을 떠올리게 했다. 젬이 습관처럼 주머니에 코를 가까이 댔다가 쓴웃음 지으며 입구를 봉했다.

그래, 젬과 카피레에겐 선택지가 없었다. 킨을 위해서, 리스페를 위해서였다.

젬은 미친 척 금서를 뒤졌고, 곧 목표하던 약을 찾고야 말았다.

남의 눈에 안 보이게 되는 약. 고급편.

지속 시간 반나절. 먹는 즉시 전신이 투명해져 사람 눈에 띄지 않게 여러 일을 할 수 있다. 부끄러움만 이길 수 있다면 누구도 당신을 신경 쓰지 않으리라.

* * *

나 이러다 정말 전설의 마법약 제조자가 되는 건 아닐까. 투명인간이 되는 약이라니!

젬은 페이지를 펼친 채 침을 꼴깍 삼켰다. 인간성은 둘째 치고, 이런 금서를 만들어 낸 게린 헤이트에게 감탄을 금할 수 없었다.

젬의 어깨에 앉아 있던 아이가 조심스레 속삭였다.

아무리 그래도 젬, 요즘 금서 레시피 너무 자주 사용하는 거 아니에요?

"모든 일엔 때가 있다잖아, 아이. 내 약이 이렇게 쓰일 날이 또 언제 오겠어?"

젬이 입술을 핥으며 안경을 고쳐 썼다. 금서의 난이도는 더 이상 큰 문제가 아니었다. 울끈불끈약과 각종 금서 레시피로 단련된 젬에게 이 정도는 껌 씹기에 가까웠다.

문제는 하나뿐이었다.

젬은 카피레에게 사실을 알렸다. 코다가 목까지 붉게 물들이며 "그런 망측한……!" 하고 중얼거렸다.

젬을 천하제일 난봉꾼, 벌거벗은 변태 보듯 했다. 젬은 한 것도 없이 억울해졌다. 카피레는 별다른 반응 없이 선뜻 "그럼 언제까지 완성되는데?" 했다.

"카피레! 세상에, 지금 왕성을 나체로 활보하겠다는 겁니까? 속옷 한 장 없이?!"

"허공에 팬티가 둥둥 떠다니는 것보단 덜 흉측하지 않겠어?"

"중간에 무슨 일이 있으면 어쩌려고요! 약효가 뚝 끊기면 어떡하냐고요! 왕실 역사에 노출증 환자로 기록될지도 모르는 일입니다!"

카피레가 코웃음을 픽 날렸다.

"그럴 리 없어."

젬에게 날리는 눈빛에 신뢰가 가득했다. 젬은 괜히 인정받은 기분에 발그레 볼을 붉히며 뒷목을 긁었다.

그 꼴을 코앞에서 목도한 코다가 부글부글 끓는 소릴 냈다.

"사람을 벌거벗은 임금님으로 만든다는데 믿고 자시고 감동할 건덕지가 어딨습니까? 도대체 정신세계를 이해할 수가 없군요!"

아이가 옆에서 "그러게나 말입니다" 하고 작게 고개를 끄덕였으나, 젬과 카피레 귀에는 들리지 않는 목소리였다.

28.
왕성 잠입 작전

코다는 할 수 있는 한 카피레에게 협력하겠다 기꺼이 약속했다. 리스페의 거취에 관해서도 카피레를 믿겠다고 했다.

닥터 유리의 손안에 리스페를 두는 게 불안했다고, 작게 덧붙인 말에 진심이 묻어 있었다.

리스페가 없으면 담당 의사나 간호사는 어쩌냐 물었으나, 코다는 제 선에서 알아서 해결하겠다는 답만 돌려주었다.

느지막이 돌아온 젬과 카피레를 본이 맨발로 맞이했다. 그는 젬과 카피레가 한참을 내려오지 않는 와중, 뒤늦게 코다가 스위트룸에 올라갔다는 소식을 들었다고 했다.

본은 여차하면 병원에 폭탄을 들고 달려갈 참이었다고 고백했다. 젬이 제때 전화를 받아 다행이었다.

안나 부인 저택으로 실려 간 리스페는 별 탈 없이 무사하다고 했다. 입 무거운 집사장이 직접 수발하며 타인의 눈에 띄지 않게 조심하고 있다는 소식이었다.

부장은 새벽에야 제정신을 차린 모양으로, 자신이 지뢰밭에 왕자님을 두고 나왔다며 대경실색했다.

병원에 다시 쳐들어갈 기세였던 것을, 다행히도 옆에 있던 본이 무력으로 진정시켰다고 했다. 그 여파로 부장의 지친 얼굴에 파르라니 멍 자국이 남아 있었다.

본은 코다 소식엔 침묵을 지켰다. 추가로 전해 준 킨의 이야기엔 "저런" 하고 한 마디를 흘렸을 뿐이었다.

그러나 카피레의 투명 인간 잠입 계획엔 고개를 갸우뚱했다.

"투명 인간이 되면 마과부 실험실엔 어떻게 들어가며, 증거는 어떻게 확보합니까?"

옷을 입을 수 없으니 출입 카드를 어찌 숨기며, 뭘 들고나올 수도 없다. 하다못해 카메라도 못 찍지 않느냐.

꼬치꼬치 캐묻는 본에게 젬은 어버버 입만 오물거렸다. 카피레가 딱 한마디 했다.

"하고 싶은 말이 뭐야?"

본이 어깨를 으쓱했다. 날씨 얘기하듯 평이한 어조였다.

"같이 갑시다."

그리하여 오늘 아침, 하늘은 높고 공기는 청명한 바로 이 시간. 젬은 다시금 유라레 왕성에 발을 디딘 것이었다.

*　　*　　*

상아색 지붕이 천상의 것처럼 빛을 반사했고, 우거진 나무가 가늘게 춤추는 소리를 냈다. 젬은 어색한 가발을 괜히 쓸며 치맛단을 정리했다. 젬은 왕성 내 중앙도서관 입구에 서 있었다.

젬은 카피레가 썼던 빨간 머리 가발에 시녀복 차림이었다. 본이 가까이하던 왕자궁 시녀란 설정이었다.

중매 선생의 박쥐 코트와 안경, 개구리 피부 이미지가 워낙 강했던 탓에 이 정도만 해도 충분하리란 본의 보증이 있었다. 왕자궁에만 가지 않는다면, 그 누구도 알아보지 못하리라 자신만만했다.

젬은 아침의 일을 떠올렸다.

"카피레 왕자님과 전 마과부. 젬은 왕실 중앙도서관……."

지도와 씨름하던 본이 고개를 끄덕였다.

"닥터 유리는 어젯밤부터 지하 실험실에 박힌 모양이니까요. 평소와 같다면 오늘 정오까진 성에 돌아오지 않을 겁니다."

카피레가 무색투명한 약병을 위아래로 천천히 기울였다. 걸쭉한 액체가 병 안에서 풀처럼 늘어졌다.

그 맛을 상상한 카피레의 표정이 늪처럼 어두워졌다.

"……본래 세상 저 혼자 사는 놈이잖아. 단서를 생각 없이 여기저기 흘려 놨을 가능성이 높아. 곰 새끼든 모지리든 놈과 관련

되어 있다면 흔적이 남아 있을 거야."

젬이 무심결에 배에 손을 올렸다. 금서와 일기장의 익숙한 감촉에 불안이 조금 가라앉았다.

젬이 맡은 임무는 간단했다. 요즘 들어 도서관을 화장실처럼 들락날락한다는 닥터 유리가 대체 무슨 책을 읽고 있는지 직접 파악하는 것이었다.

젬은 정보부에서 알아냈다는 유리의 대출 목록을 죽 읽어 보았다. 제목만으로는 파악하기 어려운 책이 몇 권 있었다.

젬이 메모지를 쥔 손에 힘을 주었다. 잘만 한다면, 그가 푹 빠져 있다는 연구의 실마리를 잡을 수 있을지도 몰랐다.

본은 유리와 의절을 선언한 뒤 처음으로 성에 가는 거라고 했다. 그는 수시로 몸에 찬 칼이며 몽둥이를 꺼내 쉭쉭 휘두르며 실전처럼 몸을 긴장시켰다.

그때마다 젬은 날 선 바람 소리에 몸을 움찔움찔 떨어야 했다. 누가 보면 잠입 수사 준비가 아니라 암살 작전을 준비하는 것으로 착각할 법했다.

헤어지기 바로 전까지 카피레는 조심, 또 조심하라고 입에서 침을 튀겼고, 본은 아이에게 간식용 과자를 몇 개 챙겨 주었다.

젬은 크게 걱정하지 않았다. 닥터 유리만 아니라면 그녀는 무서울 게 없었다.

젬의 치마 주머니엔 소분해 놓은 절대복종약이, 그녀의 목깃엔 아이가 숨어 있었기 때문이었다.

*　*　*

그리운 책 냄새가 코에 스몄다.

이게 얼마 만에 맡는 도서관 냄새란 말이냐. 젬이 코를 킁킁거리며 슬그머니 데스크 옆으로 몸을 붙였다.

아이가 메모지를 건넸다. 젬은 그것과 벽에 붙은 도서관 지도를 비교했다. 철학과 신학, 종교 카테고리는 도서관 가장 북쪽에 위치했다.

해부학, 인공 장기, 인공 생명체 등에 관한 책이 목록 대다수를 차지했다. 거기에 일부 섞인 아리송한 제목이 문제였다.

'영혼에 관한 형이상학적 담론'이나 '인간은 어디서 와서 어디로 가는가', '신학개론' 따위가 그것이었다. 아무리 봐도 유리와 매치가 안 되는 제목이었다.

사이비 교주 쪽으로 눈을 돌린 걸지도 몰라요. 내가 곧 신이다! 이런 거.

"……농담으로 안 들리니까 무서운 소리 하지 마."

젬이 중얼거렸다. 해부학이며 인공 장기 등의 내용은 이전 킨과 함께 질리도록 공부한 터였다. 젬은 메모지를 대충 주머니에 구겨 넣곤 주변을 한 바퀴 둘러보았다.

기다란 책상에 띄엄띄엄 책을 산처럼 쌓아 놓고 앉은 안경잡이들이 눈에 띄었다. 동그란 돔식 천장에 거대한 샹들리에가 반짝였다.

높이 뚫린 창으로 차분한 햇빛이 실내를 비추었다. 천장과 벽에 그려진 천장화에선 천사와 성현, 위대한 학자가 구름 위를 노닐고 있었다.

젬은 도미노처럼 늘어선 책장 사이를 미로를 헤치듯 더듬어 갔다. 책 곰팡내가 고향 집 냄새처럼 정겨웠다.

번호를 더듬던 젬이 한 책장 앞에 멈추었다. 해가 잘 들지 않는 도서관 북쪽, 먼지 쌓인 비인기 코너였다.

젬이 발꿈치를 들어 서가를 넓게 훑어보았다. 딱 봐도 신학과 신비주의에 관한 장서가 주를 이루었다.

신학. 솔직히 말해 젬이 태어나 한 번도 관심 가졌던 적 없는 분야였다.

때는 마법과학의 시대였다. 신관이 치유의 기적을 행한 것은 오랜 전설에나 내려오는 기록일 뿐, 아플 땐 신전이 아니라 병원을 찾는 게 상식인 사회였다.

닥터 유리가 무슨 생각으로 이런 곳을 찾는 것인지, 젬은 도무지 짐작할 수 없었다.

아이가 저것 아니냐며 책장을 손가락질했다. 젬이 눈을 크게 떴다. 영혼 어쩌구저쩌구 하던, 분명 메모지에 적힌 책 중 하나였다.

책장 맨 위에서 두 번째 줄. 젬의 키로선 택도 없는 높이였으나 주변에 사다리가 보이지 않았다.

젬이 발꿈치를 들고 책장에 달라붙다시피 해 끙끙댔다. 겨드랑이가 찢어질 뻔했다.

겨우 뽑아낸 책은 그러나, 목록에 있던 책 옆에 꽂혔던 책이었다. 제목은 '잡히지 않는 신'. 다시 꽂기엔 높이가 까마득했다.

잡히지 않는 신이라…….

두꺼운 하드커버 표지에 제목이 음각으로 깊게 새겨 있었다. 책장을 펼치자마자 곰팡내가 확 올라왔다.

종이가 삭아 잠자리 날개처럼 얇고 연약했다. 힘주어 넘기는 순간 꽃잎처럼 찢어질 것 같았다. 아무 페이지나 몇 장 넘기던 젬이 저도 모르게 크게 하품했다.

아이가 "젬. 누가 와요" 하고 말했다. 젬이 그새를 못 참고 한 번 더 크게 하품했다. 귀가 먹먹했다.

'세상에, 무슨 소린지 하나도 모르겠네.'

하품의 여파로 눈에 물이 그렁그렁 고였다. 젬이 검지로 눈물을 살짝 훔칠 때였다. 책장 사이로 그냥 지나갈 줄 알았던 발소리가 제 자리에 딱 멈추었다. 젬을 부르던 아이가 바짝 긴장해 주머니 속에서 몸을 부르르 떨었다.

의아하게 생각할 새도 없었다. 눈에 댔던 손가락을 천천히 떼던 젬은, 누군가와 시선이 딱 마주쳤다.

책장 사이에 막 들어서려다 멈춘 듯, 제자리에 선 남자가 있었다.

젬이 "어?" 하고 입을 벌렸다. 상황을 인지하기도 전, 온몸에 솜털이 가시처럼 돋았다. 처음엔 남자의 눈을 마주 보던 젬의 시선이, 남자의 머리카락부터 발끝까지 죽 훑었다. 저도 모르게 이어진 과정이었다.

차분히 다가온 남자가 젬이 든 책을 힐끔 보았다.

"그 책, 빌리실 건가요?"

"예, 예?"

그가 책이 꽂혀 있던 책장을 힐끗 보면서 말을 이었다. 나지막한 목소리에 웃음기가 섞였다.

"……마침 제가 찾던 책이어서요. 이쪽엔 모두 책이 한 권씩밖에 없거든요."

젬이 저도 모르게 책을 꼭 쥐었다. 천장에 높이 달린 조명이 남자의 머리카락을 희게 비추었다.

북소리처럼 요동치는 심장 소리가 그에게 들릴까, 젬은 손에 힘을 주었다. 남자가 쓰게 웃었다.

"미안합니다. 부담 드릴 의도는 아니었는데."

선량한 청년으로밖에 안 보이는 미소였다. 어디서나 볼 수 있는 그런 사람처럼 보였다. 그러나 젬은 남자를 알고 있었다.

은실처럼 흰 머리카락, 여우처럼 깊게 팬 눈웃음. 닥터 유리였다.

"강요할 생각은 전혀 없어요. 아, 실례가 안 된다면 언제쯤 반납하실지……."

젬은 바보처럼 "어, 어어어" 소리만 냈다. 이 인간이 알고도 모른 척하는 것인지, 진짜로 못 알아본 것인지 분간할 수가 없었다.

혹여 아이가 나서지 않도록, 나머지 손으로 치마 주머니를 꼭 쥔 게 젬이 할 수 있는 전부였다. 손바닥에 부들거리는 떨림이 느껴졌다.

유리가 고개를 갸웃했다.

"미스?"

"어, 어어, 일주일……?"

유리가 "일주일이라" 하고 중얼거렸다. 이게 연기라면 카피레는 연기 천재란 타이틀을 내려놓아야 할 지경이었다.

설마 진짜로 못 알아보는 걸까? 안경을 안 써서?

아니, 젬은 변장한 상태였다. 그러나 그것만으로?

일전에, 그는 젬에게 특이한 향기가 난다고 한 적이 있었다. 마법을 쓰는 사람 특유의 향기가. 젬은 저도 모르게 코를 훌쩍였다.

카피레가 쓰던 향수를 빌려 뿌린 게 먹힌 것일까? 그도 아니면, 설마 코감기라도 걸린 걸까? 천하의 닥터 유리가?

젬이 침을 꼴깍 삼켰다.

새삼 살펴보니 기억보다 초췌한 낯이었다. 젬은 처음으로, 닥터 유리가 세월을 먹는 보통 사람처럼 보였다.

얼굴에 실금 같은 잔주름이 새겼고, 맑은 얼음 같던 눈동자도 옅은 안개가 낀 듯 탁했다.

순간, 젬의 망막에 지하 실험실에서 보았던 반쯤 녹아내린 얼굴과 눈앞의 얼굴이 겹쳐졌다. 덜렁거리던 유리의 한쪽 팔과 가슴에 구멍 뚫린 본의 뒷모습 역시.

젬은 저도 모르게 입술을 질근 씹었다. 아냐. 그는 보통 인간이 아니었다. 어떤 상처든 순식간에 회복하는, 불로불사에 가까운 인간이었다. 방심할 수 없었다.

젬은 뒷걸음질 치지 않으려 발바닥에 잔뜩 힘을 주었다.

닥터 유리가 불현듯 미간을 찡그렸다.

"혹시 우리 어디서 본 적 있지 않습니까? 분명……."

이 인간이 설마 지금 떠보는 건 아니겠지? 젬이 목이 부서져라 고개를 가로저었다. 그 필사적인 고갯짓에 유리가 쓰게 웃었다.

"늙은이가 주책을 부렸군요. 미안합니다."

"아, 아닙니다."

유리가 젬이 품에 안은 책을 힐끔 눈짓했다.

"……혹 그쪽에 관심이 많으신지요. 무심코 눈물지을 만큼?"

"예?"

유리는 대답을 기다리듯 침묵했다. 그의 시선이 꼭 안은 책에 꽂혀 있었다. 젬은 고개를 끄덕이지도, 가로젓지도 못했다. 그쪽이 뭘 말하는지 알 게 뭔가. 젬은 책 제목밖에 모르는 상황이었다.

젬이 뭐라 할 말을 찾지 못하고 입술만 괴롭힐 때였다. 가볍게 책장을 지나던 한 시녀가 문득 뒷걸음질해 젬과 눈을 마주쳤다.

소녀가 "언니?" 하며 눈을 크게 떴다. 젬이 화들짝 놀라 입을 뻐금뻐금했다. 망부석처럼 버티고 섰던 유리가 마지못해 뒤를 보았다.

소녀가 "어머, 언니! 이게 얼마 만이에요! 이런 데서 만나다니! 세상에!" 하며 종종걸음으로 가까이 왔다.

젬의 가발과 닮은 빨간 머리에 쨍한 초록색 눈동자. 허름한 시녀복. 젬은 저도 모르게 소녀의 이름을 중얼거렸다.

푸파. 레이스 팬티 몇 장을 계기로 본에게 순정을 바치던 시녀였다.

뒤늦게 정신 차린 젬이 검지를 입에 대고 쉿쉿, 소리를 냈다. 푸파가 "어마! 내 정신도 차암! 여긴 도서관인걸요. 그쵸?" 하며 젬을 따라 검지를 입술에 댔다.

유리가 소녀를 피해 한 발짝 물러났다. "어마. 친절하셔라" 하고 묵례한 소녀가 "어머! 닥터 유리 아니셔요!" 하며 입을 가렸다.

"세상에, 닥터 유리! 저도 뉴스 봤어요! 세상에!"

진짜지 연긴지 헷갈릴 정도로 호들갑스러운 목소리였다. 유리가 대외용 가면 미소를 지으며 "감사합니다" 했다. 소녀가 뭐라 더 붙잡으려는 것을 젬이 끌어 막았다.

"푸파! 진정해!"

"언니! 어쩜, 언니 같으면 진정하겠어요?"

젬이 흥분한 말을 진정시키듯 쉬쉬 소릴 내며 푸파를 끌었다.

유리 표정에 희미한 안도가 섞였다.

"그, 그럼 이만……!"

젬은 급한 김에 잘됐다 싶어 푸파를 끌고 뒷걸음질 쳤다. 유리가 뭐라 입을 달싹였으나 뒤돌아선 젬은 눈치채지 못했다.

* * *

정신없이 구보로 걷던 어느 순간, 젬은 깜짝 놀랐다. 저가 아니라 푸파가 자신을 끌고 있던 것이다. 푸파가 창가를 따라 2층 계단을 올랐다.

그녀가 젬을 끌어 벽에 몸을 가까이 붙이곤 속삭였다.

"나 잘한 거 맞죠?"

"세상에, 푸파!"

"이게 얼마 만이에요, 언니! 살았는지 죽었는지 연락은 하고 살아야 할 것 아네요!"

푸파가 젬을 힘주어 끌어안았다. 젬이 푸파의 등을 두드려주었다.

"죽은 사람은 연락 못 하잖아, 푸파."

"그러니까 걱정했단 소리예요!"

푸파가 팔꿈치를 들어 젬 옆구리를 찔렀다. 젬은 긴장이 풀려 벽에 등을 대고 미끄러졌다.

있는 줄도 몰랐던 2층 계단은 도서관 창고로 이어진 모양이었다. 계단과 난간에 먼지가 두껍게 쌓여 있었다. 허공에 빛 가루 같은 먼지가 눈발처럼 날렸다.

어떻게 곤란한 줄 알았냐, 젬이 물으니 푸파가 히히, 하며 코를 문질렀다.

"내가 시녀 짬밥이 얼만데요. 이 정도는 껌이라구요"

시녀 신고식과 할머니 팬티 사건이 아직도 생생하건만. 젬은 감개무량하여 코가 시큰거렸다. 기특하다, 장하다, 하며 고개를 끄덕인 건 물론이었다.

"그나저나 이게 무슨 일이에요, 언니? 그 머리랑 시녀복은 뭐고, 아깐 왜 닥터 유리 앞에서 죽을 쑤고 있던 거예요? 언닌 분명 왕자님 습격 사건 때……."

푸파가 젬의 시녀복을 잡아당기며 "나 모르는 새 시녀로 재취직한 건 아니겠죠?" 했다.

"말하자면 길단다……."

젬이 한숨을 푹 쉬며 주변을 둘러보았다. 인기척은 찾아볼 수 없었다. 바로 아래 책장 사이사이까지 한눈에 내려다보이는 높이였다. 닥터 유리의 하얀 뒤통수는 이미 어디론가 사라진 뒤였다.

젬이 푸파의 눈을 지그시 보며 목소리를 낮췄다.

"……푸파. 언니 믿지?"

푸파가 "그럼요!" 하며 고개를 끄덕였다.

아무렴, 할머니 팬티와 본 경 사진으로 다져진 우정이었다. 그러나 푸파의 신록색 눈동자에 어린 호기심은 쉬이 감출 수 있는 종류가 아니었다.

젬이 큼큼 목소리를 가다듬었다.

"푸파. 아직도 사진 모으는 거 좋아하니?"

푸파가 "서, 설마!" 하며 양손으로 볼을 감쌌다. 눈에 주렁주렁 맺혔던 호기심이 씻은 듯이 사라지고 그 자리에 핑크색 하트가 나타났다. 소녀의 얼굴이 분홍색 꽃물로 물들었다.

푸파가 먹이를 앞에 둔 강아지 눈으로 젬을 보았다. 젬은 양심이 콕콕 찔리는 것을 느꼈으나 부러 목소리를 진지하게 깔았다.

"본 경의 사진, 갖고 싶어?"

"갖, 갖고 싶어요."

"언니 비밀 지켜 줄 수 있어?"

"뭐든지 지켜 드릴게요!"

"후후, 착한 아이에겐 좋은 선물이 있지."

"아아아아아!"

젬이 푸파의 머리를 살살 쓰다듬어 주며 몇 가지를 부탁했다.

첫째, 자신을 만난 걸 누구에게도 말하지 말 것.

둘째, 카피레 왕자나 닥터 유리에 관한 소문이 있다면 그게 뭐든 젬에게 알려 줄 것.

젬은 본의 밀착 사진을 되는 대로 찍어 오겠다고 약속했다. 원한다면 리퀘스트까지 받아 주겠노라 큰소리쳤다. 푸파는 벌써부터 입이 헤 벌어졌다. 눈에서 하트가 뿅뿅 튀어나올 기세였다.

"걱정 마세요! 저 입 완전 무거워요!"

무겁다와 가볍다의 뜻을 반대로 알고 있는 건 아닌지 걱정되는데요…….

"믿는다. 푸파."

아이의 중얼거림을 못 들은 척, 젬은 계단에서 일어나 엉덩이를 털었다.

"아, 언니! 이거 잊으셨어요."

푸파가 두꺼운 책을 들어 먼지를 털어 주었다. 아까 닥터 유리가 빌리려 했던 그 책이었다. 젬이 자리에 주춤했다.

"잡히지 않는 신? 우와, 되게 있어 보인다. 언니 이런 책 읽어요?"

젬이 어색한 웃음을 흘리며 책을 받았다.

낡은 하드커버가 빛을 반사했다. 세월에 비하면 형태가 비교적 멀쩡한 편이었다. 오래된 도서관 책 특유의 벌어짐이나 손때, 오그라듦이 덜했다. 그만큼 찾는 사람이 적었단 뜻이리라.

책 뒤쪽에 깨알같이 작은 설명이 쓰여 있었다. 인간의 영혼은 어디서 와서 어디로 가는가, 따위의 글귀가 적혀 있었다.

영혼이라. 젬은 책 커버를 한 번 쓸어 보았다. 사람 장기 만지는 데만 환장한 줄 알았는데 참으로 뜬금없는 주제였다.

젬이 입술을 비죽이다 멈칫했다. 섬광처럼 머릿속을 스치고 지나간 장면이 있었다. 아이의 목소리가 귀에 아른거렸다.

아무것도 느껴지지 않아요. 마치 영혼이 날아간 빈 껍데기처럼…….

아이는 리스페의 영혼이 그릇을 떠난 것으로 추측했다. 비어 버린 리스페의 육체와 행방이 묘연한 그의 영혼.

젬이 계단에 무릎을 꿇고 앉아 빠르게 책장을 넘겼다. "언니?" 하는 푸파의 목소리가 먼 메아리처럼 아득하게 들렸다.

무슨 내용인지 모르겠는 건 마찬가지건만, 갈수록 확신이 더해졌다. 몇 장 넘기던 젬이 속으로 아이를 불렀다.

젬의 공용 폰이 부르르 진동한 건 바로 그때였다. 얼이 나간 젬은 몇 번 헛손질한 끝에야 폰을 귀에 댔다. 옆에서 푸파가 "언니! 도서관에선 통화 금지예요. 들키면 압수당해요!" 하며 쉿쉿 소리를 냈다.

"……젬 님. 들리십니까?"

"부장님?"

젬이 몸을 수그리고 속삭이듯 대꾸했다. 푸파가 같이 옆에 쪼그리고 앉았다. 그가 젬에게 전화한 것은 처음이었다. 평소와 달리 초조한 기운이 역력한 목소리였다.

"급한 소식이 있어 연락드렸습니다. 그가 당신에게 가장 먼저 알려 달라고 사정사정을 해서……."

"뭐, 뭔데요. 안 좋은 일인가요?"

"이걸 안 좋다고 해야 할까, 좋다고 해야 할까…… 랑쿼니에 군을 발견했습니다."

"예?"

젬이 저도 모르게 높은 소릴 냈다. 푸파가 재빨리 고개를 저었다. 젬이 다른 손으로 제 입을 가렸다.

"어, 어디서요. 무사해요? 상처는 없고요?"

"사지 멀쩡하고 정신도 온전합니다. 꼴이 조금 안됐긴 하지만 죽을 일은 없어 보이는군요."

"대체 어떻게……."

부장이 무의식중에 허허, 하고 바람 빠지는 소릴 냈다.

"경호원이 빗자루로 두들겨 쫓아내려는 것을 겨우 막았답니다. 미친 부랑자가 어디서 남의 이름을 함부로 파나 했는데, 세상에. 진짜 랑쿼니에 군이더군요."

"그, 그게 무슨 말씀이세요? 미친 부랑자?"

부장의 목소리에 희미한 웃음기가 섞였다.

"맨몸에 집시 텐트 같은 가죽 코트 한 장만 달랑 걸치고, 머리도 수염도 산발을 했더군요. 어둠을 틈타 저택 지구를 유령처럼 배회했답니다. 안 그래도 요 며칠, 수상한 사람이 돌아다닌다는 소문이 돌아서요. 기사단이 비상근무 서기 직전이었는데, 설마 그게 랑쿼니에 군일 줄은 몰랐지요."

"세상에……."

"당신 이름을 주문처럼 외며 한참을 목 놓아 울더니 지금은 밥 먹는데 눈이 멀었군요. 한 일주일은 굶은 사람 같습니다. 부지런히 씹는데 눈은 가물가물한 것이 금방 곯아떨어질 게 분명해요."

통화를 어떻게 끝냈는지 기억도 안 났다. 젬은 끊어진 폰을 꾹 쥐었다. 심장이 빠르게 뛰었다.

푸파가 "언니?" 하고 조심스레 젬의 표정을 살폈다. 젬이 진지한 얼굴로 푸파에게 책을 내밀었다.

"대출증 좀 빌려줘."

* * *

젬이 도착했을 때, 부장은 궁에 돌아가고 없었다. 마담 D가 젬을 구석방으로 안내했다. 작지도 크지도 않은 객실, 킨은 천장이 쩌렁쩌렁 울리도록 코골이를 하는 중이었다.

지진 난 줄 알았네.

아이가 혀를 끌끌 찼다. 젬이 숨을 고르며 킨의 몰골을 머리부터 발끝까지 죽 훑었다. 탄광에서 일하다 온 듯 얼굴이 시꺼멨다.

자기 전까지 뭘 어떻게 먹었는지 입과 손가락에 기름기가 번들번들했다. 코를 드르렁 쿨쿨 골다가 입맛을 쩝쩝 다시다가 아주 골고루 했다.

마담 D가 "많이 피곤한 모양이더라고요" 하고 한마디 했다.

"대체 무슨 일이래요, 마담? 그동안 연락은 왜 안 된 거래요? 저 거지꼴은 또 뭐고요."

"후후. 말 나눌 틈도 없었어요. 먹다 죽은 귀신이 붙은 것처럼 울고 먹다가 잠들었어요. 깨어나면 물어봐요. 정신없는 와중에도 계속 당신을 찾더군요."

마담 D가 속삭이듯 말하곤 자리를 비켜 주었다. 문이 닫히자마자 젬이 침대 옆에 앉았다. 한숨부터 나왔다. 어쨌든 무사히 발견된 게 천만다행이었다.

젬의 한숨을 못마땅히 보던 아이가 킨의 얼굴 위를 날았다. 핑크색 요정 가루가 고운 설탕 입자처럼 그의 얼굴에 뿌려졌다.

거짓말처럼 킨이 눈을 번쩍 떴다. 잠에 취한 듯 몽롱한 눈동자가 젬과 아이를 번갈아 보았다. 젬이 놀라 아이를 불렀다.

응급 처방이에요.

아이가 어깨를 으쓱했다.

"……젬. 이게 꿈은 아니겠지."

"킨!"

젬은 깜짝 놀랐다. 킨의 부릅뜬 눈에서 온천수 터지듯 물이 줄줄 흐르기 시작한 것이다. 그가 콧물을 삼키며 "젬, 보고 싶었어어, 죽는 줄 알았어어어……" 하며 훌쩍였다.

아이가 짜게 식은 눈으로 보는 것을 애써 무시하고, 젬은 킨의 어깨를 도닥이고 휴지도 몇 장 뽑아 주었다. 보아하니 아직 제정신이 아닌 게 분명했다.

가까이서 보니 피골이 상접한 데다 쉰 냄새까지 폴폴 풍겼다. 새것처럼 하얀 침구에 뿌연 때가 묻은 것이 보였다.

이런 부랑자 몰골에게 선뜻 방을 내주다니. 젬은 새삼 안나 부인과 마담 D의 도량에 감탄할 수밖에 없었다.

"킨. 대체 무슨 일이 있었던 거야? 며칠간 연락도 없이 이게 무슨 꼴이야?"

킨이 상체를 일으켜 코를 세게 풀었다. 그가 눈물 젖은 눈으로 젬을 보았다.

얘기인즉슨 이러했다.

카피레는 눈엣가시를 뽑듯 킨을 마과부로 내쫓으며 '쓸만한 정보를 기다리겠다'고 넌지시 덧붙였다. 킨이 카피레를 어떻게 생각하든, 그의 신분은 월급쟁이 공무원이요, 카피레는 왕의 동생이었다.

그날 밤, 저택에서 나온 킨은 곧장 마과부로 향했다. 바로 유리를 만날 생각은 물론 아니었고, 미리 생각을 정리하기 위해서였다.

어스름한 시각, 비서는 이미 돌아간 뒤였다고 했다. 퇴근 시간이 지난 지라 몇 없는 동료들과 스치듯 인사한 게 전부였다고.

자신이 없는 중에도 사무실 청소를 잊진 않았는지, 책상도 바닥도 깨끗했다. 책상에 벽돌처럼 쌓인 서류 뭉치에 킨은 한숨부터 터졌다고 했다.

그가 습관처럼 의자에 앉아 한 바퀴 빙글 돌았을 때였다. 킨은 말로 설명할 수 없는, 께름칙한 무언가를 느꼈다.

그는 책상 서랍을 하나하나 열어 보다 멈칫했다. 수첩 사이에 끼워 둔 게 분명한 메모지가 서랍 바닥에 깔려 있었다.

킨은 순간 목덜미에 소름이 쫙 오르며 불길한 예감이 들었다고 했다. 그는 서둘러 지갑을 뒤져 작은 열쇠를 찾았다.

틀림없었다. 이 서랍은 분명 잠겨 있어야 했다.

킨이 자리에서 일어나 사무실을 샅샅이 뒤졌다. 내친김에 비서의 책상까지 싹 뒤집었다. 잠시 뒤, 킨은 내키지 않는 결론을 내릴 수밖에 없었다.

비서는 킨의 메모며 통화 목록, 출퇴근 시간까지 꼬박꼬박 기록하고 있었다. 킨에게 평소와 다른 점이 있는 즉시, 어김없이 상사에게 보고 올린 모양이었다.

킨은 전신의 피가 거꾸로 도는 듯했다. 지난날, 킨이 받은 보르누의 편지 봉투와 이번 트리비아 출장에 관한 세부 사항이 머릿속을 빙글빙글 돌았다.

킨이 숨기고, 숨겼다고 생각한 모든 것이 그 사람 귀에 들어갔을지도 모른단 얘기였다. 그 보고서를 받는 상사란 다름 아닌 바로…….

킨이 요동치는 가슴을 억지로 누르며 마른침만 꼴깍꼴깍 삼킬 때였다. 정적에 휩싸인 사무실에 순간 문고리 돌아가는 소리가 났다.

킨은 소리도 못 내고 자리에 굳었다. 고개만 겨우 돌려 소리의 진원지를 보았다. 굳게 닫힌 문 아래 미세한 틈으로 창백한 복도 조명과 긴 그림자가 엿보였다.

찰칵. 찰칵.

찰칵찰칵찰칵.

문 손잡이가 망가진 인형처럼 머리를 돌렸다. 킨이 평소 습관대로 문을 잠근 게 천만다행이었다.

갑자기 소리가 뚝 끊기며 손잡이가 정지했다.

킨이 소리 나지 않게 서류를 내려놓았다. 모래를 삼킨 듯 입안이 바싹 말랐다. 손이 고장 난 핸드폰처럼 부들부들 떨렸다.

이 시간에 대체 누구란 말인가? 경비실 직원? 비서? 그도 아니라면…….

킨이 천천히 신발을 벗으며 주변을 살폈다. 사무실에 출구는 오직 하나뿐. 간이 옷장은 꽉 차 성인 남성이 숨기엔 턱도 없었고, 킨은 이렇다 할 무기도 갖고 있지 않았다.

침 넘어가는 소리가 천둥처럼 크게 들렸다. 문밖은 고요해진 지 오래였으나 킨은 안심할 수 없었다. 꼭 누군가 문에 귀를 대고 킨을 감시하고 있을 것만 같았다.

킨은 알코올 중독자처럼 덜덜 떨리는 손발을 가까스로 가누었다. 그는 양말 채로 숨죽여 문 가까이 다가갔다.

킨이 문 바로 앞에서 개처럼 바닥을 짚었다. 숨죽여 문밖의 단서에 귀를 기울일 때였다. 문틈으로 실바람이 새어 들어왔다. 킨은 눈이 시리고 코가 벌름거렸다. 동시에 온몸에 솜털이 바짝 섰다.

킨은 눈을 부릅뜨고 가까스로 몸을 뒤로 뺐다. 실바람에 섞인 희미한 약품 냄새. 숨죽인 호흡에 섞인 미세한 음색.

킨은 머리가 띵했다고 했다. 문밖에 있는 게 경비실 직원이나 비서일 확률은 바닥까지 떨어졌다. 킨은 최악의 패를 뽑은 것이었다.

킨이 겨우 벽을 짚고 섰다. 코에 다시 시큼한 냄새가 올라오는 듯했다. 닥터 유리의 실험실, 그리고 이곳 마과부 102호 사무실을 스쳐 간 수많은 선배의 이름이 묘비명처럼 망막을 스쳤다.

무엇을 변명하리. 킨은 오줌 싸기 직전이었다. 킨이 아는 닥터 유리는 그와 같은 사람이 아니었다. 죽음, 또는 악마였다.

킨의 시선이 나무 그림자가 드리운 사각 창문에 꽂혔다. 그때, 문 너머에서 느긋한 목소리가 들렸다. 유리가 비서의 이름을 부르고 있었다.

소름이 척추를 타고 정수리까지 올라왔다. 환청이 아니었다. 킨이 예상한 바로 그 목소리, 웃음기 띤 닥터 유리의 음색이었다.

똑똑, 노크 소리가 뒤이었다. 킨은 뒤돌아볼 수 없었다. 바닥에 달라붙은 것 같은 발을 억지로 움직였다.

제기랄, 빌어먹을!

속으로 연신 되뇌며 그는 최대한 소리 죽여 창을 열었다. 밤바람이 얼굴에 확 끼치며 시린 나무 냄새가 코를 덮쳤다.

킨이 바닥을 보았다. 까마득히 높아 보이긴 했으나 눈의 착각일 터였다. 겨우 2층 높이었다. 킨이 창틀에 발을 올렸다. 노크 소리가 뚝 끊겼다.

"……랑퀴니에 군?"

이상하리만치 귀에 꽂히는 음색이었다. 킨이 저도 모르게 뒤돌아본 순간, 문고리가 부드럽게 돌아갔다.

찰칵, 하는 소리가 들렸다. 아까까지 열리지 않아 난리 친 게 거짓말처럼, 문틈이 벌어졌다. 창백한 복도 조명이 사무실 바닥에 비스듬한 직선을 드리웠다.

"랑퀴니에 군?"

킨은 그대로 몸을 날렸다. 후원에 잔디가 이불처럼 깔려 큰 소리는 나지 않았다. 킨은 곧장 건물 그림자로 몸을 굴려 숨을 죽였다. 그대로 벽에 바짝 붙어 그늘을 따라 이동했다.

그는 맨발로 왕실 후원을 달리고, 또 달렸다. 미친 듯이 뛰어 해자 다리가 올라가기 직전, 성을 빠져나왔다.

왕실 통근 버스는 끊긴 지 오래였고, 킨은 수중에 지갑도 없었다. 그는 저 멀리 반짝이는 수도 야경과 달빛을 반사하는 유라레 왕성의 상아색 풍경에 눈물을 줄줄 흘렸다고 했다.

빌어먹을 통신기는 사무실에서 떨어질 때 죄 맛이 갔고, 그대로 집에 돌아가기엔 위험 부담이 컸다. 킨은 닥터 유리가 암살자라도 보내 자신을 죽일 것 같았다고 고백했다.

그는 기억에 의존해 안나 부인의 저택을 찾기로 결심했다. 마과부 가운은 눈에 띄지 않게 노숙자의 것과 바꾸었고, 마과부 카드는 외진 골목 쓰레기통에 버렸다고 했다.

번듯한 옷가지, 시계 등은 길거리 생활 중 깡패와 싸우다 깨지고 찢겼으며, 상처 치료는커녕 며칠간 물도 밥도 제대로 못 먹어 죽기 일보 직전이었다고 아이처럼 울먹였다.

젬은 할 말을 찾지 못해 손가락만 만지작거렸다.

자신이 방금 만난 닥터 유리와 킨이 말하는 닥터 유리가 한데 섞여 색깔 다른 찰흙처럼 엉겼다. 킨은 말을 하면서 감정이 복받치는지 이미 통곡하기 직전이었다.

그가 몸을 번데기처럼 돌돌 말곤 "이제 난 끝났어. 자수성가는 무슨, 탄탄대로는 무슨…… 아이고 내 팔자야, 어떻게 들어간 마과분데……!" 했다.

이렇게 보니 어릴 적 모습이 그대로 나왔다. 꺼이꺼이 울어 젖히는 모습이 어찌나 서러운지 말도 못했다.

아이의 요정 가루에 이런 효과도 있었구나. 젬은 새삼 무서워져 아이를 힐끔 보았다.

한심하긴. 목숨 건진 것만 해도 감사할 줄 알아야지.

아이가 혀를 츳츳 찼다. 킨이 아이 목소리를 못 듣는 게 불행 중 다행이었다. 젬은 킨의 울음이 잦아들 때까지 잠시 기다려 주었다.

"그런데 젬, 복장이 왜 그래? 빨간 머리는 또 뭐구?"

코맹맹이 소리에 훌쩍임이 잦아들었다. 젬은 대답 대신 쓰게 웃었다. 정신없는 사람한테 들려줄 얘긴 아니었다.

"……본 경이 그러더라. 폐하께서 네 소식을 궁금해하시더라고. 음, 그러니까, 네가 생각하는 만큼 최악의 상황은 아니지 않을까?"

잠시 멍하던 킨의 표정에 서서히 환희가 번졌다. 표정만 봐도 천사의 종소리가 딸랑딸랑 메아리치는 듯했다.

소처럼 눈을 끔벅끔벅하던 킨이 돌연 두 손을 번쩍 들었다. 때탄 이불이 바닥에 떨어졌다.

"……만세! 폐하 편에 붙길 잘했구나! 야호! 이래서 사람이 줄을 잘 서야 한다는 것이었어! 카피레 왕자 꼴도 보기 싫다는 거 몽땅 취소다!"

어쩜 저렇게 솔직할까…….

"킨, 밖에 다 들리겠어!"

"응? 하하하! 무슨 소리야? 내가 뭔 소릴 했다고 그래?"

입이 귀까지 찢어진 킨이 몇 번 더 만세를 외치곤, 눈을 느리게 감았다 떴다 했다. 킨은 그대로 "오 분만 더 잘게" 하곤 바람 빠진 풍선처럼 침대 위로 쓰러졌다.

몇 초 지나지 않아 드럼 뺨치는 코골이가 사방을 울렸다. 젬이 아이를 지그시 보았다. 아이가 어깨를 으쓱했다.

원래 모레까지 처잘 인간을 억지로 깨워서 그런가 봐요.

젬은 킨의 콧구멍에 휴지를 돌돌 말아 박고는 방을 나왔다.

세상에, 저렇게 큰 코골이는 태어나서 처음이었다.

*　*　*

불투명한 커튼을 통해 햇빛이 방을 짙은 색으로 물들였다. 깨지 않는 잠에 빠진 모지리가 침대에 인형처럼 누워 있었다.

침대 옆 작은 원형 테이블 앞, 젬은 한 손에 턱을 괸 채 상체를 수그리고 앉아 있었다. 흰 것은 종이요, 검은 것은 글씨라. 자꾸 가물어지는 눈꺼풀에 젬은 억지로 힘을 주었다.

'잡히지 않는 신'이라는 책은 뒤표지에 나온 그대로 영혼에 관한 내용을 주제 삼고 있었다.

작가는 여러 설을 예로 들어 영혼이 있다면 그것이 영원불멸하는 것인지, 영혼이 성장하고 소멸할 수 있는지, 영혼과 육체는 어떤 상관관계에 있는지 등에 자문자답을 반복했다. 젬으로선 10분의 1도 알아들을 수 없었다.

젬은 잠시 천장을 보다가 책을 덮었다. 테이블에 놓인 책은 총 세 권이었다. 금서, 게린 헤이트의 기록, 그리고 잡히지 않는 신.

젬은 생각을 정리했다. 금서와의 계약은 영혼에 새겨지는 종류였다. 마틴의 말에 따르면 그것은 시간을 뒤로 돌려도 사라지지 않는다고 했다.

유리는 금서가 자신에게 더는 필요 없어졌기에 버렸다고 했다. 금서의 요정인 아이와 리스페를 반으로 나눈 것도 그 때문이었을 것이다.

유리가 금서와 계약했다면, 그의 영혼은 이미 먼저 한 계약에 속박되어 있을 터였다. 그랬던 인물이 이제 와서 다시 금서의 영혼, 리스페를 이용하려 한다?

젬은 작게 고개를 흔들었다. 가정을 바꿔 보기로 했다.

만약 닥터 유리가 영혼에 관심을 두는 까닭이 아예 다른 이유라면?

테이블 위, 키 작은 조명에 불이 일순 강해졌다가 희미해졌다. 마법석 특유의 현상이었다. 젬이 눈을 가늘게 떴다.

만약 그렇다면, 그는 대체 무엇을 꾀하는가. 죽지 않는 육체를 손에 넣었으면서 또 무엇이 부족해 새 연구에 몰두하는가.

젬은 코다의 증언을 떠올렸다. 코다는 유리의 실험실, 커다란 실험관에 만들다 만 육체 같은 것이 둥둥 떠 있었다고 했다.

금서와 계약. 반으로 나뉜 금서의 영혼. 무슨 상처든 순식간에 회복하는 닥터 유리의 육체. 그리고 그가 새로 몰두한다는 정체불명의 실험체.

젬이 관자놀이를 꾹꾹 누르다 "머리 아파……" 하고 중얼거렸다. 모지리 가슴 위에 앉아 발장난 하던 아이가 "가발부터 벗어요, 젬. 갑갑하지 않아요?" 했다.

듣고 보니 이 모든 피곤과 짜증의 원인이 가발에 있는 것 같았다. 젬이 주섬주섬 가발에 붙은 핀을 떼어 내다가 "어?" 하고 눈을 부릅떴다.

무릎에 머리칼이 후두둑 떨어진 것이다. 젬이 멍하니 검은 머리카락으로 범벅된 손바닥을 보았다. 아이가 "왜요?" 하며 젬 쪽을 보았다.

"어어어. 아니, 별거 아냐. 하하하."

젬이 엉거주춤 몸을 일으켜 벽 거울 앞에 섰다. 그러곤 디저트에 설탕 장식 올리듯 조심스럽게 핀을 떼었다. 아이가 포르르 젬 곁으로 날아왔다.

어어?

아이가 아까 젬이 낸 것과 똑같은 소리를 냈다. 벙찐 표정도 찍어 낸 듯 닮았다. 아이가 "……젬? 괜찮아요?" 하며 눈썹을 찡그렸다.

젬은 대답 없이 겨우 떼어 낸 가발을 두 손으로 쥐었다. 손가락에 수초처럼 검은 머리칼이 수북했다. 기다란 머리카락 몇 올이 바닥으로 춤추듯 추락했다.

젬이 벽 거울에 얼굴을 박을 듯 들이대고 머리통을 비추었다. 끔찍하게도, 젬의 뒤통수에 있어선 안 될 살색 동그라미가 패여 있었다.

가발을 쥔 젬의 손가락이 한겨울 가시나무처럼 부들부들 떨렸다.

하. 하하. 머리를 너무 세게 묶었나? 엄청 당겼겠어요, 젬. 세상에, 어떻게 참았어요? 가발 대체 누가 씌운 거야?

"나야……."

아이가 입을 꾹 다물었다. 젬이 손가락에 붙은 머리카락 한 올을 들었다. 뿌리까지 건강한 흑색이건만, 갑자기 이게 무슨 조화란 말이냐.

심지어 머리가 당겨 아픈 것도 아니었다. 눈치채지도 못한 새 그냥 후두둑 떨어진 것이었다. 빗줄기처럼. 머리카락이.

"……이, 이거 빈자리에 물감 칠하면 티 많이 날까?"

젬이 막 중얼거릴 찰나였다. "젬! 젬 어딨어?!" 하는 소리가 벽 너머로 가까워졌다. 코끼리 행차하듯 커다란 발소리도 함께했다.

젬이 후다닥 가발을 뒤집어썼다. 머리를 정돈할 새도 없이 문이 벌컥 열렸다.

"젬! 왜 전화를 안 받아?!"

"으아아아니요!"

젬이 가발에 두 손을 올린 채 뒤돌았다.

방금 사람이 들어온 것처럼 문이 덜렁덜렁 흔들리는데 눈앞엔 아무도 없었다. "여기야, 여기!" 하는 소리가 지척에서 들렸다.

젬이 헉, 하며 본능적으로 뒷걸음질 쳤다. 카피레가 급한 대로 손에 잡히는 것을 들어 허공에 흔들었다. 젬의 박쥐 코트가 유령처럼 공중 부양했다.

바람 없이 제자리에 흔들리는 박쥐 코트를 보며 젬은 소리 없이 감탄했다. 누가 봐도 완벽한 투명 인간이었다.

"전화도 왜 안 받은 거야. 내가 얼마나 걱정했는지 알아? 별일 없어 보이니 망정이지……."

"카피레……."

"뒤늦게 연락이 왔지 뭐야. 유리가 예정보다 일찍 실험실을 나와 성에 들어왔다고. 혹시 마주칠까 봐 이쪽도 서둘러 나왔어."

박쥐 코트가 허공에서 거칠게 춤을 추었다. 젬이 고개를 끄덕였다.

"예에. 정말 그러게 말예요. 깜짝 놀라 죽는 줄 알았지 뭐예요."

"……응?"

박쥐 코트가 공중에 뚝 멈추었다. 코트 자락이 관성의 법칙에 따라 아련히 파도쳤다.

"방금 뭐라고 했어?"

젬이 가발을 꾹 누른 채 박쥐 코트를 보았다.

"카피레, 지금 알몸이죠?"

"……응."

"옷부터 입지 않겠어요? 내 코트 내려놓고."

"응."

박쥐 코트가 소파 등에 얌전히 포개졌다. 잠시 방 안이 고요해졌다. 열린 방문으로 서늘한 바람이 들어왔다.

나간 건가?

젬이 주춤주춤 방문을 닫으려 가까이 선 순간이었다.

"아니아니아니아니. 젬, 너 설마 유리랑 만난 거야?!"

"으아아아악!"

갑자기 어깨를 짚은 손길에 젬이 소스라치게 놀라 팔을 휘둘렀다. "윽, 야, 잠깐!" 하는 신음에 아랑곳없이 고장 난 안마 기계처럼 인정사정없이 두 팔을 허공에 휘저었다.

젬이 문까지 카피레를 몰아간 뒤 문을 쾅 소리 나게 닫았다. "으악!" 하는 소리와 함께 뭔가 묵직한 것이 문에 맞아 튕기는 감각이 들었다.

젬은 주먹을 쥐었다 펴 보았다. 손바닥에 카피레의 맨살 감촉이 아직 남아 있었다. 매끄럽고 보드랍고 쫀쫀한…….

"무슨 일입니까!" 하는 소리가 멀리서 가까워졌다. 한발 늦은 본이었다. 젬이 볼을 확 붉히며 외쳤다.

"누가 카피레 옷 좀 입혀요!"

"네?! 서, 설마……!"

"뭐, 뭐야! 왜 그런 눈을 하는 거야? 난 아니야! 아무것도 안 했다구!"

"카피레……."

낮게 깔린 본의 목소리가 선명히 들렸다. 음성에 색이 있다면 검붉으리만치 강렬했다. 젬은 문에서 멀어졌다. 뒤는 들리지 않았다.

젬이 치마에 두 손을 벅벅 문지르곤 다시 거울 앞에 섰다. 아까까지 머릿속을 괴롭히던 온갖 생각이 날아갔다. 유리의 환상도, 영혼이니 뭐니도 날아갔다. 뻥 뚫린 땜빵만 남았다.

돌연 눈물이 핑 돌았다.

이 무슨 생쇼란 말인가. 이런 비극이 어딨단 말인가…… 엄마 아빠, 할아버지도 머리숱 하나만큼은 걱정 없었건만! 계속 가발을 쓰고 살 수도 없고, 이를 어쩌면 좋단 말인가!

"나 진짜 어떡해……."

이, 일단 후드를 써요. 괜찮아요, 젬. 머리카락이야 또 자라는 거잖아. 요 며칠 스트레스가 극심했던 모양이에요. 푹 쉬고 단백질 위주 식사를 합시다.

젬이 거울에 이마를 박고 훌쩍이다 "아!" 하고 몸을 바로 세웠다.

"그래! 발모제! 머리숱이 없으면 만들면 되잖아! 하하하!"

젬은 가슴을 쓸어내리며 싱글벙글했다. 발모제는 마법 골목에서도 제법 벌이가 괜찮았던 품목이었다. 대대로 내려온 대머리 가문 사람도 수북이로 만들어 버릴 만큼 약 효과가 뛰어났더랬다.

젬은 떨어진 머리카락을 대충 쓸어 모아 쓰레기통에 던졌다. 꼭 강아지를 안은 것처럼 북실북실한 감촉을 잊으려 젬은 안간힘을 써야 했다.

* * *

젬은 솔직히 전했다. 닥터 유리와 만났으며 그가 빌리려던 책을 먼저 빌려 왔노라고. 어떻게 된 영문인지는 모르겠으나 그가 자신을 알아보는 것 같지 않더라고 말이다.

카피레는 놈이 또 개수작을 부리려는 게 아니냐며 한참을 믿지 않았다. 킨이 돌아왔다는 소식엔 둘 다 "그렇습니까?", "잘됐네" 정도 반응이라 젬은 흥이 식었다.

빨간 소파에 오른쪽엔 본이, 왼쪽엔 흰 셔츠와 검은 바지가 앉아 있었다. 검은 슬리퍼가 허공에 대롱대롱 매달려 있었다. 건들건들 다리 꼰 카피레의 모습이 눈에 보이는 듯했다.

본과 카피레는 어렵지 않게 마과부 연구실을 조사한 모양이었다. 미리 준비한 네임 카드로 물 흐르듯 자연스레 들어갔다고 했다.

마과부 사람 중 닥터 유리의 양자이자 인간 병기 본 잉겔 경을 모르는 이는 없었으므로, 감히 눈조차 마주치지 못하는 놈이 수두룩했다고 했다.

본이 설명한 유리의 연구실은 생각보다 작고, 단출했다. 지옥처럼 깊고 넓은 지하 실험실과는 분위기가 딴판이었다.

정면을 차지한 창 너머로 우거진 나뭇잎이 바람에 흔들렸다. 적당히 내리는 햇빛이 연구실 바닥에 나뭇잎 그림자를 드리웠다.

벽을 가득 메운 책장 한가득 번쩍이는 명패와 상장, 트로피가 장식되어 있었다. 카피레는 온몸에 긴장이 탁 풀렸다고 했다.

* * *

"……이게 뭐야."

"책과 잉크 냄새밖에 안 나는군요."

실험실 특유의 시고 역겨운 냄새는 흔적도 없었다.

알몸이 된 탓일까, 카피레는 정글 속 원숭이가 된 양 자유로운 기운에 휩싸여 있었다. 그는 유리 놈의 트로피 장식장에 똥칠해주고픈 마음이 굴뚝 같았으나, 마지막 남은 자신의 품위를 위해 가까스로 참았다.

책상엔 먼지 한 톨 보이지 않은 반면, 바닥에는 흰 머리카락이 가을 갈대숲처럼 하얗게 흩어져 있었다.

산더미처럼 쌓인 책 중 도서관 라벨이 붙은 것이 몇 권 보였다. 카피레가 책상을 뒤지는 동안, 본은 바닥을 살폈다.

그가 집게손가락으로 머리카락 한 올을 집어 들었다.

"청소를 얼마나 안 하면 머리카락이 이렇게 쌓인 걸까요."

"그에 비하면 책상이나 책장은 깨끗한걸. 누가 담당인진 몰라도, 바닥 청소가 싫었던 게 아닐까? 누가 보면 사람이 아니라 고양이가 방 주인인 줄 알겠군."

코웃음을 픽픽 날리던 카피레가 손을 딱 멈추었다. 그가 방금 꽂은 책을 다시 꺼냈다. 착각이 아니었다. 눈에 익은 표지였다.

"뭔가 찾았습니까?"

"꼭 어디서 본 것 같단 말이야."

눈썹을 찌푸리던 카피레가 책장을 더듬다 그와 비슷한 노트를 몇 권 더 발견했다. 카피레가 노트를 펼쳐 몇 장 훌훌 넘겼다. 글자를 막 배운 어린아이가 쓴 것처럼 알아보기 힘들었다.

슬금슬금 다가온 본이 곁눈질했다.

"일기 같은 거 아닙니까? 저도 종종 본 일이 있는데, 꼭 개인 노트 겉면에 그런 문양을 찍더라구요."

"……잠깐. 기억났어."

카피레가 노트를 덮어 다시금 표지를 확인했다. 몸을 둥글게 말아 꼬리를 문 뱀. 젬이 툭하면 꺼내 보던 낡아 빠진 책 표지와 똑같은 문양이었다.

*　　*　　*

카피레가 "이거야" 하며 노트를 건넸다. 정확히 말하자면 허공에 뜬 흰 셔츠와 검은 바지 사이에 책이 둥둥 떠 있었다.

표지를 확인한 젬은 저도 모르게 침을 꼴깍 삼켰다.

"맞지?"

카피레가 의기양양한 목소리를 냈다. 젬이 긴가민가하며 노트를 펼쳤다가 눈이 똥그래졌다. 아이가 책에 바짝 붙었다.

이런 악필이 세상에 또 있었네요.

"으으음."

젬이 테이블에 노트를 내려놓고, 옷 속에서 게린의 노트를 꺼내 옆에 펼쳤다. 세기의 악필 대결 심사 위원이 된 기분이었다. 문제는 우열을 가릴 수 없이, 똑같이 알아볼 수 없단 점이었다. 우주 제일 악필이 세상에 둘이나 존재하다니.

젬이 활짝 편 노트를 두 사람에게 보였다. 둥둥 뜬 셔츠가 팔짱을 끼고 "응?" 하는 소리를 냈다. 본이 노트에 코를 박을 듯 얼굴을 가까이 댔다.

"이건……."

"음……."

헤이트란 성과 금서를 물려받은 건 그렇다 쳐도, 필체까지 똑 닮았다니, 기이한 일이었다. 젬이 노트를 번갈아 보다가 고개를 흔들었다.

"여기 쓰인 연도가 사실입니까?"

같은 생각을 했는지, 본이 게린의 노트에 적힌 숫자를 짚었다. 젬이 "아마도요" 했다. 몇백 년도 더 된 일이었다. 까마득한 숫자였다.

"닥터 유리가 빌리려 했단 책은 뭡니까?"

젬이 두꺼운 하드커버 책을 꺼내자 본의 표정이 묘해졌다.

잡히지 않는 신

본은 책을 보는 둥 마는 둥 바로 내려놓았다.

"실마리가 잡힐 것 같습니까?"

젬은 어깨를 으쓱했다. 모지리의 영혼이 몸과 분리된 일과 연관이 있으리라 짐작은 했으나, 아직 뭐라 말할 단계가 아니었다. 책을 유심히 살펴보던 카피레가 "다 읽고 나 좀 빌려줘" 했다. 젬이 알겠노라 답했다.

가는 바람이 새어 얇은 커튼이 물결처럼 흔들렸다. 벽 너머로 숨 막히는 코골이가 커졌다 멀어졌다를 반복했다.

카피레가 끙, 하는 소릴 냈다. 허공에서 달랑거리던 슬리퍼가 바닥에 뚝 떨어졌다.

"약효가 언제쯤 떨어진다고 했지?"

"반나절이랬으니까 오늘 중으론 떨어지겠죠."

"혹시 빨리 돌아올 방법은 없습니까, 젬? 중화제라거나."

본이 방금 생각났다는 듯 물었다. 젬이 "뭐 급한 일이라도 있으세요?" 하자 카피레가 "난 모르는 일인데?" 했다.

본이 뒷머리를 긁적였다.

"실은 이따가 손님이 오실 예정이거든요. 제 사진기와 함께."

"그러고 보니 본 사진 본 지도 오래됐네요. 반가워라."

젬은 속으로 럭키를 외쳤다. 푸파와의 약속을 지키려면 카메라는 필수 불가결 요소였다. 아이가 "속 보여요, 젬" 하며 한숨을 쉬었다.

"투명 인간인 채로 찍어도 재밌지 않겠어?"

흰 셔츠와 검은 바지와 구겨진 슬리퍼 한 짝이 창가에 섰다. 넓게 펼쳐진 정원에 낮은 해가 비추었다. 본이 의아한 표정으로 고개를 기울였다.

"글쎄요. 폐하께선 동생 얼굴을 뵙고 싶어 하지 않을까요? 오랜만이니만큼."

창가에 둥둥 떠 있던 흰 셔츠가 휙 돌았다. 젬도 본을 보았다.

"형님이 온다고?"

"오늘요?"

"예에. 아마도요. 무슨 문제 있습니까?"

젬이 조심스레 물었다.

"안나 부인께는 말씀드렸어요?"

"아뇨. 저도 아까 연락받은 터라서요. 꼭 알려야 할까요? 폐하께선 소소한 데 신경 쓰는 사람도 아닌데."

"……안나 부인 생각은 다르실 것 같은데요."

젬의 충고에 본이 엉거주춤 엉덩이를 일으켰다. 그가 방을 나가자마자, 흰 셔츠가 엉거주춤 젬 곁에 붙었다. 젬은 바닥에 널부러진 슬리퍼를 힐끔 보았다.

아무리 봐도 익숙해지지 않는 모습이었다. 중화제를 만들어 놨다면 당장 줬을 텐데. 젬의 생각을 아는지 모르는지, 카피레가 속삭였다.

"그, 본이 말한 중화제 말인데……."

"불안하면 지금 당장 만들어 줄게요. 오래 걸리진 않을 테니까."

"아니, 그게 아니라……."

카페트에 동그랗게 홈이 패였다. 발끝으로 굴리는지, 뒤꿈치로 찍는지. 젬이 물끄러미 그것을 보았다.

"……투명인간약 남은 거 더 없어?"

"예? 왜요?"

카페트가 푹푹 패이며 거친 소리가 났다. 발로 차는 게 분명했다. 나머지 슬리퍼 한 짝이 바닥에 아무렇게나 나동그라졌다. 흰 셔츠가 홱 소리 나게 뒤돌았다.

"……됐어. 잊어버려."

"카피레?"

흰 셔츠와 검은 바지가 문을 열고 사라졌다. 붙잡을 새도 없었다. 창밖에서 작은 소음이 들렸다. 아이가 유리창에 가까이 붙어 커튼을 걷었다.

젬이 눈을 가늘게 뜨고 창을 보았다. 멀찍한 가로수 길을 달려오는 검은 차가 보였다.

* * *

젬은 중화제를 만들지 말지 고민할 새도 없이 손님을 맞이해야 했다. 오랜만에 만난 보르누 왕세자, 아니 현왕은 여전히 인상 좋은 미남이었다. 전보다 이마가 더 넓어진 것 같긴 했지만.

보르누는 "중매 선생님. 제가 어떻게 감사를 드려야 할지……" 어쩌고 하면서도 연신 주변을 두리번거렸다. 웃는 표정

아래 안절부절못하는 기색이 역력했다.

운전사가 척척 짐을 내렸다. 커다란 박스가 하나둘 쌓일 때마다 묵직한 소리가 났다. 본의 낯이 떨떠름하게 질렸다.

"……저는 분명 사진기만 부탁했을 텐데요. 이곳으로 이사할 생각은 없습니다."

"응? 아니, 네 짐은 한 상자뿐이야. 나머진 우리 카피레 걸세."

우리 카피레. 입에 담기만 해도 좋은지, 보르누가 환하게 웃었다. 젬은 속으로 카피레를 불렀다. 카피레 어딨어요! 동생 바보 형님께서 오셨다고요!

보르누도 보르누였다. 하고 많은 날을 두고 왜 하필 투명인간 약을 먹은 오늘이었어야 했는가 말이다.

본과 젬은 본능처럼 시선을 교환했다. 보르누가 "큼, 크흠흠 흠흠!" 하고 크게 헛기침했다.

"그런데 내 동생은 지금 어디 있는가? 내가 온다고 미리 말하지 않았어?"

"그, 그것이……."

젬이 조개처럼 입을 꾹 다물었다. 본이 눈알을 한 바퀴 굴렸다.

"……제가 미처 말씀드리기 전, 산책을 가 버리셔서요. 저택 어딘가에 계실 겁니다."

"사람을 풀겠습니다."

안나 부인이 재빨리 허리를 굽힐 때였다. 보르누가 말을 가로

막듯 고개를 저었다.

"내 직접 찾아보지. 내 오늘 밤까지 시간을 온전히 비워 놨으니 걱정할 필요 없네. 오랜만에 숨바꼭질을 하겠구만. 하하하."

카피레를 찾을 때까지 저택을 샅샅이 뒤질 작정이 분명했다. 안나 부인이 억울한 눈으로 본을 보았다.

본 역시 억울했다. 그가 젬을 보았다. 젬은 시선을 둘 곳이 없어 하늘을 보았다. 내 이럴 줄 알았다면 미리 중화제를 열 병은 만들어 놓았을 것이다!

후드 아래로 머리카락이 숭숭 떨어지는 듯한 착각이 들었다.

* * *

안나 부인의 정원은 키 작은 관목과 꽃나무가 주를 이루었다. 성인 남자가 숨기엔 매우 불리한 조건이었으나, 오늘의 카피레는 보통 성인 남자가 아니었다.

지금 이 순간만큼은 세상에서 가장 자유로운 남자. 투명 인간인 것이다!

카피레는 형님을 피해 자리를 옮기고 옮기면서도 머릿속이 복잡했다. 옷가지는 진작에 벗어 던졌다. 어차피 아무도 못 보는데 나체가 무슨 대수랴.

다만 해가 지기 전 약효가 다할 것이 분명한데, 재수 없게 젬과 마주칠까, 그것만이 걱정이었다.

아까도 젬이 갑자기 옷 타령을 해서 얼마나 놀랐던가. 카피레가 태풍 같은 한숨을 푸욱 내쉬었다.

낮에 성에선 세상 두려울 것이 없었건만……. 만에 하나 젬이 우주 제일 변태를 보는 눈으로 본다면 다시는 재기할 수 없을 것 같았다.

내 꼴이 어쩌다 이리되었느뇨.

카피레가 어깨를 감싸고 몸을 부르르 떨었다. 알몸이라 바람이 유독 차게 느껴졌다.

형님은 쉽게 돌아갈 생각이 없어 보였다. 아무도 없는 곳에 "카피레?", "내 동생아!" 하며 숨바꼭질하듯 열심이었다.

카피레는 습관적으로 바닥을 찼다. 그래, 형님이 온 것을 피해 달아난 건 사실이었다. 처음에는 그랬다.

형님은 어린 날 동심에 젖었는지 놀이하듯 설레는 모습이었다. 목소리에서 감정이 뚝뚝 떨어졌다.

그 때문이었다. 어느 순간부터, 카피레는 형님의 뒤를 졸졸졸 따라다니며 저택을 맴돌고 있던 것이다.

홀딱 벗은 차림으로, 숨어서. 말도 못 걸고, 부르는 소리에 대답도 못 하고.

내가 진짜 왜 이러냐.

카피레가 입술을 깨물었다. 이미 얘기 들어 알고 있었다. 형님은 모든 사정을 듣고도 자신을 동생이라 여긴다고 했다. 카피레는 형님을 잘 알았다. 진심이 아닐 리 없었다.

유라레 왕국 둘째 왕자 카피레. 한 번 버리려 했던 자리였다. 형님과 마주하는 순간, 다시는 그 이름을 버릴 수 없게 되리란 예감이 강하게 들었다. 카피레는 알 수 있었다. 형님이 왕이어서가 아니었다.

젬, 본, 그리고 형님.

카피레를 있는 그대로 인정해 준 사람들이었다. 그리고 카피레는…….

"……내 동생이 또 뭐에 심통이 나셨을까."

카피레는 키 작은 관목 정원에 홀로 우뚝 선 보르누를 보았다. 절정에 이른 단풍처럼 붉은 석양이 내렸다. 발밑에 진 그림자가 성 기둥처럼 길었다.

"형님이 너무 늦게 알아서, 도와주지 못해서 화가 났나?"

그럴 리 있겠는가. 카피레는 속에서 날뛰려는 야생 원숭이를 겨우 붙잡았다.

"어디 보자. 그럼 이렇게 하자. 형님이 동생님 소원을 뭐든지 하나 들어주는 거야. 카피레가 원한다면, 이 형님은 전국 서점에 한정판 카피레 화보집을 진열시킬 수도 있단다."

'필요 없어!'

카피레는 저도 모르게 발길질했다. 시원한 소리와 함께 수풀이 흔들렸다. 나뭇잎이 후두둑 떨어지며 마른 풀 냄새가 올라왔다.

보르누가 번개처럼 뒤돌아 카피레가 숨은 곳을 보았다. 카피레는 제자리에 꽁꽁 얼었다. 심장이 바닥에 똑 떨어지는 듯했다.

보르누가 카피레 주변을 쓱 둘러보며 이를 드러내고 웃었다.

"그럼 뭐가 좋을까! 그래, 내일 당장 닥터 유리를 사형시켜 버리는 건 어떠냐."

장난기 서린 음색이었으나 카피레는 알 수 있었다. 반 정도는 진심이었다. 카피레가 입술을 깨물었다.

유라레에 사는 사람이라면 세 살배기 코흘리개도 아는 사람이 닥터 유리였다. 후폭풍이 장난 아닐 게 뻔할 뻔 자였다.

실행하는 즉시, 화살 비 아래 선 과녁 꼴이 될 게 뻔했다. 카피레는 그런 형님을 보고 싶지 않았다.

"……필요 없어."

카피레가 소리 내어 중얼거렸다. 보르누의 웃음이 짙어졌다. 그가 뒷짐 진 채 카피레 주변을 서성였다.

"……그럼 우리 잘생긴 카피레에게 딱 맞는, 천하제일 미녀를 찾아 줄까?"

"그런 거 죽을 때까지 필요 없거든!"

내 신부는 젬뿐이거든! 야생 원숭이가 소리 없이 포효했다. 카피레의 성난 목소리에 보르누가 찔끔했다.

"그, 그래. 중매 선생께서 계시니 어련히 잘 찾아 주시겠느냐. 그치?"

"……내 짝은 내가 고를 거야, 노총각 형님. 빨랑 형수님이나 찾지그래?"

"이제야 내 동생 같군. 하하, 이게 무슨 조화람? 대체 어디에 어떻게 숨은 거냐?"

"안 알려 줘!"

다가오는 보르누를 피해 카피레가 슬금슬금 자리를 옮겼다. 보르누는 그것을 눈치채지 못한 듯, 카피레가 있던 자리 근처에 쪼그리고 앉았다.

"그럼 형이 어떻게 하면 좋을까, 응?"

"……왜 자꾸 뭘 못 해서 안달이야?"

앞이 아니라 뒤에서 들리는 목소리에 보르누가 쓰게 웃었다. 그가 몇 번 입을 달싹이다 한숨처럼 읊조렸다.

"……너와 똑같이 생긴 그 아이가 심장이 멈췄단 얘길 듣고 내가 얼마나 놀랐는지 모를 거다. 너도 그렇게 될까 봐, 세상천지에 핏줄 하나 안 남을까 봐 내가 얼마나……."

무거운 목소리였다. 기억을 더듬을 필요도 없었다. 리스페가 병원에 실려 갔던 일을 얘기하는 것이리라.

카피레가 보르누 등 뒤에 섰다. 금실로 수놓은 검은 코트 자락이 잔디 위에 깔려 있었다. 분명 어깨 뽕이 살아 있는 형태건만, 오늘따라 왜 이리 형님의 어깨가 작아 보이는지 모를 일이었다.

"놈은 너를 죽이려 했어. 지금도 그런 생각을 하고 있을지 모르지. 나는 그 꼴을 두고 보지 않을 거다. 필요하다면, 무슨 수를 써서라도."

"……본에게 들어 알고 있겠지만, 놈은 보통 방식으론 죽일 수 없어. 살이 녹고 뼈가 없어져도 삽시간에 재생하는 괴물이라구."

"그럼 어쩌란 말이냐. 살살 비위나 맞춰 가며 널 죽이지 말라 애걸이라도 하란 말이야? 왕비를 부르다 미쳐 버린 선왕처럼?"

보르누의 목소리에 노기가 섞였다. 타는 듯한 석양이 그 마음에 서린 불바다처럼 보였다. 카피레가 천천히 손을 뻗었다.

단단한 어깨 뿡에 카피레의 손이 닿았다. 보르누가 움찔했다.

"……내가 찾고 있어. 찾을 거야. 형님에게 폐 끼치지 않고도 놈이 죗값을 치르게 할 방도를."

"넌 나한테 폐 끼친 적 한 번도 없다, 카피레."

"말꼬투리 잡지 마."

카피레가 퉁명스레 뱉은 말에 보르누가 억울한 듯 몸을 홱 돌렸다.

"꼬투리가 아니라 형은 진심이야!"

"알아."

분명 보이지 않을 텐데도, 카피레는 형님과 눈이 마주친 기분이 들었다. 카피레는 저도 모르게 허물어지는 듯한 미소를 짓고 말았다.

"나도 알아, 형님."

고맙다는 말이 차마 나오지 않았다. 보르누는 보이지 않는 허공에 무작정 팔을 뻗었다. 그리운 냄새와 딱딱한 몸체가 가까워졌다. 카피레는 마지 못한 척 형 품에 안겼다.

딱딱한 가슴에서 그리운 냄새가 났다. 향수로 포장한 노총각 냄새. 형님의 냄새였다.

"뭐든 들어줄 테니 이제 가출하지 말어."

보르누의 목소리가 울 것처럼 먹먹했다. 감수성 예민한 형님이 또 분위기에 침몰당한 게 분명했다.

카피레는 코를 킁 삼켰다. 집 나갔던 이성이 돌아오며 온몸이 근지러워졌다. 방망이 치던 심장 고동도 점차 안정을 되찾았다.

카피레는 몸을 빼내려 움찔움찔했다. 보르누가 모른 척 팔에 힘을 주었다. 카피레가 들으란 듯 한숨 쉬었다.

본래 가족애가 남다른 형님이었다. 가정을 차리면 차라리 나을 텐데, 짝이 없으니 매번 이 모양 이 꼴이었다. 누구든 형수님이 되면 내 성심껏 모시리라.

뭐든 들어준다 했겠다. 카피레는 내친김에 고민했던 문제를 꺼내기로 했다.

"형님. 나 부탁이 하나 있는데……."

"오오, 그래. 뭐든 말해 보거라!"

카피레가 빠르게 말했다.

"내가 실은, 운명의 상대를 찾았거든."

"뭐, 뭣이!"

포옹이 탁 풀렸다. 눈이 휘둥그레진 보르누가 카피레 어깨를 잡고 흔들었다.

"이, 이런 경사가 있나! 고난 속에 꽃핀 사랑이로구나! 그래,

중매 선생께서 큰일을 하셨군. 상대가 누구냐!"

"……젬 마키나라고 있어."

"흐으음. 어디서 들어 본 이름 같기도 하고? 어디서 만난 거냐? 중매 선생께서 참말 네게서 운명의 실을 보셨다느냐?"

카피레는 대답 대신 피식 웃었다. 그는 운명의 실 따위보다 더 확실한 것을 보았다. 달콤하고 아름다운 솜사탕 구름과 진실된 감정의 불꽃놀이를.

카피레가 "형님" 하고 말을 끊었다.

"나, 걔랑 몇 달 동안 동거했거든?"

보르누가 "뭐, 뭣이……?!" 하며 손에서 힘을 뺐다. 카피레가 때를 놓치지 않고 말을 이었다.

"좁아터진 방에서 같이 자고, 먹고, 씻고……."

"가, 같이 자……?"

"걔가 돈 벌어서 나 먹이고, 입히고……."

보르누가 입을 뻐끔뻐끔했다. 비록 입힌 건 무지개 할머니 바지에, 먹인 건 백 년 묵은 똥물이라 해도, 카피레가 거짓말을 한 건 아니었다.

"세상에, 카피레. 대체 그동안 어떤 생활을 한 것이야……."

보르누 머릿속에서 한 편의 드라마가 기승전결 클라이맥스를 찍었다. 한참 어린 줄 알았던 동생이 저보다 먼저 어른을 계단을 밟았다니!

형님의 충격 따위 아랑곳없이, 카피레가 통보하듯 툭 뱉었다.

"나 걔 아니면 결혼 안 할 거니까. 헛짓 말라고 알려 주는 거야."

"그, 그래. 메마른 네 가슴을 그리 따뜻하게 녹여 준 여인이라면, 이 형님이 물심양면 도와주고말고."

보르누가 입술을 질끈 물고 고개를 끄덕였다.

"그래. 제수씨는 어디 계신고? 조카 소식은 없고?"

카피레가 눈썹을 세로로 세웠다.

"무슨 소리야? 당연히 나랑 같이 왔지. 지금 내 옆방 써."

"뭐, 뭣이라?! 그렇담 지금까지 나만 몰랐단 것이야? 본도, 안나 부인도 다 아는 사이란 거야?"

보르누 머릿속이 팽이처럼 빠르게 돌아갔다. 혹시 스친 적이 있나 필름을 돌려 봐도, 카피레만 찾느라 주변을 눈에 담지 않았더랬다. 동생이 이렇게 투명 인간이 된 줄도 모르고!

보르누는 정말이지 정신이 하나도 없었다. 투명 인간도 모자라 동생의 돌발 선언이라니! 형의 심정을 아는지 모르는지 카피레가 후후후, 하고 낮은 웃음소리를 냈다.

"이제라도 알았으니 됐지 뭐. 어쨌든 이제 내 사람이니까, 말 안 해도 알지? 잘 부탁할게, 형님."

"하, 하, 하" 어색하게 웃던 보르누의 눈이 순간 크게 팽창했다. 카피레가 "응? 왜 그래 형?" 하며 보르누의 표정을 살폈다.

보르누의 고개가 천천히 하강했다. 카피레의 얼굴에서 시작한 시선이 아래로 향하더니 사타구니에 고정되었다. 그러곤

"……많이 듬직해졌구나, 동생아" 했다.

형님의 듬직한 손이 한 치 망설임 없이 카피레 어깨를 두드렸다. 서, 설마?! 카피레는 얼굴이 하얗게 질려 제 손을 내려다보았다.

아까까지 허공만 보이던 것이 거짓말처럼, 석양에 물든 섬섬옥수가 두 눈에 똑똑히 박혔다. 이게 대체 언제 풀린 거야! 카피레가 급히 가운데를 가렸다.

"폐하! 카피레! 어디 계셔요!"

"이, 이건 젬 목소리!"

카피레가 화들짝 놀라 어깨를 떨었다. 반사적으로 흘린 말에, 보르누도 덩달아 눈을 크게 떴다.

"젬? 아까 말한 제수씨!"

보르누가 벌떡 일어나 주변을 두리번거렸다. 정원에 우뚝 솟은 그림자가 눈에 띄지 않을 리 없었다. "카피레? 폐하?" 하며 달려오던 젬의 발소리가 중간에 뚝 멈추었다.

보르누가 멀뚱히 선 채 눈만 깜박였다.

"중매 선생님이…… 제, 제수씨?"

자그마한 중얼거림이 바람에 흩어졌다.

젬이 "엄마야, 카피레! 세상에!" 하는 소리만이 카피레 고막에 화살처럼 박혔다.

카피레는 차마 젬을 보지 못하고 몸을 움츠려 콩벌레가 되고자 했다. 보르누가 뒤늦게 동생의 명예를 위해 "아니, 이것은, 그러니까, 오, 옷을!" 하고 말을 더듬었다.

"망측해라! 옷 가져올 테니, 거기 꼼짝 말고 계세욧!"

젬이 올 때보다 빠르게 뒤돌아 사라졌다. 멀어지는 박쥐 코트를 잠시 눈으로 좇던 보르누가 엉거주춤 제자리에 쪼그려 앉았다.

"……흠흠. 그나마 다행히 아니냐. 외간 처녀가 본 것보다 낫지 않어. 이미 볼 장 다 본 사이 아니야."

"입 좀 다물어 줄래."

"으응……."

망측해라, 망측해라, 망측해라…….

젬의 음성이 카피레 귓가에 반복 재생되었다. 카피레는 무릎 사이에 얼굴을 묻고 찔끔 새는 눈물을 참았다.

쪽팔려! 어떡해! 첫날밤도 치르기 전에 이런 식으로 알궁둥이를 보이다니!

아니, 물론 내 나체는 그 자체로 아름답지만! 그렇지만!

다른 사람이었다면 외려 관람료를 받아 냈을 터였으나 젬은 달랐다. 야생 원숭이 순정이 지는 해를 배경으로 목 놓아 울었다. 카피레도 울었다.

"울지 마라, 카피레. 내가 제수씨에게 잘 말해 준다니까."

딴엔 달랜답시고 보르누가 몇 마디 했다. 카피레는 더 참지 못하고 형님 입술을 꼬집고 말았다.

29.
대가

“이걸 왜 갖고 오신 겁니까?”

본이 못생긴 인형 다리 한 짝을 들고 달랑달랑 흔들었다.

“응? 일부러 챙긴 게 아니야. 네가 말한 상자만 챙겼을 뿐인데? 사진기 들은 것 맞지 않아.”

보르누가 어깨를 으쓱했다. 본은 할 말이 많은 듯했으나 아이 눈치를 보곤 마지못해 입을 다물었다.

카피레는 뚱한 얼굴로 자리를 지키다가 먼저 잔다며 들어가 버린 지 오래였다. 카피레 얼굴을 볼 때마다 본이 웃음을 참지 못하고 “푸, 푸푸풉” 소릴 냈기 때문이었다.

정원에서 돌아온 보르누는 영 젬과 눈을 맞추지 못했다. “중매, 제수, 아니, 중매 선생님” 하고 호칭을 몇 번이나 더듬었다.

이유가 대체 뭔지 짐작도 안 갔다. 카피레가 떠난 객실, 젬은 언제 엉덩이를 뗄까, 눈치만 살피고 있었다.

"……중매 선생님."

"네, 네?"

"극히 개인적인 질문입니다만, 혹……카피레 옆방에 머물고 계신지요."

뜬금없는 질문이었다. 젬이 의아해 고개를 기울였다.

"그, 그런데요?"

보르누가 "예에, 그렇군요. 하하, 아무것도 아닙니다. 그렇군요……" 하며 무릎을 쓸었다. 대관절 무슨 이유로 나를 이리 괴롭힌단 말인가. 카피레가 몰래 제 흉이라도 본 걸까 싶어 젬은 속만 탔다.

젬 무릎에서 숨죽이던 아이가, 돌연 본에게로 날아갔다. 보르누가 멍한 눈으로 핑크색 요정과 젬을 번갈아 보았다.

젬도 당황했다. 평소 모르는 사람 앞에선 나서는 걸 극도로 꺼리는 아이였건만. 본이 엉거주춤 아이를 받으려 했으나, 아이가 목적지는 다름 아닌 못생긴 봉제 인형이었다.

본이 아이에게 인형을 밀어 주었다.

"마음에 들어요, 아이?"

아이가 말없이 봉제 인형의 배나 손을 만지작거렸다. 귀여워하는 표정은 절대 아니었다. 미간에 주름이 패고 입이 실룩샐룩하는 것이 딱 봐도 못마땅한 기색이었다.

본은 그런 아이조차 동화 속 요정처럼 보이는 모양이었다. 당장 사진기 셔터를 연사하고 싶은 걸 참느라 안간힘을 쓰는 게 눈에 보였다.

"원한다면 가지십쇼, 아이. 전 필요 없습니다."

"어허, 본."

"원하는 사람 손에 있는 게 물건에게도 복이 아니겠습니까."

본이 보르누를 살짝 째려보았다. 젬이 슬그머니 궁둥이를 옮겨 인형 가까이 앉았다.

눈, 코, 입이 자유롭게 배치된 봉제 인형이었다. 종기인지 귀인지 헷갈리는 것이 머리 어디쯤 달렸고, 팔다리 위치가 심각한 비대칭이었다.

짙은 갈색 천에 군데군데 얼룩이 남아 있었다. 아이가 자기보다 큰 인형을 꼭 안았다. 사정 모르는 본이 흐뭇한 얼굴로 인형을 양도했다.

"모지리, 가 아니라 리스페도 기뻐할 겁니다."

보르누가 들리지 않게 한숨 쉬었다. 본의 발언에 젬은 인형을 자세히 보았다. 자꾸 보다 보니 기분이 이상했다.

저렇게 못생긴 인형을 또 어디서 봤을 리 만무했다. 젬은 기분 탓이려니, 하고 넘겼다.

아이가 인형 배에 대고 크게 숨을 들이마셨다. 핑크빛 요정 날개가 근래 들어 가장 밝은 빛을 띠었다.

그 모습을 지켜보던 보르누가 불쑥 젬을 불렀다.

"……카피레 일에 여러모로 도움을 주셨다고 들었습니다. 정말 감사한 일이지요. 이번 투명인간약도 당신이 만드셨다고요."

아까보다 한결 차분해진 음성이었다. 말은 감사하다고 하는데 어째 낌새가 이상했다. 젬이 내가 뭐 잘못했나, 하고 눈치를 살폈다.

보르누가 식은 찻잔 손잡이를 손끝으로 더듬었다.

"마법약 제조에 탁월한 재능이 있으시다더군요. 부탁만 하면 뭐든 만들어 주신다고요. 혹, 저도 약을 부탁할 수 있겠습니까."

젬은 괜히 널찍한 응접실을 둘러보았다. 소박한 안나 부인 취향과 달리 결 고운 원목 가구와 금박을 입힌 장식물로 장식한 객실이었다.

문은 굳게 닫혀 있었고, 방 안엔 젬과 아이, 본, 보르누뿐이었다. 젬이 어물어물 답했다.

"물론, 제가 할 수 있는 일이라면요."

"……어디 보자. 위대한 왕이 될 수 있는 약은 어떻습니까?"

젬이 슬쩍 본 눈치를 보았다. 본이 보일락 말락 고개를 흔들었다. "심각하게 받아들이지 마세요" 하는 목소리가 귀에 직접 들리는 듯했다.

"그, 그런 약이 있다면, 장난 아니게 비싸게 팔 수 있겠는데요. 하하하."

"……후후, 그럼 이런 건 어떻습니까? 한 방울만 마셔도 멀쩡한 사람도 광인으로 만들 수 있는 약 같은 건."

젬의 미소가 어색하게 찌그러졌다. "예?" 하고 되묻는 젬에게 보르누가 말없이 시선만 던졌다.

이건 경고일까?

그린 듯한 미소에 살짝 접힌 눈동자. 그가 무엇을 암시하는지 모를 리 없었다. 닥터 유리의 손에 광인으로 변한 아비를 말함이었다.

젬이 카피레 몸을 돌봤다는 걸 듣고 경계하는 걸 수도 있었다. 보르누가 가면처럼 싱긋 웃었다. 젬이 어쩔 수 없이 따라 웃었다.

"그, 그쪽은 제 전문이 아니라서요……."

"아니면 독약은 어떻습니까? 죽음을 모르는 마법사라도 지옥으로 안내할 만큼 강력한……."

젬은 바보가 아니었다. 보르누가 말하는 마법사가 누구를 말하는지 바로 눈치챘다. 닥터 유리였다.

솔직히 말하자면, 젬 역시 그런 생각을 한 적이 있었다. 닥터 유리를 죽일 수 있는 약.

젬은 평소처럼 금서에 대고 빌었고 금서는 침묵으로 답했다. 전까진 없던 일이었다.

"……저는 그럴 만한 재주가 없습니다."

젬이 할 수 있는 말은 그것뿐이었다. 보르누가 손깍지로 입을 가렸다.

"……다른 건 없으세요? 제 입으로 말하긴 뭣하지만, 피로회복약과 숙변제거제, 숙취해소약 등등은 정말 호평이랍니다."

"거참 든든한 말씀이십니다."

고무줄처럼 팽팽하게 당겼던 분위기가 한결 부드러워졌다. 보르누가 쓰게 웃으며 등받이에 몸을 기댔다.

* * *

보르누는 카피레를 잘 부탁한다고 몇 번이나 강조했다. 젬은 그에게 피곤할 때 드셔 보라며 피로회복약을 몇 병 챙겨 주었다.

멀어지는 차 꽁무니에 붉은빛이 아른거렸다. 절로 한숨이 터졌다. 성에서 처음 봤던 날, 유난히 이마가 넓은 미남이라고만 생각했던 그 날이 마치 전생처럼 멀었다.

"폐하 말씀은 신경 쓰지 마세요."

"예?"

젬이 옆을 보았다. 가로등 불빛이 내려 본의 얼굴에 그림자가 짙었다.

"선왕과 카피레가 그리되고선 두통약 한 알도 안 먹는다고 하더군요. 닥터 유리를 생각하면 무리도 아니죠. 뭐어, 차차 나아질 겁니다."

"……저런."

"피로회복약도 괜히 준 겁니다. 앞으로는 나나 주세요. 저는 알차게 다 먹으니까."

본의 목소리가 어찌나 진지한지 젬은 웃음이 나왔다. 그 웃음 소리에 본의 얼굴도 얼음이 녹듯 풀어졌다.

"……새삼스럽겠지만, 난 젬이 좋아요."

"가, 갑자기 왜 그래요? 사람 무섭게."

"후후. 당신이 얼마나 고마운 사람인지, 당신은 모를 겁니다. 처음 본 날부터 지금까지 죽……."

"제, 제가 뭘 했던가요?"

젬의 머릿속에 지난 일이 파노라마처럼 펼쳐졌다.

사랑의 묘약 중화제와 감정약을 바꿔 먹여 카피레에게 평생 갈 후유증을 안기고, 해열제 잘못 먹여 혼나고, 성난 아이가 왕자궁 한쪽 벽을 반파했던 과거가 소시지처럼 줄을 이었다.

안 좋은 기억만 한가득이었다. 고맙게도 본의 의견은 다른 듯했다.

"……당신이 아니었다면, 카피레는 진작에 죽었을 겁니다. 마담 D가 먹인 사랑의 묘약 때문이든, 닥터 유리 때문이든. 원체 약골 자식이니까요."

"하하하. 그거 농담이죠?"

"농담 아닌데요."

본이 젬을 내려다보았다. 달이 높이 뜬 밤이었다. 은은한 빛을 뿌리는 가로등이 정원 곳곳을 밝히고 있었다.

수염 하나 없이 매끄러운 턱, 오밀조밀 고운 이목구비와 대조되는 짙은 눈썹. 부리부리할 정도로 큰 눈동자엔 순수한 진심이 담겨 있었다.

젬은 뜬금없이 눈물이 핑 돌았다.

긴장이 풀린 탓일까. 보르누의 태도가 알게 모르게 부담스러웠던 모양이었다. 그의 입장을 이해하면서도 마음이 그랬다. 따지고 보면 이 모든 게 한 사람 때문이었다.

닥터 유리는 대체 무슨 짓을 한 것인가.

카피레는 자신을 잃을 뻔했고, 본은 힘을 얻은 대신 성을 잃었다. 보르누는 또 무슨 죄란 말인가.

젬이 코를 킁 삼켰다. 본이 이를 드러내며 씩 웃었다.

"폐하 말에 연연하지 말아요. 당신이 아니면 누가 카피레를 저만큼 건사하겠습니까?"

"본……."

"정 힘들면 날 부르고요. 힘 하나는 자신 있으니까. 친구 좋다는 게 뭡니까?"

친구. 달콤한 어감에 젬은 가슴이 따뜻해졌다. 만약 카피레가 지금 젬 옆에 있었다면 황금 꽃밭처럼 펼쳐진 솜사탕을 봤으리라.

젬이 흐르는 코를 소매로 대충 훔쳤다. 추워서 콧물이 나온다고 둘러대자, 본이 젬의 어깨를 가볍게 두드려 주었다. 정원에서 벌레 우는 소리가 들렸다.

둥근 달을 배경으로 선 본의 모습이 퍽 근사했다. 은은한 미소도 꼭 모델 같았다. 달, 본, 저절로 연상되는 단어가 있었다.

할머니 팬티와 푸파였다. 젬이 본의 팔뚝을 붙잡았다.

“본! 치, 친구로서 부탁할 게 있어요.”

“젬이 웬일입니까? 후후, 한번 들어나 보지요.”

젬이 큼큼 목소리를 가다듬었다.

“사진기를…….”

“어렵지 않은 부탁이군요. 알겠습니다.”

살짝 긴장했던 본이 어깨에 힘을 풀었다. 무슨 생각을 하는지 후후후, 하고 개구진 웃음까지 흘렸다. 젬이 만면에 화색을 띠고 뒷말을 이었다.

“그리고 내 모델이 되어 줘요!”

“……예? 저, 저 말입니까? 카피레가 아니고요?”

젬이 고개를 끄덕였다. 그러곤 재빨리 덧붙였다.

“정장 차림으로. 머리는 다 넘기고요. 컨셉은 섹시예요.”

본이 미심쩍은 듯 눈썹을 올렸다. 젬은 흔들리지 않았다. 젬에겐 푸파에게 멋들어진 사진을 제공할 의무가 있었다. 본은 영 미적지근한 반응이었다.

젬이 못 이기는 척 손바닥을 펴며 “피로회복약 다섯 병” 했다. 본이 끙, 하고 뒷머리를 긁었다.

“카피레에겐 절대 비밀입니다.”

속 좁은 야생 원숭이의 질투를 젬도 익히 겪은 바였다. 야밤의 거래가 성사되었다.

* * *

무슨 정신으로 잠이 들었는지 기억이 희미했다. 아니, 내가 침대에 누운 게 맞던가? 그 전에, 유라레로 돌아온 게 맞던가?

젬은 캄캄한 동굴 속에 있었다. 갑갑한 공기나 은근한 주홍 불빛이 어딘가 익숙했다. 멀리서 아기 울음 같은 바람 소리가 흘러 들어왔다.

내가 왜 이런 곳에 있담?

젬이 뒤돌아보았다. 저승처럼 깜깜한 굴이 뻥 뚫려 있었다. 빛이라곤 손톱만큼도 보이지 않았고 흐느낌 같은 바람 소리가 졸졸 새어 들어왔다.

젬이 다시 앞을 보았다. 벽과 천장에 고드름처럼 매달린 마법석이 느리게 빛을 뿜었다. 시모 산맥의 뒷산 동굴과 비슷한 풍경이었다.

다시금 뒤에서 바람이 불었다. 검은 머리카락이 산발이 되어 앞으로 쏠렸다. 형체 없는 무언가가 앞으로 가라고 젬의 등을 떠미는 듯했다.

젬은 그대로 직진했다. 울퉁불퉁한 동굴 바닥에 가끔 돌 구르는 소리가 났다. 맨발에 잠옷 차림이었으나 생각만큼 춥지 않았다.

앞으로 갈수록 마법석이 밝은 빛을 더했고, 등을 떠미는 시린 바람이 멀어졌다.

이윽고 도착한 길의 끝에서, 젬은 익숙하고도 낯선 실험실을 발견했다.

어두운 통로와 달리 실험실 내부는 제법 밝았다. 한쪽 벽을 가득 메운 책장, 반대편에 마구잡이로 쌓인 기계 장치들이 차례로 눈에 들어왔다.

그리고 푸른 용액으로 가득 찬 커다란 실험관. 그 안에 태아처럼 몸을 웅크린 인간이 있었다.

청소기 돌리듯 둔한 소음이 사방에 깔렸다. 천장에 뚫린 손바닥만 한 구멍에서 파랑새가 고개를 내밀었다.

젬은 홀린 듯 걸음을 옮겼다. 오래전 꿨던 꿈이 환상처럼 되살아났다. 그것은 마치…….

……**기다렸어.**

귀에 익은 목소리가 젬을 불렀다. 젬이 화들짝 놀라 주변을 둘러보았다. 자신이 방금 들은 목소리가 진짠지 환청인지 구분할 수 없었다.

잊을 수 없는 목소리가 "예쁜아?" 하고 젬을 불렀다. 젬이 급히 유리 벽에 손바닥을 댔다.

이 인간이 또 실험관에 갇히기라도 한 건가!

"리, 리스페?"

젬의 목소리가 연기처럼 흩어졌다. 귀도 목도 먹먹했다. 시리도록 차가운 감촉만이 선명했다. 실험관 안쪽에 걸쭉한 공기 방울이 올라왔다.

안쪽에 웅크린 형체는 도자기처럼 굳어 꿈쩍도 하지 않았다. 젬이 유리 벽을 더듬었다. 시린 감각이 무색하게도, 유리 벽엔 손자국 하나 남지 않았다. 젬이 천천히 손을 뗐다.

"……이, 이게 뭐야. 여긴 또 어디야."

이건 꿈. 내 기억이다.

모지리, 아니, 리스페의 기억?

이 음성은 실험관에서 들려오는 것도, 바람에 실린 것도 아니었다. 젬의 머릿속에서 은은히 울리는 소리였다. 마치 아이의 목소리를 듣는 듯했다.

예쁜이 건강했다?

이 세상에 젬을, 아이를 예쁜이라고 부르는 사람은 하나밖에 없었다.

젬이 실험관에서 한 걸음 물러나 사방을 둘러보았다. 음산한 기계 소리만이 가득할 뿐, 인기척이라곤 찾아볼 수 없었다.

젬이 마른침을 꼴깍 삼켰다. 이게 꿈이 아니라 진짜라면, 보통 큰일이 아니었다.

"……모질, 이 아니라 리스페! 어디 있는 거예요? 혹시 유리한테 잡힌 거예요?"

한 가지는 확실했다. 젬이 그렇게 찾던 사람이 여기 있었다. 젬이 소리를 높였다.

"아이랑 코다가 얼마나 걱정하는지 알기나 해요? 정말이지, 이런 장난칠 때가 아니라구요!"

……**예쁜이랑, 친구.**

"그래요! 예쁜이랑 친구가 얼마나 기다리는데! 어딨는 거예요, 리스페!"

갑자기 실험관 푸른 용액에 뽀글뽀글 거품이 올라왔다. 물뱀 떼가 우글거리듯 무리 지은 거품이 채 사라지기도 전, 하얗고 딱딱한 몸체가 손끝을 움찔 경련했다.

나는 여기 있는데…….

"그러니까 여기가 어디냐구요! 난 널 구하러 왔다구, 바보야!"

나를? 예쁜이가?

순하고 멍한 목소리에 젬은 코가 시큰거렸다. 아이의 반쪽. 그는 젬이 유라레에 온 이유였다.

죽을 것 같던 순간, 전신을 휩싸던 새하얀 힘이 아직도 생생했다. 젬에게 리스페는 단순한 아이의 반쪽이 아니었다. 젬과 카피레 생명의 은인이었다.

"……까먹었어요? 리스페가 내 소원을 들어줬잖아요."

나 예쁜이 소원 들어줬다.

"그래, 그러니까……."

그럼 젬도 나랑 계약한다?

예?

젬이 저도 모르게 입을 꾹 물었다. 젬 마키나.

그에게서 처음으로 이름이 불린 기분이 들었다. 놀란 것은 그 탓만이 아니었다.

공처럼 웅크리고 있던 실험관 남자가 봄꽃이 움트듯 서서히 몸을 펴고 있었다. 말간 목소리가 메아리쳤다.

젬도 내 부탁 들어준다?

젬은 맨 처음 금서와 계약한 날을 떠올렸다. 아이는 소원이 뭐냐고 물었고, 젬은 황금알을 낳는 암탉을 바랐다.

당시엔 가벼이 던진 말이었으나 이제는 알았다. 금서는 마법의 힘을 빌려주는 대신, 계약자의 무언가를 앗아 간다고 했다.

금서를 수련하는 동안 영혼에 자잘히 새기는 상처는 마력의 원천이 된다. 계약자가 준비를 갖출 때까지 상처와 마력을 맞교환한다.

젬은 그날 아이에게 물었었다. 네게도 소원이 있느냐고. 별생각 없이, 충동적으로 던진 질문이었다.

그때 아이는 대답했다. 자신의 반쪽을 찾고 싶다고. 완벽한 하나가 되고 싶다고.

지금 이곳, 리스페는 그날의 젬과 비슷한 질문을 던진 셈이었다. 그는 이미 젬의 소원을 들어주었고, 젬의 대답만 남았다.

젬은 푸른 실험관 속, 창백한 남자를 보았다. 이 안에 있는 게 정말 리스페일까? 어딘지 다른 느낌이 들었다.

그제야 눈에 들어온 것이 있었다. 실험관 옆, 녹슨 철제 이동침대 위로 시꺼먼 것이 비죽 튀어나와 있었다. 어두운 조명 속에서 그것은 꼭 잘못 놓인 꼬챙이처럼 보였다.

바로 그때, 실험관 남자가 천천히 얼굴을 들었다.

"리, 리스페?" 하며 급히 다가선 젬이 흠칫해 제자리에 멈추었다. 돌처럼 창백한 낯이 정면을 노려보고 있었다.

시체처럼 창백한 얼굴에 무생물 같은 무표정이 서려 있었다. 카피레의 얼굴도, 아이의 얼굴도 아니었다. 생전 처음 보는 얼굴이었다.

젬이 뒷걸음질 치려다 발을 헛디뎠다. 아무거나 짚으려 손을 휘젓던 젬의 손에 딱딱하고 차가운 것이 닿았다. 젬이 아래를 보았다.

미라처럼 시꺼멓게 마른 시체가 정자세로 누워 있었다. 철제 침대에서 끽, 소리가 났다. 젬이 소스라치게 놀라 손을 뗐다가 제풀에 바닥에 엉덩방아를 찧었다.

"이, 이게 뭐야! 이게 뭐야!"

엉덩이가 아픈 줄도 몰랐다. 젬이 벌레 쫓듯 손바닥을 허공에 미친 듯이 털며 숨을 헐떡였다.

이건 내 기억이다?

"대체 이거 누구냔 말이야!"

하하, 예쁜이 운다?

손바닥에 불쾌한 감촉이 문신처럼 남아 떨어지지 않았다. 전신에 불개미가 오가는 듯했다. 젬은 미치고 팔딱 뛰기 직전이었다. 리스페가 코 삼키는 소릴 냈다.

헤이트다.

"……뭐?"

젬이 귀를 의심해 다시 물었다. 실험관 남자가 고요한 태도로 반쯤 감았던 눈을 느리게 떴다. 겨울 호수처럼 시린 눈동자가 빛을 흡수하듯 점차 또렷해졌다.

예쁜이가 만진 거 유리 헤이트다.

닥터 유리?

젬이 고개를 들어 비죽 튀어나온 시체 발을 보았다. 탄 고기 꼬치처럼 새까만 형체였다. 젬이 가까스로 몸을 일으켰다. 차마 얼굴을 확인할 용기는 없었다. 눈앞이 핑글핑글 돌았다.

"이, 이거 혹시 예지몽이나 그런 건가? 닥터 유리가 미라 꼴로 죽게 될 거라는 하늘의 계시……?"

예쁜이 바보? 이건 내 기억이다.

우주 제일 모지리에게만은 듣고 싶지 않은 단어였다. 선문답도 이런 선문답이 없었다. 완전히 몸을 편 남자가 실험관 속에서 두 발로 섰다. 두어 번 눈을 깜박인 그가 두 손을 들어 주먹을 쥐었다 폈다 했다.

남자의 표정에 물감처럼 번지는 환희를, 젬은 멍하니 바라보았다.

"……이게 리스페의 기억이라면, 당신은 지금 어딨는 거죠?"

난 여기 있다?

앓으니 죽지.

젬은 실험관 남자를 찬찬히 살펴보았다. 분명 처음 보는 얼굴인데 눈빛이나 분위기, 움직임이 어딘가 눈에 익었다.

"그럼 저 인간은 누구고요? 이 까만 시체를 만든 게 저 사람인가요?"

헤이트다.

"뭐?"

젬이 헛웃음을 터트렸다. 그녀가 새까만 시체와 실험관 남자를 차례로 손가락질했다.

"닥터 유리는 저기 있는 시체라면서요."

응.

"근데 이 남자도 닥터 유리라고?"

응.

기계가 합창하듯 일제히 윙, 하는 소릴 냈다. 실험관 푸른 용액이 밑으로 꺼지며, 유리관이 반으로 갈렸다.

젬은 희미하게 번지는 시큼한 냄새에 미간을 찌푸렸다. 불쾌하리만치 입에 침이 돌게 하는 냄새였다.

남자가 유리 벽을 짚고 비틀비틀 내려섰다. 갓난아기처럼 뽀얀 피부에 길쭉한 팔다리가 인상적이었으나, 그뿐이었다. 젬이 아는 닥터 유리와는 키도, 얼굴도, 머리색도 달랐다.

이 기억은 곧 끝난다.

"예?"

예쁜이, 내 부탁 들어준다?

젬이 입술을 질끈 물었다. 머릿속이 한없이 혼란했다. 그러나 리스페가 묻는 말엔 이미 답이 나와 있었다. 그래. 이미 한참 전에 정해져 있었다.

"……난 당신을 구하고 싶어요, 리스페."

예쁜이 반쪽이니까?

"그것도 있지만."

실험관에 기댄 남자가 미라처럼 시꺼먼 시체를 보고 기이한 미소를 지었다. 눈이 여우 꼬리처럼 접히고 입꼬리가 주욱 찢어졌다. 소름 끼칠 만큼 누군가와 닮은 미소였다.

"……은혜도 갚아야겠고, 유리 곁에 그냥 둘 수도 없고, 고맙고 미안하고, 마음 쓰이고, 넌 너무 착한 것 같고……."

나 안 착하다.

"어쨌든. 그러니까 부탁이 뭔지 말해 봐요. 대신, 같이 아이에게 돌아가는 거예요."

젬 마키나.

순한 목소리에 숨길 수 없는 웃음기가 섞였다. 그는 더 이상 코훌쩍이는 소리를 내지 않았다.

나는 유리 헤이트가 죽는 걸 봐야 한다.

언젠가 들었던 기억이 났다. 분명 닥터 유리에게서 도망칠 수 없다는 얘기를 할 때였다.

실험관 남자가 철제 침대에 몸을 기대어 시체 얼굴을 들여다보는 듯했다. 남자의 상체가 부르르 떨렸다. 웃는지 우는지 분간이 안 갔다. 그가 천천히 고개를 들어 실험실을 죽죽 둘러보았다.

젬은 그가 보지 못할 걸 알면서도 저도 모르게 몸을 움츠렸다.

"……설마 나한테 닥터 유리를 죽여 달란 건 아니겠죠? 난 뭘 해도 되살아나는 사람을 죽일 방법 따위 몰라요. 애초에 사람을 죽인 적도 없다고요!"

헤이트의 소원은 불로불사였다.

리스페의 말이 끝나자마자 남자가 비틀비틀 이쪽으로 걸어오기 시작했다. 다리 관절이 이따금 꺾이며 몸이 목각 인형처럼 기우뚱거렸다.

절로 "엄마야" 소리가 터질 만치 섬뜩한 광경이었다. 젬이 슬금슬금 옆을 피하려 했으나 어찌 된 일인지 발이 바닥에 못 박혀 꿈쩍도 하지 않았다.

"이, 이이이게 뭐야."

그는 소원을 거의 이루었지만, 그걸론 완벽하지 않았다.

리스페의 목소리가 속삭이듯 낮아졌다.

무엇을 잃었는지 알아차리기 전까진, 나름 만족스러워하기도 했다.

"……리스페?"

남자가 코앞까지 다가왔다. 젬은 옴짝달싹 못 하고 눈만 질끈 감았다. 곧 다가올 충격에 대비해 전신에 힘을 잔뜩 주었다.

불쾌한 바람이 몸을 통과한 듯한 감각이 들었다. 젬이 눈을 깜박였다. 남자가 연기를 뚫듯 젬을 지나 반대편 벽을 향하고 있었다.

이건 그냥 기억이다.

낡은 책상 앞에 멈춘 남자가 눈에 익은 책을 들었다. 젬은 눈을 의심했다.

금서였다.

엄밀히 말해서 그것은 젬이 늘 품에 지니고 다니는 물건과 전혀 다른 외양이었다. 빳빳해 보이는 종이 질감도, 선명한 가죽 색깔도, 새하얀 속지나 기타 등등 모두 그랬다.

그럼에도 젬은 그 책이 금서라고 확신했다. 남자가 책을 든 채 살짝 옆으로 돌았다. 꼬리를 문 뱀 문양이 눈에 도장처럼 박혔다. 젬은 입술을 씹었다.

이게 모두 착각일까? 아니면 꿈?

갑자기 몸이 허공에 붕 뜨는 듯했다.

물에 휩쓸린 듯 젬의 시야가 이지러졌다. 금서를 손에 든 낯선 남자의 뒷모습 역시 신기루처럼 흩어졌다. 리스페의 목소리만이 거짓말처럼 선명했다.

내가 바라는 건 하나뿐이야. 젬 마키나.

젬이 눈을 빠르게 깜박였다. 눈도 귀도 감각이 멀었다. 분명 리스페의 음성이건만, 어딘가 낯설었다. 웃음기도 콧물도 씻은 듯이 가신 목소리였다.

어떤 형태든 상관없어. 나는 그가 끝을 맺길 바라.

"……어떻게?"

어떻게든.

젬은 그 말을 이해할 수 없어 미간을 찡그렸다.

"……무슨 뜻인지 모르겠어요. 왜 하필 나한테 이런 걸 보여주는 거죠?"

네가 금서의 계약자니까, 젬.

젬은 어둡고 미지근한 물에 갇힌 듯 감각이 멀어졌다. 밤이 내리듯 시야가 깜깜해졌다. 젬은 필사적으로 눈을 깜박였으나 아무것도 보이지 않았다.

또, 네 그릇이 거의 완성되었으니까.

"……뭐?"

내 반쪽에게 전해 줘. 너는 이미 그 자체로 완전하다고.

"자, 잠깐 리스페! 그게 무슨 뜻이에요?!"

늪에 갇힌 듯 몸이 무거웠다. 숨 쉬기 어려울 만치 속이 갑갑했다. 젬이 꼼짝 못 하고 리스페의 이름만 소리 높여 불렀다.

높은 곳에서 작고 하얀빛이 눈송이처럼 내려왔다. 너무 작아 형체를 알아볼 수 없었지만, 따뜻하고 깨끗한 분위기가 어딘가 익숙했다.

형언하기 어려운 불안감에 젬은 혀가 말랐다. 머릿속에 아이 얼굴이 가득 찼다. 해맑게 웃던 리스페의 바보 같은 미소도.

젬이 홀린 것처럼 빛은 빛 뭉치로 손을 뻗었다.

"왜, 왜 꼭 어디 갈 사람처럼 말하는 거예요? 같이 가자니까? 아이가 기다린다구. 네 반쪽, 예쁜이 말예요!"

헤이트가 금서에서 나를 분리할 때, 나는 내 가장 예쁜 부분을 떼어 놓았어. 마지막 보험이자 도박이라고 생각했지.

"……뭐?"

지금 와선 내가 떼어 놓았던 건지, 내가 떨어져 버린 건지 분간할 수도 없지만…….

작은 빛 덩이는 잡히지 않고 젬 얼굴 주위를 맴돌았다. 낮은 웃음소리가 귓가를 간질였다.

기억 속 리스페의 목소리는 카피레의 것과 비슷했으나 지금은 달랐다. 카피레와도, 아이와도 다른 음색, 다른 울림이었다.

젬 마키나. 네 소원을 들어준 건 즐거운 도박이었어. 이제 정말 돌아가야 할 때가 된 것 같아.

"리스페?"

내 마지막 소원이 이루어지든, 그렇지 않든 너와 반쪽을 축복하겠어.

젬은 그의 말을 도통 알아먹을 수가 없었다. 목소리가 귀에 진흙처럼 달라붙어 엉겼고 생각이 이어지지 않았다.

다만 리스페의 말투가 꼭 유언 같았다. 병상에 누워 죽기 직전인 환자 같았다.

젬이 급히 두 손을 뻗어 흰빛을 감쌌다. 헛소리 말고 얼른 이 빌어먹을 꿈에서 나가자고, 아이를 만나러 가자고 말할 찰나였다.

손바닥을 따뜻하게 데우던 빛이 연기처럼 사라졌다. 소나기 맞은 장작불처럼, 웅덩이에 떨어진 담뱃불처럼.

허망하게, 순식간에 일어난 일이었다.

젬의 손가락 사이로 찬바람이 시냇물처럼 흘러와 빛이 사라진 자리를 일깨웠다.

*　　*　　*

젬은 그대로 잠에서 깨었다. 어두운 새벽빛이 방에 가득했다. 자잘한 분홍색 꽃무늬 벽지가, 바람에 흔들리는 레이스 커튼이, 침대 기둥에 매달린 커다란 수면 양말이 차례로 눈에 들어왔다.

젬은 무의식중에 이불을 세게 움켜쥐었다. 어디까지가 꿈이고 생신지 분간이 안 갔다.

힘겹게 몸을 일으키자, 베개에 기대어 있던 것이 옆으로 툭 쓰러졌다. 젬이 화들짝 놀라 몸을 움츠렸다.

어둠에 눈이 익자 한눈에 알아보았다. 어제 아이가 어거지로 얻어 낸 못난이 인형이었다. 사팔뜨기로 달린 단추 눈이 꼭 젬을 지켜보는 듯했다.

저게 언제 떨어졌담?

아이가 수면 양말에 팔을 걸친 자세로 하품했다. 젬이 인형과 아이를 번갈아 보았다.

표정이 왜 그래요 젬? 뭐 안 좋은 꿈이라도 꿨어요?

"아, 아니……."

나비가 고치를 벗듯 아이가 양말에서 몸을 빼냈다. 기분 탓일까. 아이의 낯이 최근 본 중 가장 밝아 보였다. 젬이 인형을 가리켰다.

"이거……."

아, 그래. 모지리가 만든 거라면서요? 딱 보는 순간 느낌이 오더라고요. 모지리가 인형으로 태어나면 요따구로 생겼을 것 같기도 하고…….

아이가 날개를 털더니 그대로 아래로 내려왔다.

우주 제일 모지리가 솜씨도 더럽게 없어. 그쵸? 후후, 나라도 예뻐해 줘야지 어쩌겠어요.

아이가 베개에 코 박고 쓰러진 인형을 바로 세워 침대 헤드에 기대 놓았다. 다시 봐도 참으로 독창적인 생김새였다. 어제처럼 기이한 분위기는 흐르지 않았으나, 방금 잠에서 깬 탓인지 좋게 보이지 않았다.

아이가 인형의 비뚤어진 코를 잡았다 놓았다. 핑크색 요정 가루가 베개에 떨어졌다.

"……그러는 아이는 뭐 좋은 꿈이라도 꿨어?"

후후, 그게 말예요. 꿈에 모지리가 나왔지 뭐예요? 어찌나 실감 나던지, 꼭 진짜 같았다니까?

아이가 인형을 쿠션 삼아 몸을 기대며 팔다리를 쭉 뻗었다.

꿈. 리스페.

젬은 뒷목에 소름이 돋았다.

뭐라더라. 자기는 괜찮다고. 걱정할 필요 없다고 뭐라뭐라 조잘대더라고요. 닥치고 어딨는지 불라고 했더니 내 마음속에 있다나 뭐라나. 세상에, 내참 어이가 없어서…… 꿈인데도 주먹이 나가더라니깐요.

"넌 사랑의 요정이지, 주먹의 요정이 아니라니깐……."

젬의 맥 빠진 소리로 대꾸하며 못생긴 봉제 인형을 눈으로 더듬었다. 지지리도 못난 얼굴에 리스페의 목소리가 겹쳤다.

그러는 젬은 악몽이라도 꿨어요? 안색이 창백한데?

간밤의 꿈을 뭐라 정의해야 할지, 젬은 알 수 없었다. 악몽? 그게 꿈이긴 했을까?

낯선 남자를 두고 유리라 칭하던 리스페의 목소리가 아직도 생생했다. 그 남자가 손에 들었던 금서 역시…….

금서!

젬이 구르듯 침대에서 벗어나 책상까지 뛰었다. 중간에 의자에 부딪혀 넘어질 뻔한 것을 아이가 막아 주었다.

갑자기 왜 그래요? 잠이 덜 깼어요?

젬은 마법등에 불을 켜자마자 금서를 비추었다. 빛바랜 가죽 표지. 제목도, 문양도 닳고 닳아 겉표지만으로는 내용물을 짐작할 수 없는 책이었다.

꿈속 문양이 박혔던 자리에 소금처럼 흰 점 자국 몇 개가 흔적의 전부였다.

내가 본 게 정말일까?

꿈에 나온 책이 정말 금서였을까? 그렇담 낯선 남자는 금서와 계약했던 사람 중 하나일까?

리스페는 그를 가리켜 유리라 했었다. 동명이인이라면 정말 기막힌 우연이었다.

젬이 빠르게 책장을 넘기다 자리에 굳었다. 난생처음 보는 레시피가 눈에 들어왔기 때문이었다.

젬은 그대로 금서를 덮었다가 다시 펼쳤다. 착각이 아니었다. 그대로였다.

무에서 유를 창조하는 약.

뭐, 뭐지? 젬이 당황해 페이지를 앞으로 뒤로 넘기다 아연실색했다. 앞 페이지엔 시간을 되돌리는 약이, 뒷 페이지엔 불로불사약 레시피가 떡하니 나타난 것이었다. 전설로만 내려오는 3대 비약이 나란히 적힌 것이다!

이게 대체 무슨 조화란 말인가! 자리에 석상처럼 굳은 젬이 의아했던지, 아이가 인형을 두고 날아왔다.

젬?

리스페의 목소리가 귓가에 메아리쳤다. 방금 들은 것처럼 생생한 음색이었다. 리스페는 분명 그렇게 말했다.

네 그릇이 거의 완성되었다고…….

*　　*　　*

금서에 나타난 세 가지 레시피를 본 아이는 한동안 아무 말도 하지 못했다. 젬도 마찬가지였다. 꿈인지 생신지 분간이 안 될 정도였다.

푸르스름한 새벽빛이 방을 침범했다. 젬과 아이는 주황색 마법등 아래 앉아 있었다.

둘 사이에 무에서 유를 만들어 내는 약 레시피가 펼쳐져 있었다.

……축하해요.

전혀 축하하는 말투가 아니었다. 젬이 "응?" 하고 고개를 들기도 전, 아이가 바로 말을 이었다.

지금도 갖고 싶어요? 황금알을 낳는 암탉?

젬은 조용히 아이와 마주 보았다. '기억하고 있었구나', '내가 그런 소원을 빌었었지' 하는 생각이 말없이도 그대로 통했다.

황금알을 낳는 암탉이라.

젬은 생각했다. 있으면 좋지. 일 안 하고 평생 놀고먹는 백수 인생, 젬이 꿈꾸던 삶이었다.

그러나 전처럼 간절하냐, 하면 그건 아니었다. 빚도 모두 갚았겠다, 더는 늙은 호색한의 첩으로 들어갈 위험도 없었다.

금서의 계약에 관한 것 기억하고 있죠? 소원을 이루는 대가는 복불

복이에요. 무엇을 앗아 갈지 아무도 몰라요.

마틴은 시간을 다루는 힘을 얻은 대신 강대했던 마력을 모두 잃었다고 했다. 꿈속의 리스페 역시, 유리가 무언갈 잃었다는 뉘앙스를 남겼다.

아이의 눈빛이 심해처럼 어둡고 깊었다. 한 번 발 디디면 벗어날 수 없는 늪처럼 보였다. 젬이 물었다.

"……이대로 약을 만들지 않으면 어떻게 돼?"

무슨 약을 원하든 이 페이지는 사라지지 않겠죠. 벌을 유혹하는 꽃처럼요. 유혹에 넘어가지 않는다면, 금서를 남용하지 않는다면 크게 잃는 것 없이 이대로 살 수 있을 거예요. 지금까지처럼.

아이가 "아마도요" 하고 뒷말을 중얼거렸다. 그게 바로 아이가 원하는 미래였다. 젬은 아이의 말을 꼭꼭 곱씹어 삼켰다.

세 가지 비약 레시피라니. 하나도 아니고 셋이었다. 막연하게 생각했을 뿐, 이렇게 빨리 올 줄 몰랐던 결과였다.

그러나 젬은 이미 자신의 마음을 알았다. 불로불사의 약을 먹은 사람도, 시간을 되돌린 사람도 젬은 이미 알고 있었다.

"……나 실은 꿍쳐 놓은 돈이 좀 있어."

……젬?

"그게 수도에 방 한 칸 얻을 정돈 되거든? 이번 일이 잘되면 본이나 카피레한테 말해서 궁에서 일 좀 달라고 해도 되고…… 궁에서 일하면 연금도 빵빵할 테니까 노후 걱정도 한시름 덜 테고……."

아이 눈썹에 점점 힘이 빠졌다. 젬이 조심스레 금서를 덮었다.

"황금알을 낳는 암탉보다 발모제가 급하다고나 할까. 이 나이에 대머리 되는 건 절대 사양이거든."

후후, 그렇죠. 안 되고 말고요. 젬 뒤통수가 허허벌판이 되면 안 되고 말고요.

"……아이. 설마 방금 그거 농담이라고 한 건 아니겠지? 하나도 안 웃기거든?"

아이가 바보처럼 소리 내어 웃었다.

젬은 방에 모든 불을 켰다.

그리하여 젬과 아이는 방에 딸린 자그마한 간이 실험실에서 새벽 실험을 감행한 것이었다. 오랜만에 도전하는 '젬 특제 발모제'였다.

젬은 본능에 몸을 맡겼다. 머릿속에 있는 레시피는 나침반에 불과했다. 무슨 약을 만들든 끝내주는 녀석이 되리란 자신감이 속에서 용솟음쳤다.

응하든, 응하지 않든 젬은 금서의 인정을 받은 것이었다.

다만 커다란 돌덩이가 젬 가슴에 얹혀 움직이지 않았다. 정신없이 움직이는 와중에도 그 무게가 덜어지지 않았다.

그 돌의 이름은 리스페였다.

꿈에서 들은 목소리가 머릿속을 떠나지 않았다. 내가 바라는 건 닥터 유리가 끝을 맺는 거라고 했던가. 아이에게 전해 달라는 말도 그렇고, 꼭 유언 같은 말투였다.

젬이 심각한 표정으로 비커 눈금을 맞추었다. 아이가 코를 쥐며 죽는소릴 냈다.

환기 좀 합시다, 젬. 여름 군화 발 냄새보다 독하다고요!

젬이 고개를 저었다. 불길한 생각이었다. 그럴 리 없었다. 아무리 그래도 이렇게 허무하게 사라질 리가 없었다.

맹하게 보여도 젬과 카피레를 시모 산맥까지 날려 준 능력자가 아닌가 말이다.

아이 말대로 그의 영혼이 육체와 분리됐다면, 그 영혼이 오늘 꿈을 보여 준 거라면, 아직 그가 이 세상 어딘가 존재하고 있단 뜻이 아니겠는가.

아이가 젬 후드를 쥐고 악을 썼다.

당장 창문 열라고! 이 우주 제일 귀머거리 같으니!

흰 새벽, 정체불명의 악취가 안나 부인 저택을 뒤집었다가 동틀 무렵 사그라졌다.

* * *

발모제는 대성공이었다. 색깔, 점도, 냄새 모두 완벽했다. 5점 만점에 10점을 줘도 모자란 대작이었다.

젬은 거울을 앞에 두고 심호흡했다. 아이가 뒤에서 두 주먹을 불끈 쥐고 파이팅을 외쳤다.

젬이 한 번에 병을 반이나 비웠다. 한약재와 구두약을 섞은 듯

한 꼬릿한 향이 목구멍을 타고 코와 눈까지 올라왔다.

온몸의 구멍이란 구멍에서 발 냄새가 나는 듯했다. 젬은 아랑곳하지 않고 눈을 부릅뜨고 거울을 응시했다.

약 만드는 내내 잔소리하던 아이 역시 눈도 깜박이지 않고 변화를 기다렸다. 젬의 머리카락이 수북해지는 광경을 말이다.

초침이 하염없이 돌아갔다. 아이가 "음……" 하는 소리를 냈다.

즉효성이라고 하지 않았어요?

"내가 이걸 한두 번 만들어 본 게 아닌데! 틀림없는데! 이럴 리 없는데!"

젬이 숨을 참고 변 보듯 온몸에 힘을 주었다. 그렇게 하면 뒤통수 땜빵에 새순이 올라올까 싶었다.

머리카락은커녕 방귀만 뿡뿡 터졌다. 젬은 눈물이 핑 돌았다.

어디서 실수한 걸까. 재료를 빠뜨렸나, 시간 조절을 착각했나. 젬이 벽을 짚고 거울에 이마를 쿵쿵 찧었다.

"젬, 있습니까?"

문고리가 벌컥 열렸다. 이 저택에서 젬 방에 마구잡이로 드나들 이는 한 사람밖에 없었다. 본이었다.

"젬? 이마가 빨간데, 열이라도 있습니까?"

"아, 아뇨. 잠깐 숨 참기 놀이 좀 해 봤어요."

젬이 재빨리 후드를 뒤집어썼다. 본이 고개를 갸웃하다가 아이를 보곤 헤벌쭉 웃었다. 보아하니 또 뇌물을 들고 온 모양이었다.

아니나 다를까, 본의 바지 주머니에서 자그마한 무지개 막대 사탕이 나타났다. 아이가 인형을 차 버리고 막대 사탕에 붙었다.

그 모습을 본 본의 표정이 갓 태어난 고양이 보듯 녹아내렸다.

"아침 일찍부터 뚝딱뚝딱 요란하다더니. 킁킁, 뭘 만든 겁니까?"

"카피레가 그래요?"

"한숨도 못 잤답니다. 뭐, 꼭 그것 때문만은 아닐 테지만요."

본은 애써 웃음을 참는 표정이었다. 젬이 입술을 내밀며 "그럼 직접 말하든가요" 하자 볼을 부풀리고 웃음 참는 소리를 냈다.

"그러게나 말입니다."

그 웃음이 심히 의미심장했다. 젬은 이해할 수 없었다. 설마 어제 '석양의 나체 사건'을 마음에 두고 있는 걸까?

카피레의 나체는 이미 몇 번이고 본 터였다. 실험실에서도, 시모 산맥에서도 그랬다. 대부분 카피레나 젬의 정신이 혼미할 때 일어난 일이긴 했지만…….

이제 와서 내외하는 것도 아니고 새삼스럽기만 했다.

아이 앞에서 재롱떨던 본이 몸을 일으켰다.

"후후, 잠깐 저러다 말 테니 신경 끄십쇼. 그나저나 뭘 만든 겁니까? 피로회복약?"

"재료랑 시간만 버렸어요. 실패작이에요."

젬이 거울을 보며 후드 아래 앞머리를 다듬었다. 본이 "젬이 말입니까? 별일도 다 있군요" 하며 유리병에 반쯤 담긴 짙은 밤색 약물을 보았다.

막대 사탕에 달라붙었던 아이가 "어어?" 하는 소리를 냈다. 젬이 뒤돌았을 때, 본은 약을 마시다 말고 입맛을 쩝쩝 다시고 있었다.

"이거 평소와 맛이 조금 다른데요?"

젬이 후드를 두 손으로 꼭 쥔 채 외쳤다.

"아니 그걸 왜 먹어요!"

"예? 피로회복약아닙니까? 젬이 만든 건데 실패작이라고 해봤자……."

"진짜 실패작이란 말예요!"

젬 목소리가 어찌나 컸던지, 본이 멋쩍게 "미안합니다" 하며 병을 내려놓았다. 걸쭉한 밤색 액체가 병 바닥에 고였다.

시무룩한 기색에 젬이 찔끔해 아무 말이나 덧붙였다.

"뭐, 뭐어. 먹어서 큰일 날 일이야 없겠지만……."

내가 먹을 때도 아무 일도 없었고…….

젬이 병뚜껑을 봉해 냉큼 가방에 숨겼다. 바로 곁에서 툭, 하는 소리가 들렸다. 아이가 막대 사탕을 바닥에 떨어트린 것이었다.

"아이고, 아이" 하며 젬이 사탕을 주웠다. 아이는 사탕이고 뭐고 안중에 없는 듯 "젬, 뒤, 뒤뒤뒤뒤 좀 봐요!" 하며 손가락질했다. 그와 동시에 뒤에서 파르르 떨리는 목소리가 들렸다.

“제, 젬. 혹시 이거 간지럼 태우는 약이라도 됩니까? 아니면 무슨 변신약? 왜 이리 온몸이 근지럽……?”

말이 더 이어지기 전, 본의 머리카락이 국숫가락 뽑히듯 길게 늘어졌다.

그것은 꼭 불꽃놀이 같기도, 용암 터지는 화산 같기도 했다. 갈색 머리카락이 뭉텅이로 바닥에 툭 떨어졌다.

본이 온몸을 긁으며 몸부림쳤다. 으아아아, 하는 신음이 어찌나 괴롭게 들리는지 말도 못했다.

신이시여…….

아이의 중얼거림이 멀게만 들렸다.

폭발하던 국숫발이 겨우 사그라졌다. 가까스로 정신을 차린 본이 옷자락을 들춰 보더니 “으악! 다리털 좀 봐! 헉, 손가락 털까지!” 하고 경악했다.

약이 너무도 강력한 나머지 온몸의 털이 폭발하듯 자라나 버린 것이었다. 딱 봐도 사태가 보통 심각한 게 아니었다.

바지 속이며 겨드랑이까지 확인한 본이 제 가슴께에서 흔들리는 무엇을 보고 흠칫 굳었다. 그가 “서, 설마!” 하며 얼굴을 더듬었다.

젬은 눈을 질끈 감았다.

“으아아악!”

우렁찬 비명이 방을 쩌렁쩌렁 울렸다. 그에 맞춰 본의 전신에서 다시금 털이 터져 나왔다. 그야말로 우주 대폭발이었다.

우당탕탕 하는 소리가 벽을 때리더니 문이 벌컥 열렸다.

"무슨 일이야?!"

카피레가 문고리를 쥔 채 눈을 크게 떴다. 본과 젬이 동시에 그를 보았다. 카피레가 삽시간에 얼굴을 사납게 굳혔다.

카피레가 "꼼짝 마!" 하며 젬을 등으로 가렸다. 젬이 당황해 카피레를 부르려 했다. 그보다 카피레가 먼저였다.

"누구냐! 이 괴물!"

본이 흐어어어어, 하는 소릴 내며 바닥에 무릎을 꿇었다. 지금 이 순간도 온몸의 털이 쑥쑥 자라고 있었다. 이미 본래 형체를 찾을 수 없을 정도였다. 머리카락이 덩굴처럼 자라 바닥을 덮었다.

"무슨 소란이야?", "침입자야?", "괴물?" 하는 웅성임이 뒤에 깔렸다. 큰 소리에 놀랐는지 저택 사람들이 문밖을 기웃거렸다.

젬이 튕기듯 달려가 문부터 닫았다. "도와드릴까요, 미스?", "경비대를 부를까요?" 하는 소리에 젬은 눈물을 머금고 "아무 일도 아닙니다! 돌아가세요!" 하고 소리쳤다.

카피레가 문까지 따라와선 젬을 등으로 가렸다. 그가 "걱정하지 마. 곧 본이 올 거야" 하고 젬에게 속삭였다.

젬이 기가 막혀 카피레 등을 밀었다.

"비켜요! 본이 울잖아요!"

"무슨 소리야? 저놈은 대체 어떻게 여기까지 들어온 거고! 유리가 만든 신종 키메란가?"

젬이 속 터져 죽겠단 얼굴로 카피레 입술을 찰싹찰싹 쳤다. 카피레가 억울한 낯으로 "읍! 읍!" 하며 몸을 피했다. 젬이 소리 낮춰 속삭였다.

"본이 다 듣잖아요! 말조심하지 못해요!"

"뭐?"

경악에 빠진 카피레를 뒤로 하고, 젬이 날 듯이 본에게 달려갔다. 본 주위를 날던 아이가 젬을 보고 입을 뻐금거렸다. 젬은 본에게 정신이 팔려 아무것도 알아차리지 못했다.

젬이 커다란 털 뭉치가 된 본 옆에 앉았다. 머리털이 하도 수북해 아무리 헤쳐도 얼굴이 보이질 않았다.

"그, 그건 수염입니다. 젬."

"미안해요!"

젬이 놀라서 손을 뗐다. 본이 코를 훌쩍이며 상체를 세웠다. 그새 털이 더 자란 탓에 눈가를 제외한 피부를 찾아볼 수가 없었다. 수염도 머리카락도 바닥까지 늘어졌다.

생머리도 아닌 반 곱슬머리라 몸집이 더 커다래 보였다. 덩치가 세 배는 되어 보이는 것이, 전설에 나오는 설인과 다름없었다.

본은 어떻게 든 머리를 넘겨 보려 했으나 소용없었다. 숱이 너무 많아 귀에 걸리질 않았다. 설상가상 손가락 끝까지 털이 수북해 감각이 둔했다.

말을 잃은 본을 젬이 위로하려 했다.

"괘, 괜찮아요. 내가 고쳐 줄게요."

"대체 이게 무슨 약이란 말입니까……."

"그, 그러게 실패작이라고 했잖아요……."

젬은 본의 어깨를 두드렸다. 다정한 손놀림과 달리 머릿속엔 물음표가 가득 찼다. 내가 먹었을 땐 분명 아무 변화도 없었건만. 어째서?

"젬. 거긴 어깨가 아니라 가슴입니다."

"미, 미안해요! 잘 안 보여서요."

"젬, 잠시만."

잔뜩 굳은 목소리가 젬을 불렀다. 아직도 긴가민가한지 카피레가 심각한 얼굴로 뒤에 서 있었다. 젬이 한숨 쉬었다.

"본이 약을 잘못 먹어서 그래요. 내가 고칠 수 있어요."

"그게 아니라 너, 머리에 뭘 붙이고 다니는 거야?"

카피레는 검지를 들어 젬의 뒤통수를 콕 눌렀다. 젬은 순간 전신에 피가 발로 빠져나가듯 머릿속이 하얘졌다.

카피레도 놀란 듯 그 자세로 멈췄다. 주변을 우왕좌왕 날던 아이가 "후드요! 후드!" 하고 머리에 모자 쓰는 시늉을 했다.

젬이 뒤늦게 후드를 뒤집어쓰려 했으나 이미 볼 거 다 보인 뒤였다.

"뭐, 뭐 붙은 게 아니었어……?"

젬는 침묵을 지켰다. 속에서 피눈물이 흘렀다. 차라리 알궁둥이 노출이 낫지, 원형 탈모를 들키다니! 머리털 숭숭 빠진 뒤통수를 고대로 보이다니!

수북이 자란 눈썹으로 앞도 잘 안 보이는 본이 "예? 무슨 일 났습니까?" 하며 두리번거렸다. 젬이 흘깃 뒤를 보았다.

"……손 치워요."

"으, 응."

젬의 사나운 음색에 카피레가 엉거주춤 손을 내렸다. 젬이 천천히 뒤돌았다.

"……방금 아무것도 못 본 거예요. 알았죠?"

카피레가 "으응" 하며 손가락을 숨겼다. 어색한 공기 중에 누구 것인지 모를 훌쩍임이 들렸다.

* * *

본은 저녁때가 다 되어서야 본래 모습을 찾을 수 있었다. 그날 처리한 털만 해도 두꺼운 이불을 만들 수 있을 정도였는데, 본은 가차 없이 몽땅 태워 버리라 주문했다.

아예 다 삭발하고 싶어 하는 걸 말리느라 젬만 죽어났다. 전보다 살짝 길게 자른 숏컷이 꽤 귀여워서, 젬은 그것으로 만족했다.

비록 젬의 땜빵엔 새싹 하나 돋지 않았다 하더라도.

본은 그대로 침대에 직행했다. 카피레는 젬의 땜방을 입에 담진 않았으나 힐끔힐끔 젬의 뒤통수를 훔쳐보곤 했다. 지금도 그랬다.

가장 보이고 싶지 않은 인물에게 들키다니. 누구를 탓할 수도 없어 속만 부글부글 끓었다. 젬은 카피레의 탐스러운 머릿결을 째려보며 성을 죽이려 노력했다.

한바탕 소란이 지나간 젬의 방이었다. 마주 앉은 카피레가 큼, 큼하고 헛기침했다.

"이거 읽어 봤는데 말이야."

카피레가 책을 테이블에 내려놓았다. 지난번 빌려 갔던 '잡히지 않는 신'이었다. 젬의 눈초리가 반사적으로 내려갔다.

"벌써 다 읽으셨어요?"

"대충. 코다가 했던 말이 생각나더군. 유리가 그랬다지, 그간의 연구가 헛되지 않았다고."

젬이 기억을 더듬는 사이, 카피레가 표지를 손끝으로 두드렸다.

"유리 놈에게 인간 몸뚱이를 만드는 건 더 이상 일도 아닐 거야. 코다의 증언도 있었잖아. 또 실험관에 괴상한 걸 만들고 있다는."

젬도 기억하고 있었다. 모지리가, 카피레가 갇혔던 실험관에 새 육체가 들어 있더란 이야기를.

왕비, 리스페, 그리고 카피레. 인정하고 싶지 않지만, 모두 닥터 유리가 매진한 연구의 결과물이었다.

"영혼이 어디서 와서 어디로 가는지 따위 내 알 바 아니지만, 놈이 또 수상한 짓을 꾸미고 있다면 얘기가 달라지지. 우린 아직 모지리 행방도 모르잖아."

젬이 뜨끔해 어깨를 떨었다. 다행히 카피레는 눈치채지 못했다.

"생각해 둔 거라도 있으세요?"

"……코다가 말한 실험관. 유리의 지하 실험실에 있다는 그것 말인데……."

카피레가 문 쪽을 힐끔 보고선 목소리를 낮추었다.

"역시 모지리 놈과 관련 있는 게 아닐까?"

"예?"

"유리 놈은 죽어 가는 태아의 몸속에 모지리의 영혼을 넣었다고 했었어."

카피레가 무의식중에 얼굴을 찡그렸다. 떠올리기 싫은 기억이었다.

"또 비슷한 일을 하지 못하리란 법은 없지."

"하지만, 굳이 왜……?"

"미친놈이 뭘 생각하는지 범인이 어찌 알겠어?"

카피레가 피식 바람 빠지는 소리를 냈다. 그는 테이블에 놓였던 책을 펼쳤다. 카피레가 마과부 연구실에서 가져온 노트에 꼬리를 문 뱀 그림이 선명했다.

"놈의 연구 자료는 거진 그 빌어먹을 실험실에 쌓여 있어. 마과부를 본 뒤에 확신이 굳어졌지. 그쪽은 대외용이야. 놈이 뭔가를 숨겼다면 지하 실험실밖에 없어."

"설마 카피레……?"

'모지리의 몸과 영혼이 분리되었을지도 모른다'는 말을 듣자마자 카피레가 의심한 것은 닥터 유리였다.

복제 실험, 인체 실험도 모자라 혼까지 재료로 사용할 심산이 틀림없다고, 질리지도 않고 모지리의 단물을 쪽쪽 빨아먹을 속셈인 게 틀림없다고, 그는 확신했다.

아이가 팔걸이에 사탕을 안은 채 눈만 데굴데굴 굴렸다. 오독오독 사탕 씹던 소리가 어느 순간 멈췄다.

"……그 지하 실험실에, 다시 한 번 가자는 말예요?"

"그래. 더 늦기 전에."

젬이 천장을 보고 한숨 쉬었다. 검은 지하 실험실 풍경이 저절로 떠올랐다.

"……닥터 유리, 요즘 거기서 아주 산다고 하지 않았어요?"

"들기론 어제도 그곳에서 한 발자국도 안 나왔다나 봐. 며칠 전 비상식량만 한 상자 안고 들어가선 여태 감감무소식이라더군."

"그럼……."

주인 있는 집을 대놓고 뒤질 순 없지 않으냐. 젬의 생각을 읽었는지 카피레가 고개를 저었다.

"아냐. 며칠 뒤 놈은 반드시 실험실을 비우게 되어 있어."

"어떻게요?"

"이거 왜 이래, 젬. 네가 얻어 낸 정보잖아."

카피레가 집게손가락으로 하드커버를 톡톡 두드렸다. 젬이 아, 하고 책을 집어 들었다. 젬이 분명 그렇게 전했더랬다.

닥터 유리가 빌리려던 '잡히지 않는 신'을 일주일 뒤 반납하겠다고.

젬이 탁 소리 나게 책을 내려놓았다. 아이가 남은 사탕을 전투적으로 씹어 삼키곤 "그럼 언제죠?" 했다. 젬이 반사적으로 대답했다.

"나흘 뒤."

"곧 사흘 뒤지."

카피레가 어두운 창밖을 힐끔 보았다. 희미한 조명에 잘 정돈된 정원이 비추었다. 카피레가 조용히 숨을 삼켰다.

공기가 먼지 먹은 듯 어두웠다. 카피레가 "젬" 하고 입을 떼려던 찰나였다.

정중한 노크 소리가 문을 두드렸다. 카피레가 앞머리를 쓸었다.

"들어와."

흰머리를 말끔하게 빗어 넘긴 집사가 허리 굽혀 인사했다.

안나 부인을 가장 가까이서 모시는 인물로, 저택에 머물면서 모를 수 없는 인물이었다. 무슨 일이 있어도 얼굴 주름 하나 허투루 움직이지 않는 사람이었는데, 오늘따라 유난히 안색이 시꺼멨다.

"급한 일입니까?"

카피레가 묻자 집사가 고개를 숙였다. 그가 떨리는 목소리로 서두를 꺼냈다. 안 좋은 소식이었다.

더 나아지지도, 나빠지지도 않던 리스페의 몸 상태가 오늘 아침부터 서서히 내리막길을 걷기 시작했단 얘기였다.

저택 주치의가 내내 달라붙어 있다가 방금 '늦든 빠르든 예정된 일이었다, 마음의 준비를 해라'라는 말을 전했다고 했다.

젬은 어안이 벙벙해 집사 얼굴만 쳐다보았다. 카피레가 팔걸이를 힘주어 쥐었다.

"왜 진작 알리지 않았지?"

"송구합니다. 금방 평소처럼 돌아오실 줄 알았습니다. 아침 일찍부터 본 경 일로 온 저택이 난리기도 했고……."

집사가 말하다 말고 "……변명입니다. 소홀했습니다" 했다. 젬이 자리에서 일어나 아이부터 품에 숨겼다. 그리고 카피레에게 손을 내밀었다.

카피레가 앉은 채 젬을 올려다보았다. 눈부신 것을 보듯 눈을 가늘게 뜬 표정이었다.

"일어나요, 빨리."

카피레가 손을 잡았다.

30.
진실 게임

모지리는 병원에서 본 모습과 크게 다르지 않았다. 여전히 잠자는 숲 속의 공주 뺨치게 아름다웠고, 정신을 못 차렸다.

속이 빈 인형 같아 보이기도 했다. 마치 잘 만든 박제처럼.

잠시 리스페를 노려보던 카피레가 헛구역질하며 문을 박차고 나가 버렸다. 거동 못 하는 환자 특유의 체취가 있긴 했으나 토할 정돈 아니건만.

줄줄이 설명하던 주치의가 난감한 얼굴로 말을 어물거렸다. 백발 성성한 노인 얼굴에 시름이 깊었다.

요인즉슨 자신이 할 수 있는 최선을 다하고 있으나, 이 상태론 유라레 최고 명의 닥터 유리가 와도 못 살릴 거란 얘기였다.

젬은 고개만 꾸벅 숙였다. 의사와 집사가 나란히 나갔다. 방에 어두운 정적이 내렸다. 아이는 껍데기는 껍데기라고 중얼거렸다.

이럴 거 예상하지 못한 것도 아니잖아요.

"……."

……젬, 안 나가요?

리스페의 푹 꺼진 낯을 보던 젬이 충동적으로 물었다.

"아이. 뭐 느껴지는 거 없어? 아, 어딘가 내 반쪽이 있는 것 같다, 뭐 이런 거?"

……솔직히 말할까요? 없어요. 그 빌어먹을 못생긴 인형 외에 그런 기색이라곤 코빼기도 못 봤어요.

아이가 머리카락을 벅벅 긁었다. 핑크빛 투명 날개에서 빛 가루가 우수수 떨어졌다.

젬의 못생긴 인형에 서려 있던 리스페의 기운을 떠올렸다. 그마저도 첫날을 끝으로 사라져 버린 기운이었다. 수상한 꿈을 마지막으로, 모지리의 기운은 자취를 감췄다.

기이할 정도로 뚝 끊겼단 말예요. 시모 산맥에 떨어졌을 때부터 그랬어요. 꼭 실이 끊어진 것처럼 깨끗하게 말예요. 그때야 뭐, 멀리 떨어져 버렸으니까 그럴 수도 있지, 그랬죠. 지금까지 요 모양 요 꼴일 줄 누가 알았겠어요. 기껏 지 찾으러 유라레까지 왔건만 웬걸. 뭐가 느껴지긴커녕 이건 그냥…….

아이가 리스페 이마에 서서 있는 힘껏 날개를 털었다. 요정 가루가 눈, 코, 입에 함박눈처럼 뿌려졌다.

평범한 인간이라면 한 달 치 눈물, 콧물, 침을 뚝뚝 흘려야 할 양이건만, 리스페는 고요하기만 했다.

아이가 괜히 바닥을 발로 찼다. 리스페 이마에 작고 빨간 발도장이 찍혔다.

……괜히 왔는지도 몰라요. 젬도 카피레도 그냥 거기 박혀서 조용히 살 수도 있었는데.

"어허. 아이, 그게 무슨 소리야?"

놈 찾으려다가 또 큰일 나면 어쩌냐고요, 응? 지금까지 찾은 흔적이라곤 우주 제일 못생긴 인형뿐인데 여기서 뭘 어쩌냐고!

제 성을 못 이겨 리스페 이마를 쾅쾅 밟고 난리가 난 아이를 젬이 조심스럽게 들어 올렸다. 안 그래도 약해진 리스페의 몸뚱이가 요정 킥에 박살이 날까 두려웠다.

아이, 하고 부르자 아이가 입술을 꾹 물었다. 커다란 눈망울에 서러움이 그렁그렁 맺혔다.

……젬이 잘못될 바에야 이대로 사는 게 나을지도 몰라요.

"아이쿠, 고마워라."

지금 내 말이 장난으로 들려요?

"으악! 폭력 요정이 사람 죽인다!"

젬이 후드를 꾹 뒤집어쓰고 호들갑을 떨었다. 아이는 젬 머리에 요정 킥을 날리려 했으나, 가련한 땜방 자국을 떠올리곤 직전에 멈춰 주었다.

젬이 씩씩대는 아이를 후드 안쪽에 넣었다.

"카피레 말대로 다른 단서를 찾을 수 있을지도 모르잖아."

아까 내가 한 얘긴 다 귓등으로 들었어요?

"그게 아냐, 아이. 리스페는……."

젬은 꿈속에 메아리치던 리스페의 음성을 떠올렸다. 작고 희미한 빛 먼지도. 젬은 입을 어물거리다 닫아 버렸다. 가슴이 답답했다.

* * *

젬이 잠든 리스페의 몸뚱이를 이불로 꼼꼼히 덮어 주고 문을 나섰다. 문 바로 옆, 카피레가 벽에 기대어 있었다.

"괜찮아요?"

"내가 괜찮지 않을 게 뭐 있어?"

카피레가 코웃음을 날렸다. 젬이 문을 닫고 카피레 옆에 섰다.

"……본이라도 깨울까요?"

"개를 지금 왜 깨워."

젬이 입술을 오물거리다 툭 뱉었다.

"직접 갈 거예요?"

"어디."

"알면서 물어요? 지하 실험실 말예요."

젬이 눈을 흘겼다. 늦은 시간, 복도엔 아무도 없었다. 무서우리만치 높게 뻗은 유리창 너머로 짙은 밤하늘이 그림처럼 비추었다.

이따금 창이 바람에 흔들려 덜컹거리는 소리가 났다.

"……만약 아무것도 찾지 못하면 어떡하지? 만약 찾는다 해도 그 뒤는 어쩌지? 그런 생각이 자꾸 들어."

"카피레……."

"실은 빌어먹게 화가 나. 그 지랄 같은 실험실에 발 디디고 싶은 생각은 눈곱만큼도 없었거든. 트리비아를 떠나기 전까지만 해도 말이야."

카피레가 팔짱 낀 손에 힘을 풀었다. 젬이 코트 주머니에 손을 푹 찌르곤 카피레 옆에 등을 기댔다.

"누가 가고 싶어 하겠어요, 그런 장소."

"내 말이. 근데, 아오."

카피레가 머리를 벅벅 긁었다. 창백한 조명에 아름다운 금발이 찰랑거렸다. 때마침 불어온 바람 소리를 무거운 한숨이 덮었다.

카피레는 모지리를 그냥 둘 수 없었다. 자신의 또 다른 부분이 유리에게 농락당하는 것 같아 참을 수 없었다.

보르누 형님과 젬, 본을 지키기 위해서도 유리를 그냥 못 본 체할 수 없었다. 이미 결론은 나와 있었다.

"……이렇든 저렇든, 3일 뒤 난 놈의 실험실 안에 있겠지."

카피레가 젬 이마에 이마를 콩 박았다. 깨끗한 비누 냄새가 젬의 코에 확 끼쳤다. 젬 표정이 우울했다. 주변에 드리운 솜사탕 구름도 잿빛으로 물들어 있었다.

카피레가 혼잣말처럼 중얼거렸다.

"걱정 마. 웬만한 정보부 엘리트 뺨치는 인재랑 같이 갈 테니까."

"본 경 하나로도 천군만마죠. 알아요" 하며 젬이 한숨을 쉬었다. 맞붙은 이마가 뜨겁고 간지러웠다.

카피레가 젬의 입술에 시선을 못 박았다. 은은하게 타오르는 장작불처럼 눈빛이 지긋했다.

언제 떨어지나, 하고 기다리던 젬이 그와 눈을 마주치곤 움찔 떨었다.

"왜, 왜요?"

"……예뻐서."

카피레가 젬의 눈가에 쪽, 하고 입 맞췄다. 젬이 화들짝 놀라 입을 쩍 벌렸다. 서서히 번지는 열기에 얼굴이 사과처럼 빨개졌다. 잠깐 정적이 흘렀다.

후드 안쪽에서 킥 날릴 타이밍을 재고 있던 아이가 깜짝 놀랐다. 젬이 두 손을 번쩍 들어 카피레의 목을 감싼 것이었다.

카피레가 놀라 뒷걸음질 치려다 벽에 뒤통수를 박았다. 카피레 뺨에 착지하려던 입술이, 그 바람에 앉을 곳을 놓쳐 버렸다.

"딱!" 하는 소리와 함께 입술에 격통이 달렸다. 이가 제대로 부딪치며 골까지 울렸다. 젬은 그대로 카피레 가슴팍에 미끄러졌다.

잠시 머리가 띵했다. 서서히 제정신이 돌아왔다.

젬은 부끄러워 고개를 들 수가 없었다. 이게 무슨 망신이냐! 접싯물에 코 박고 콱 죽어 버리고 싶은 심정이었다.

목까지 열이 올라 온몸이 뜨끈뜨끈했다. 입술은 말할 것도 없었다. 카피레가 끙끙 신음하며 중얼거렸다.

"뭐, 뭐하려던 거야? 설마 방금 그거……?"

"미, 미안해요!"

젬이 고개를 번쩍 들었다가 눈을 부릅떴다. 카피레의 꽃잎 같은 입술이 처참하게 찢어져 있었다.

어떻게 부딪쳤는지 아랫입술이 퉁퉁 붓고 새빨간 피가 비쳤다. 카피레 눈에 억울한 눈물이 고일락 말락 했다. 신이시여…….

"미, 미안해요, 카피레! 난 그냥 뽀뽀나 해 볼까 하고……."

"뽀, 뽀뽀……!"

카피레가 단어를 음미하듯 따라 말하곤 볼을 확 붉혔다. 통증도 잊은 듯 분위기가 삽시간에 핑크빛으로 돌변했다.

그가 "나, 내 첫 키스……" 하고 혼잣말했다. 젬은 정신이 아득해졌다.

"저, 저저저전 이만 가 볼게요! 할 일이 있어서요! 아듀!"

젬은 카피레를 더 보지 못하고 뒤돌아 복도를 뛰었다. 사람 없는 밤중이라 천만다행이었다. 검은 코트 하나가 유령처럼 대저택 복도를 질주했다.

아이가 멀미를 호소하기 직전, 달밤의 달리기가 극적으로 멈추었다. 1층으로 내려가는 중앙 계단, 대형 유리 벽 아래, 젬이 난간을 잡고 헐떡였다.

저질 체력이 동난 탓이었다. 심장이 너무 빠르게 뛰어 호흡까지 어려웠다. 젬이 두 손으로 입을 가렸다.

소리 없는 비명이 온몸으로 터졌다.

밖으로 샌 소리는 "으으으!" 정도였으나, "첫 키스래! 나 카피레랑 뽀뽀했다! 끼얏호!" 하는 마음의 소리가 사방에 쩌렁쩌렁 울리는 듯했다.

젬은 흥분으로 손까지 벌벌 떨었다. 따지고 보면 동굴에서 입으로 약을 먹인 적이 있긴 했으나 어디까지나 치료 목적에 가까운 행위였다.

그때도 오늘도 예상 못 한 것은 카피레가 지금껏 키스도 안 해 봤단 사실이었다.

저 얼굴로 첫 키스도 아직이었다니 의외긴 하네요. 근데 이거 첫 키스 아니지 않아요? 그냥 뽀뽀잖아? 뽀뽀도 아니라 사고 아닌가?

아이의 중얼거림에도 아랑곳없이 젬의 머릿속에 꽃밭이 펼쳐졌다.

"……달력에 적어 놔야지."

젬이 멍하니 혼잣말했다. 아이가 어이가 없어 아무 말도 안 나왔다. 젬이 후들거리는 다리를 간신히 움직여 계단을 도로 올랐다.

거대한 전면 유리창으로 달빛이 내려 젬의 그림자를 길게 비추었다. 귀퉁이가 살짝 찌그러진 둥근 달이 그렇게 예쁠 수가 없었다.

젬은 그날 밤, 악몽을 꾸지 않았다.

* * *

하늘이 몹시도 푸르렀다. 솜사탕처럼 옅은 구름이 하늘에 콕콕 박혔고, 바람엔 시원한 낙엽 냄새가 섞였다.

젬은 조심스레 손끝으로 가발을 더듬어 보았다. 땜방이 가려지는 건 좋으나 벗을 때 또 얼마나 많은 머리카락을 잃게 될지 겁부터 났다.

카피레는 젬에게 신신당부했다. 책만 얼른 반납하고 귀환하란 얘기였다. 재수 없게 오가다 유리와 또 마주치면 안 된다고 몇 번이고 강조했다.

젬도 심장 떨어지는 경험을 두 번이나 하고 싶진 않았다.

본은 갖은 무기를 온몸에 장착하고는 콧김을 뿜었다. 혼자서 기사 백 명도 상대할 듯한 패기가 보였다.

그는 밥 먹다 말고 불시에 나이프를 들고 묘기까지 선보였는데, 밥이 목으로 넘어가는지 코로 넘어가는지 분간 안 갈 만치 장관이었다. 쉭쉭 거리는 소리가 아직까지 귓가에 잔상처럼 남았다.

젬이 고개를 털어 잡념을 지워 버렸다. 바로 다음 정거장에서 내려야 했다. 왕실 통근 버스에는 사람이 몇 없었다. 해가 높이 뜰 시간이 가까워서 더 그랬다.

젬은 익숙지 않은 베이지색 천 자락을 쥐었다 폈다 했다. 언젠가 카피레가 선물한 바로 그 옷이었다.

박쥐 코트만큼 품이 넉넉지 않아 숨길 수 있는 약에 한계가 있었지만, 그것만 제외하면 썩 마음에 들었다. 색도 곱고, 부드럽고……. 젬이 주름진 천 자락을 손으로 눌러 폈다.

시녀복과 네임 카드까지 한 번 더 확인했다. 젬이 손에 든 종이봉투를 꼭 쥐었다. 그 안에는 이번 작전의 미끼가 될 '잡히지 않는 신'과, 푸파와 약속한 사진이 들어 있었다.

* * *

본은 자신은 찍기 전문이지 이런 덴 소질이 없다며 내내 변명했다. 해부학용 관절 인형보다 뻣뻣한 포즈를 보고 있자니 그럴만도 했다.

목을 살짝 덮는 머리 스타일과 허리가 강조된 정장이 몹시도 잘 어울린 게 그나마 다행이었다. 숨만 쉬어도 그림이 됐다.

사진에 영 소질 없는 젬이 찍어도 그럭저럭 봐줄 만한 결과물이 나올 정도였으니 말 다했다.

사진을 찍던 중, 본은 젬에게 말했다. 비록 자신이 털북숭이가 됐다가 겨우 인간 모습을 찾고, 졸지에 지금은 아마추어 모델 행세를 하고 있긴 하지만, 자신은 젬을 좋은 친구로 생각한단 거였다.

새삼스러운 얘기였다. 젬은 괜히 쑥스러워 "그런데요?" 하고 물었다. 본이 진지한 목소리로 뒤이었다.

"그런 의미에서 꼭 묻고 싶은 게 있습니다."

"뭔데요?"

"머리. 왜 그런 겁니까?"

젬이 자리에서 뻣뻣이 굳었다. 저도 모르게 뒤통수를 가린 젬을, 본이 몸을 돌려 마주 보았다. 본의 짙은 색 눈동자에 따뜻한 색감의 마법등이 비추었다.

그가 속삭이듯 읊조렸다.

"발모제, 그것도 본래 젬이 먹으려고 만든 거지요? 잘못 만든 줄 알았단 말도 거짓이 아니었겠죠. 그런데 왜……."

"어, 어떻게……."

"……혹시 그 수상한 책 때문 아닙니까?"

젬이 멍하니 "예?" 하고 되물었다. 본의 시선은 어느새 젬 품속에서 빼꼼 고개 내민 아이에게 꽂혀 있었다.

"항상 이상하다고 생각했어요. 젬이 금서를 만질 때면, 아이는 불안한 표정을 짓더군요. 카피레가 약을 주문할 때마다 머리통을 차고 싶어 어쩔 줄 모르는 티를 냈어요."

그, 그랬던가. 젬이 시선을 내려 아이의 금색 정수리를 보았다. 자그마한 요정 손가락이 젬의 코트 자락을 세게 쥐었다.

"혹시 뭐가 잘못된 겁니까? 젬이 만든 마법약이 몸에 안 든다니, 말도 안 돼요. 저는 완전 털북숭이가 됐다고요. 솔직해 말해 봐요. 그 책에, 마법약에 제가 모르는 뭔가가 있는 겁니까?"

"……."

"젬."

젬이 바닥을 본 채 주먹을 꼭 쥐었다. 본이 무릎을 짚고 상체를 숙여 젬과 눈을 마주쳤다. 빠진 살이 아직 안 돌아온 탓에, 본은 조금 날카로워 보이는 인상이었으나, 두 눈엔 걱정이 그득했다.

따뜻하고 포근한 감정이 젬의 몸을 감싸는 듯했다. 젬은 저도 모르게 눈물이 핑 돌았다. 본이 당황해 두 손을 허공에 휘저었다.

"울면 안 됩니다, 젬! 카피레가 보면 큰일난다고요!"

"본……."

젬이 아이를 감쌌다. 아이가 손바닥에 남은 손톱자국을 쓸어 주었다. 따뜻한 온기가 손을 덥혔다.

젬이 아무 일도 없었다는 듯 눈물을 꾹 삼켜 바람에 날렸다.

"걱정해 줘서 고마워요, 본. 하지만 괜찮아요."

"젬, 내가 도울 일이 있다면……."

아이가 포르르 날아올라 본 주위를 비행했다. 젬이 소매로 얼굴을 벅벅 닦고는 씩 웃었다.

"……그럼 부탁할 게 있어요."

그렇게 찍어 낸 치명적 섹시 포즈 사진이었다.

* * *

아니나 다를까. 푸파는 제자리에서 발을 구르고 어깨를 떨며 온몸으로 기쁨을 표현했다. 젬은 흐뭇한 미소로 푸파를 지켜보았다.

젬은 본이 안부 묻더란 말도 함께 전해 주었다. 카피레 피습 사건 이후, 일체 연락을 끊어 버린 터라 생각지도 못했단 말도 덧붙였다.

푸파가 장갑 낀 손으로 사진을 고이 봉투에 집어넣었다. 입이 귀밑까지 찢어졌다.

"전에 언니가 말했던 거 말예요."

젬이 "응?" 하고 푸파를 보았다. 나무 그림자 사이로 햇빛이 들어와 푸파 얼굴이 반짝반짝했다.

"아이참, 언니가 닥터 유리나 카피레 왕자님에 대한 소문이 있으면 알려 달랬잖아요."

"혹시 뭐 있었어?"

"이게 연관이 있는 건지 아닌 건지 아리송한데…… 일단 마과부 일이니까요."

푸파가 목소리를 낮추었다. 사람 소리보다 바람과 새 소리가 선명한 공간이었다. 새 몇 마리가 날아올라 나뭇가지를 흔들었다.

도서관 뒤편에 있는 작은 후원이었다. 키 큰 나무가 우거져 바람이 시원했고, 구석에 딱 둘 놓인 벤치에 마른 잎이 하나둘 떨어졌다.

바닥을 스치는 바람에 낙엽이 서로 부대끼는 소리를 냈다. 도서관 뒷길과 이어진 곳이라 왕래하는 사람이 많지 않았다. 말 그대로 숨은 쉼터였다.

도착하자마자 책부터 반납한 젬을 이곳까지 끌고 온 게 푸파였다. 푸파가 주변을 곁눈질하곤 젬 가까이 몸을 붙였다.

"마과부에 웬 광인이 숨어 산다는 소문인데……."

"과, 광인?"

푸파가 한껏 진지한 표정으로 고개를 끄덕였다.

"본래 마과부에 소문이 많이 돌긴 하거든요. 원체 실험이다 뭐다 말 많은 곳이니까."

자기가 들은 것만 해도 키메라 괴수에, 개구리 인간에, 사람 먹는 상자니, 정체불명의 악취니 끝도 없다며 푸파가 몸서리를 쳤다. 젬은 잊고 싶은 개구리 과거가 떠올라 표정 관리에 한껏 힘써야 했다.

"얘기인즉슨 마과부에 숨어 사는 미치광이가 있단 거예요. 말도 어눌하고 어딘가 모자라 보이는 남자라고요. 마과부 가운을 훔쳐 입은 채 야밤에 건물 곳곳을 배회한다나요."

"설마. 카드 없으면 오가지도 못하는 곳인데?"

"뭐, 소문은 소문일 뿐이니까요. 카피레 왕자님 습격 사건이 있고 나서 좀 지나선가, 갑자기 확 끓더니 요즘은 좀 잠잠했거든요?"

푸파가 봉투를 소중히 갈무리했다.

"그런데 최근에 목격담이 다시 돌기 시작한 거예요. 야밤에 흰 가운을 뒤집어쓴 맨발의 남자가 마과부 창문에서 뛰어내리는 걸 누가 봤다나요. 인간 같지 않은 스피드로 건물 벽에 붙어 네발로 기어 다녔대요. 어찌나 재빠른지, 그림자 속에 숨은 바퀴벌레 같았다나요. 어휴, 징그러."

고개를 끄덕이던 젬이 "응?" 하고 고개를 갸웃했다. 마과부 창문에서 뛰어내린, 맨발의 남자.

젬은 혹시나 하여 재발했다는 소문이 대체 언제부터 돌았느냐 물었다. 그리고 확신했다. 재발한 소문의 주인공은 킨이 틀림없었다.

킨은 안나 부인 저택에서 며칠 요양하다가 보르누의 부름을 받고 떠났다. 어딜 갔느냐 물어도 본은 "진짜로 모릅니다"할 뿐이었다. 단말기가 고장 난 터라 전화도 할 수 없었다. 부장은 요즘 들어 저택에 통 들리지 않는 터라 물어볼 수조차 없었다.

왕이 직접 부른 일이니 죽어 돌아오지는 않을 거란 게 아이의 의견이었다. 그가 이 소문을 듣는다면 울지 않을까.

푸파는 부탁할 게 있으면 언제든 연락하라며 콧김까지 뿜었다. 필시 본의 사진이 탐나서이리라 짐작했다.

멀어지는 빨간 머리를 보며 젬이 끙, 소리 내어 기지개를 켰다.

야트막한 언덕길, 우거진 나뭇가지 사이로 멀리 왕자궁 꼭지가 빼꼼 보였다. 도서관 벽과 후원을 끼고 있는 마과부 건물과 햇빛을 반사해 눈부시게 빛나는 본궁도 눈에 들어왔다.

그림처럼 아름다운 풍경이었다. 카피레가 나고 자란 장소였다.

카피레는 이 광경이 그립진 않을까.

공주님처럼 예쁘고, 왕자님처럼 잘생긴 카피레 얼굴이 자동으로 떠올랐다. 천사처럼 곱기만 하던 그 얼굴이 돌연 삶은 문어처럼 벌겋게 바뀌었다. 입술이 퉁퉁 부은 모습이었다.

젬이 자리에 멈춰 두 손으로 얼굴을 가렸다. 떠올리지 않으려 해도 불쑥불쑥 튀어나오는 그 날의 기억에 심장이 열 개라도 부족했다.

"적당히 합시다……" 하고 한숨 섞인 목소리가 들렸다. 인제 그만 할 때도 되지 않았느냐, 젬이 그러는 거 볼 때마다 온몸이 근지럽다, 어쩌고저쩌고 잔소리가 이어졌다.

젬이 억지로 발을 옮겼다.

한 귀로 듣고 한 귀로 흘리던 젬이 내리막길에서 우뚝 멈추었다. 나무 사이로 시선이 느껴졌기 때문이었다.

젬이 주변을 둘러보았다. 양옆에 나무가 우거진 길이었다. 길쭉한 도서관 창으로 사람 그림자가 연달아 스쳤다. 흰 마과부 가운이 보인 것도 같았다.

서, 설마. 아니겠지. 젬이 침을 꼴깍 삼켰다.

뭐야. 왜 가다 또 멈춰요. 또 뭘 상상한 거야!

"그런 거 아니거든!"

젬이 습관처럼 가발을 가다듬곤 발을 재촉했다. 카피레 말마따나 늦장 부리다 유리라도 만나면 큰일이었다.

그가 무슨 까닭으로 젬을 못 알아봤는진 알 수 없으나, 이번에도 그렇게 넘어가리란 보장이 없었다. 카피레와 본이 무사히 조사를 마치고 돌아오길 기원할 뿐이었다.

오래지 않아 도서관과 이어진 큰길이 나왔다. 정문과 이어진 흰 길을 중심으로 양옆에 잔디밭이 깔려 있었다. 키 큰 나무가 우거져 곳곳에 가지를 드리웠다.

중앙에 놓인 비석을 중심으로 흰 돌이 바닥에 둥글게 깔렸다. 길가에 늘어선 벤치엔 사람 대신 낙엽이 앉아 있었다.

해가 높이 뜬 시간이었다. 오가는 사람은 손에 꼽을 정도였다.

이 시간에 도서관 출입하는 인간은 뭐 하는 사람일까요?

"나 같은 사람 아니겠어?"

젬이 도서관 큰길을 가로지를 때였다. 가까운 잔디밭 구석에서 새된 목소리가 터졌다.

"저기! 누구! 누구 없습니까?! 사람이 쓰러졌어요!"

책 든 행인 몇몇이 자리에 멈추었다. 시선이 한군데 쏠렸다.

"누가 의사 좀 불러줘요!", "세상에, 이게 대체……" 하는 소리가 한데 섞여 웅성거렸다. 젬은 반사적으로 가까이 다가갔다. 오늘 챙겨 온 약 중 구급약으로 쓸만한 게 있었는지 머릿속으로 목록을 세었다.

아이가 "젬! 이 바보! 그냥 가요!" 하고 애타게 외치는 걸 한 귀로 흘렸다.

삼삼오오 모인 사람들 틈으로 흰 천 자락이 보였다. 젬이 코트 안쪽에서 약병을 꺼내 들곤 "잠시만요! 잠시만요!" 하며 사람들 틈에 끼었다.

흰 가운 옆에 앉아 있던 안경잡이 남자가 젬의 시녀복 차림과 약병을 보곤 "구급반에서 오신 겁니까!" 하며 손짓했다. 거짓말처럼 앞이 트였다.

젬은 숨이 멈출 뻔했다.

사람들이 "오오, 다행이다", "어서 도와주십쇼!" 하고 젬을 중앙으로 밀었다. 젬은 약병을 든 채 빳빳이 굳었다.

젬! 그냥 이대로 튀어요! 제기랄, 똥 밟았다고요!

아이의 목소리가 숨넘어갈 듯 급했다. 새것처럼 하얀 마과부 가운이 낙엽을 덮었다. 얇고 가는 백색 머리카락 역시 힘없이 흩어져 있었다.

젬이 아는 한, 마과부 인물 중 이런 은발 머리는 한 사람밖에 없었다.

"시녀님, 뭐 하십니까?"

"닥터 유리님 아니십니까. 얼른 구해 주세요!"

젬이 마지못해 잔디밭에 앉았다. 보아하니 쓰러진 건 사실인 모양이었다. 젬이 어쩔 수 없이 약 뚜껑을 열었다. 손이 떨려 오렌지색 약물이 치마에 조금 묻었다.

젬!

아이가 참다못해 코트 안쪽에서 젬을 꼬집기 시작했다. 눈물이 쏙 빠지게 아파서 되레 긴장이 조금 가셨다.

젬이 유리를 반듯이 눕히고 무릎에 머리를 올렸다. 가는 몸이 맥없이 끌려왔다. 관자놀이에 머리카락이 붙어 있었다. 식은땀을 얼마나 흘리는지 금방 무릎이 축축해졌다.

입술이 가뭄 난 것처럼 갈라져 속살이 다 보였다. 눈 밑은 일부러 검댕을 칠한 것처럼 시꺼멨다. 가짜로 꾸민 게 아니라 진짜 아파 보였다.

대체 이 인간은 뭘 하는 놈인가. 왜 나를 이런 시험에 들게 하는가.

젬이 유리 입술을 벌려 약을 조금씩 흘려 넣었다. 침 넘기는 소리, 초조한 숨소리가 들릴 만치 주변이 고요했다. 일 초가 한 시간처럼 길었다.

무릎과 팔을 누른 무게가, 마주 닿는 살갗이 여느 인간과 다를 바 없었다. 그게 젬을 못 견디게 했다.

얼마나 지났을까. 짙은 속눈썹이 파르르 떨리더니, 나비가 날개를 접듯이 눈꺼풀이 천천히 올라갔다. 메마른 회색 눈동자와 시선이 정면으로 마주쳤다.

안개 낀 호수처럼 흐리던 눈동자가 점차 맑게 개었다. 젬은 처음으로 유리와 눈이 마주친 듯한 착각에 휩싸였다.

뒤에서 "만세!", "오오오!" 하는 감탄이 터졌다. 박수 소리도 드물게 뒤이었다. 젬은 떠듬떠듬 "환자가 안정을 취해야 하니 인제 그만 물러나 달라"고 했다. 얼른 이 자리를 피하고 싶은 마음만 가득했다.

옮기는 걸 도와주겠다 나서는 사람이 있었으나, 유리가 손을 들어 막았다. 한 마디 말도 더 필요 없었다.

사람이 모두 자리를 떠날 즈음까지도, 유리는 젬의 무릎에 머리를 대고 누워 있었다. 그나마 길바닥이 아니라 잔디밭인 게 다행이었다.

"저어, 의무실로 모셔다 드릴까요?"

유리가 말없이 젬의 얼굴을 올려다보다가 천천히 눈을 감았다.

"아뇨. 제 몸은 제가 잘 압니다. 잠시 쉬면 낫습니다."

당연히 그러시겠죠. 젬은 속으로 이죽거렸다. 자칭 타칭 유라레 최고 명의로 불리는 인물이었다.

"그럼 머리 좀 치워 주시겠어요? 일이 바빠서요."

"……이건 무슨 약입니까?"

"그, 그냥 가게에서 산 피로회복제예요. 야근할 때 하나씩 먹으면 효과 끝내주거든요."

이 정도면 내 연기도 꽤 수준급이 아닐까.

젬은 반쯤 남은 약병에 뚜껑을 급히 닫았다. 아이가 머리카락을 아프게 잡아당기는 바람에 몸이 자꾸 움찔거렸다.

유리가 "고맙군요" 하며 몸을 일으켰다. 관에서 시체 일어서

듯이 소리 없는 움직임이었다.

무릎에서 머리가 떨어지자마자 젬은 치마에 떨어진 흰 머리카락을 재빨리 털어 냈다.

"두 번이나 미안한 일을 했군요. 책도 그렇고, 오늘은 이런 불상사까지."

별로 미안한 어투는 아니었으나 젬은 조금 놀랐다. 도서관에서 잠깐 스친 시녀도 기억하는가. 거기다 사과까지 하다니.

젬은 "아뇨" 하며 고개를 저으면서도 괜히 고개를 바닥에 떨구었다. 더 마주 보고 싶지 않았다.

에잇, 사람 찝찝하게.

젬이 서둘러 옷을 추슬렀다.

"……피곤해 보이시는데, 의무실에서 눈 좀 붙이고 가세요. 사람은 잠 못 자면 죽으니까."

"많이 바쁩니까?"

젬을 따라 유리가 자리에서 일어섰다. 어지러운지 일순 비틀거리는 것을, 젬이 급히 부축했다.

"……부탁 좀 드리겠습니다."

"어, 어딜요? 의무실요? 기다려 보세요. 지나는 사람 아무나 불러올 테니까."

"저기 벤치면 충분합니다."

유리가 낙엽이 방석처럼 깔린 벤치를 눈짓했다. 아까 흩어진 사람 몇이 서성이며 유리를 힐끔대고 있었다.

닥터 유리는 누구나 인정하는 유라레 학계 최고 유명 인사였다. 그럴 만도 했다. 제기랄, 보는 눈이 많아 콱 밀고 도망갈 수도 없었다.

우주 제일 멍청이 같으니! 그냥 밀치고 도망가라니까요! 책임은 내가 질 테니까!

아이의 목소리가 골을 쩌렁쩌렁 울렸다. 최소한의 눈치는 있는지 유리에게 요정 킥을 날릴 기색은 없었다. 젬은 울며 겨자 먹기로 유리를 부축해 벤치에 앉혔다.

"이제 됐죠?" 하고 뒤도는 젬의 손목을, 유리가 잡아챘다. 손목에서부터 가시가 자라나는 듯했다.

"짝!" 하는 소리가 고막을 때렸다. 소리가 어찌나 큰지 지나던 사람이 눈을 휘둥그레 뜨고 멈출 정도였다. 반사적인 행동이었다.

졸지에 손을 얻어맞은 유리는 되레 덤덤했다. 그가 다른 손으로 맞은 손을 가렸다. 밀가루를 뿌린 듯 창백한 피부에 붉은 자국이 선명했다.

등에 찌르는 듯한 시선이 느껴졌다. 벤치에 기댄 유리가 젬을 물끄러미 올려다보았다.

"잠시 앉았다 가지 않겠습니까?"

"……제가 왜 그래야 하죠?"

"책에 대한 감상을 듣고 싶어서요. 그간 어떻게 지냈는지도 궁금하고……."

"한 번 스친 사이에 많은 걸 바라시네요."

"그런가요? 전 계속 궁금했는데……."

유리가 고개를 살짝 기울이며 입꼬리를 올렸다.

"……빨간 머리도 제법 잘 어울리는군요, 미스 젬."

젬은 귀를 의심했다.

유리가 눈을 가늘게 접었다. 젬이 입술을 깨물었다. 인적이 드문 시간이라곤 하나 중앙도서관 앞이었다. 시선을 끌어 좋을 게 없었다.

언제 알아챈 거지? 어디까지 알고 있는 거지?

젬은 아이가 숨은 목깃을 가만히 눌렀다. 얌전히 있으란 신호였다. 젬의 초조함을 알아챘는지, 유리가 희미하게 미소 지었다.

"정말 별것 아닙니다. 잠깐 얘기 좀 나누잔 것뿐이에요."

"……협박처럼 들리는데요."

"그럴 리가요."

유리의 낯에 그제야 미소다운 미소가 서렸다. 젬이 익히 알고 있는 여우 같은 눈웃음에 눈주름이 깊게 팼다.

"여러 번 말하지 않았나요? 저는 당신이 꽤나 마음에 들었다고요."

* * *

데자르 저택 부지는 본래부터 작은 정글로 유명했다. 산 하나를 그대로 안고 있어 갖은 식물이 우거졌고 야생 동물도 많았다. 사람들은 사람 백을 묻어도 아무도 못 찾을 거라 수군거렸다.

사람 발길이 끊기다시피 한 지금은 상태가 더 심각했다. 걸음걸음마다 썩은 나뭇잎으로 바닥이 푹푹 패였고, 나무며 덩굴이 한껏 몸을 키워 시야를 다 가렸다.

저 멀리 나타났다 사라지기를 반복하는 저택의 모습은 바로 몇 개월 전까지 사람이 살던 곳이라곤 믿을 수 없을 정도였다.

창까지 깨고 자란 담쟁이와 식물 뿌리에 갈라진 돌벽 따위가 멀리서도 눈에 들어왔다. 방문객을 쫓아내기 위해 닥터 유리가 고의로 한 짓이 아닐까 싶을 정도였다. 누가 봐도 저주받은 저택으로밖에 보이지 않았다.

카피레는 깨진 창에 희끄무레한 것이 흔들리는 것을 보았다. 어미의 박제가 망막에 선명히 박혔다.

카피레는 자리에 멈춰 창을 뚫어져라 응시했다. 죽은 왕비의 흰 드레스 같던 그것이, 점차 찢어진 레이스 커튼으로 바뀌었다.

"카피레? 쉬었다 갈까요?"

"됐어."

본 안색도 영 좋지 않았다. 피차 안 좋은 기억만 가득한 장소였다. 카피레는 본의 등을 따라 걷다가 억지로 발을 재촉해 본 앞에 섰다. 피 흘리던 본의 뒷모습이 떠올랐기 때문이었다.

본은 어깨를 으쓱하곤 뒤에서 길을 안내해 주었다.

전처럼 환풍기를 통과할 일은 없었다. 코다의 협력으로 지하 실험실에 대한 만반의 준비를 한 참이었다.

저택 뒷문엔 문이 잠겨 있지 않았다. 녹슨 경첩이 귀 긁는 소리를 냈다. 복도 조명이 몽땅 나가 있었다. 스위치를 눌러 봐도 딸깍딸깍 소리만 요란했다.

창에 나무 그림자가 짙게 드리워 햇빛이 거의 들어오지 않았다. 사방이 캄캄했다. 무겁고 짙은 먼지 냄새에 금방 목이 따가워졌다.

본이 미리 준비해 온 등불을 켰다. 복도에 빛이 번짐과 동시에 다다다닥, 하고 뭔가 달리는 소리가 났다. 멀리 사라지는 쥐 꽁무니가 보였다. 엉덩이가 어찌나 크고 투실한지, 크기가 남자 허벅지만 했다.

사람 없는 폐가에서 대체 뭘 먹고 저리 큰 걸까. 등골이 오싹해 카피레는 깊게 생각하지 않기로 했다.

계단을 내려가 벽과 분간하기 어려운 실험실 입구에 설 때까지, 본과 카피레는 한 마디도 나누지 않았다. 가빠지는 숨소리가 긴장을 대변했다.

문이 반으로 갈라졌다.

카피레가 먼저 한 발을 앞으로 내디뎠다.

검고 두꺼운 파이프가 뱀처럼 이리저리 얽혀 있었다. 벽을 타고 천장까지 이어진 파이프 사이로 뭔가 검은 것이 보였다.

천장에 커다란 구멍이 뚫려 있었다. 서러운 바람 소리가 이따금 그곳을 통과했다. 벽에도 금 간 흔적이 역력했다. 그날의 상처였다.

실험대 위에 곰팡이 핀 커피 컵과 먹다 남긴 칼로리 바가 아무렇게나 놓여 있었다. 펼쳐진 노트는 커피라도 흘렸는지 갈색 얼룩으로 쪼글쪼글했고, 과자 가루 같은 것이 비듬처럼 떨어져 있었다.

카피레는 한곳에 시선을 고정했다. 실험실 한가운데 커다란 실험관이 은은한 빛을 뿌리고 있었다.

푸른 용액이 내는 빛이었다. 그 속에 한 사람이 몸을 웅크리고 있었다. 엄마 뱃속에 잠든 아가처럼, 등을 동그랗게 말고 고개를 수그린 자세였다.

카피레가 천천히 실험관 앞에 섰다. 뒤에서 본이 "카피레" 하고 부르는 소리가 났다. 카피레는 유리 벽에 살며시 손바닥을 댔다. 유리에 금세 김이 서렸다.

카피레가 그대로 손을 떼고 한 걸음 물러섰다. 그는 고동치는 심장을 가라앉히려 심호흡했다.

시큼하고 역겨운 냄새가 폐부 깊숙이 스몄다. 카피레가 눈을 질끈 감았다 떴다. 그는 빌어먹을 실험실에 서 있었다.

그의 시작과 끝을 함께 한 장소였다.

"……모지리일까요?"

"그거야 모르지. 놈의 몸뚱인 안나 부인 저택에 있잖아. 안 그래?"

카피레가 이죽이며 유리 벽을 노크하듯 두드렸다. 잔잔한 물

곁에 짙은 색 머리카락이 흔들리는 것이 보였다. 그뿐이었다. 미동 하나 없었다. 본이 중얼거렸다.

"꼭 시체 같군요."

"……그래. 의식이 없어 보여."

카피레는 속으로 텔레파시를 시도했다. "어이, 모지리! 내가 왔다!" 하고 부르짖었다. 소용없는 짓이었다.

카피레는 어쩔 수 없이 주변을 둘러보았다. 시간은 한정되어 있었다.

카피레는 암호문 같은 유리의 노트를 몇 장 뒤적였다. 이곳저곳을 기웃거리며 땅바닥에 깔린 파이프 구석까지 살펴보던 본이 "애초에 형체가 없는 걸 어떻게 찾습니까?" 했다.

"저 몸뚱이에 넣었을 거라고 생각했는데……."

카피레가 혀를 차며 다시 실험관 앞에 섰다. 눈에서 미련이 뚝뚝 떨어졌다. 본이 끙 소릴 내며 몸을 일으켰다.

카피레가 눈을 가늘게 뜨고 기계 장치를 살폈다. 눈에 익은 것도, 낯선 것도 있었다. 실험관 왼편에는 검은 기계 상자가 놓였고, 오른편에는 철제 이동 침대가 놓여 있었다.

"이런 말 하긴 그렇지만……" 하며 본이 옆에 섰다.

"애초에 젬이 한 말이 확실한 것도 아니잖습니까. 모지리의 혼과 육체가 분리되어 있다는 것 말입니다."

"젬이 아니라 네가 그렇게 물고 빠는 요정 놈이 한 얘기잖아."

"그게 그거지요. 생각해 봐요. 놈이 수명이 다한 걸 수도 있잖습니까. 닥터 유리가 봐도 소용없었다면서요. 진짜 식물인간 상태일지도 모른단 겁니다."

카피레가 손을 탁탁 털었다. 노트에 붙었던 음식 부스러기가 바닥에 떨어졌다.

"그럴 수도 있고, 아닐 수도 있지."

"카피레."

"솔직히, 난 유리 놈을 아직도 잘 모르겠어."

카피레가 파이프를 넘어 본 옆에 섰다. 푸른 용액 속 창백한 피부가 눈에 띄었다. 쪼글쪼글한 손 주름이며 옅게 흔들리는 머리카락이 틀림없는 인간의 형상이었다.

반은 뼈가 드러나 해부학 인체 모형 같았다던 코다의 증언과는 딴판이었다.

"놈이 피도 눈물도 없는 뱀 새끼란 건 동의하는 바야. 그런데 가끔 석연찮은 점이 있단 말이지."

"뭡니까?"

카피레가 눈만 움직여 옆을 보았다. 저와 엇비슷한 키에 말랐으나 단단한 체구. 본은 힘도 실력도 유라레에서 세 손가락 안에 꼽히는 기사였다.

그 역시 카피레와 마찬가지로 유리의 작품이었다. 카피레가 담담한 목소리로 말했다.

"가령, 놈이 널 고쳐 준 거 말이야."

"양자잖습니까."

본이 그게 뭐 문제냐는 듯 눈살을 찌푸렸다. 본은 카피레에게 친구를 만들어 주기 위해 유리가 데려온 아이였다.

친구 겸 호위 기사로 키우기 위해 갖은 인체 실험의 대상이 되기도 했다. 그 탓일까. 본 스스로 느끼는 자신의 위치는 양자가 아닌 실험 쥐였다.

본는 석녀나 다름없었으나 그를 무시하는 이는 거의 없었다. 외려 부러워하는 이가 압도적으로 많았다. 자연적으로는 손에 넣을 수 없는 괴력이 본의 특기이자 장점이었다.

본은 닥터 유리의 양자로 알려지긴 했으나, 둘 사이가 살갑지 않단 사실을 알만한 사람은 다 알았다.

내 편일 땐 천군만마와 같으나, 적으로 돌아서면 가장 만만찮은 상대가 바로 본이었다. 닥터 유리 입장에서 보면 죽 쒀서 개 준 꼴이고, 배신이었다.

"그게 왜요?"

"생각해 봐. 놈은 사람을 사람으로 안 보잖아. 이용 가치가 떨어지면 사람을 물건처럼 버리는 놈 아니냐구."

"그런데요."

본이 미간을 찡그렸다. 카피레가 검지로 턱을 긁었다.

"사람을 기계 조립하듯 만들고 폐기하는 놈이, 양자라서 널 치료했다? 놈이 정말 네가 다 나으면 자길 아비로 여겨 주리라 여겼을까? 그 상황에서?"

"미친놈이잖아요."

단 한마디였으나 그 안에 담긴 설득력이 대단했다. 카피레가 떨떠름하게 고개를 끄덕였다.

"……물론 그래. 미친놈이지. 미쳤으니까 진짜 그렇게 생각했을 수도 있겠지."

"또 뭐가 있겠어요."

"난 놈이 가끔 인간을 흉내 내고 있다는 생각이 들어."

카피레와 본이 마주 보았다.

"그래서 매뉴얼대로 움직이는 거야. 여기선 따라 웃어야 한다. 여기선 슬픈 척해야 한다."

"맞아요. 놈은 그냥, 내가 양자라서 아비 흉내를 내본 것뿐이라구요. 그게 뭐 어쨌단 겁니까?"

"놈이 항상 연기하는 건 아냐. 놈은 필요할 때만 인간 흉내를 낸다구. 네가 그 상태로 죽었어도 유리는 동정표를 얻었을 거야. 왕자를 습격한 괴한에게 양아들을 잃은 거니까. 하지만 놈은 그러지 않았어. 왜?"

정말로 양자가 애틋해서 일리는 없었다.

"인간 흉내를 내는 괴물……."

본은 소리 없이 중얼거렸다. 카피레가 고개를 끄덕였다.

"난 놈이 마냥 기계 같은 놈이라곤 생각하지 않아. 그랬다면 일이 좀 더 단순해졌겠지. 분명 다른 목적이 있던 게 분명해."

본이 푸른 실험관을 물끄러미 올려다보았다.

"그게 뭐라고 생각하시는데요."

"지금부터 알아봐야겠지."

카피레가 어깨를 으쓱했다.

카피레와 본은 실험실을 이 잡듯 뒤졌다. 쓰레기통은 물론, 실험대 바닥까지 샅샅이 살폈다.

쓰레기통은 물론, 실험대 바닥까지 뒤집었다. 모지리 흔적은 찾을 수 없었지만, 대신 따끈따끈한 연구 일지를 훔쳐볼 수 있었다.

일지엔 수상쩍은 내용이 가득했다. 새 육체에 혼을 담는 방법에 관해 오랫동안 연구한 티가 났다.

군데군데 적힌 메모 역시 괴이쩍었다. 육체를 갈아입는다, 영혼을 인공적으로 만들 수 있다, 없다 등등. 한결같이 종잡을 수 없는 내용이 줄을 이었다.

"이 새끼가 마과부 때려치우고 사이비 교주가 될 셈인가……."

"그 전에 필히 죽여야겠군요."

복잡한 표정의 카피레를 두고, 본이 열심히 카메라 셔터를 눌렀다. 연구 일지, 푸른 실험관, 음산한 실험실 정경 등을 하나하나 담은 그가 시간을 확인했다.

본이 무릎을 털고 일어섰다.

"이제 갑시다. 생각보다 꽤 지체했어요."

"잠깐만."

카피레가 실험관 앞에 다시 쪼그리고 앉았다. 밑에서 올려다봐도, 웅크린 실험관 인간의 얼굴은 꽁꽁 가려진 채였다. 카피레가 눈을 가늘게 떴다.

어깨뼈가 툭 튀어나올 정도로 마른 몸이었다. 몸뚱이가 제법 작았다. 뿌연 침전물 사이로도 다리 사이에 툭 튀어나온 것이 보였다. 남자임은 분명했다. 한참을 애쓰던 카피레가 소득 없이 몸을 세웠다.

실험관 옆, 철로 짠 관처럼 크고 검은 기계 상자가 보였다. 눈에 익었다. 닥터 유리의 얼굴과 팔을 반쯤 녹여 봤던 바로 그 물건이었다.

본이 눈살을 찌푸렸다.

"얼른 가자니까요."

"이거, 아직 안 열어 보지 않았어?"

"전에 봤잖습니까. 빌어먹을 악취가 아직도 생생한데."

"그때랑 다를지 어떻게 알아. 열어 보자."

본이 눈을 부라렸다. 잔말 말고 돌아가자는 뜻이었다. 카피레가 "뭐, 왜, 뭐!" 하며 야생 고릴라처럼 얼굴에 주름을 잔뜩 잡았다.

본은 이런 싸움에서 한 번도 카피레를 이긴 적이 없었다. 한숨만 푹푹 나왔다. 본이 기억을 더듬어 버튼을 찾았다.

끼이익, 하는 소리와 함께 상자가 서서히 입을 벌렸다. 본은 전처럼 시꺼먼 물이 담겨 있으려니 심드렁했고, 카피레는 혹시 다른 걸 숨겨 놓지 않았을까, 온몸을 긴장했다.

뚜껑이 완전히 열렸다. 시큼하고 비린 냄새가 확 퍼졌다. 코와 목이 식초를 삼킨 듯 따가웠다.

카피레가 입을 가리고 가까이 섰다. 본도 옆에 섰다. 역시나 검은 물이 전부였다.

"이제 됐죠?"

본이 소매로 코와 입을 가리곤 코맹맹이 소리를 냈다. 지체할 것 없이 바로 버튼을 눌렀다. 뚜껑이 반쯤 닫히려 할 때, 카피레가 "잠깐!" 하며 손을 뻗었다.

뚜껑과 상자 사이에 뭔가 반짝이는 것이 끼어 있었다. 카피레가 번개같이 손을 빼자마자 뚜껑이 완전히 닫혔다.

카피레가 겨우 빼낸 그것을 푸르스름한 실험관 빛에 비쳐 보았다. 본이 코맹맹이 소리로 외쳤다.

"이게 무슨 짓입니까! 죽고 싶어 환장했어요!"

카피레가 대답 대신 손에 쥔 것을 바닥에 멀리 던져 버렸다.

"카피레!"

카피레는 무릎 꿇은 채 벌벌 떨리는 손을 다른 손으로 누르려 했다. 눈도 깜박이지 않고 어깨가 딱딱하게 굳어 있었다. 그 시선이 멀리 날아간 무엇에 꽂혀 있었다.

본이 영문을 알 수 없어 파이프 사이로 들어간 그것을 찾아 엎드렸다. 먼지 가득한 파이프 그림자 속에 무언가가 빛을 반사했다.

본이 눈을 가늘게 떴다. 자그마한 것이 꼭 보석처럼 보였다. 본이 츳, 하고 혀 차곤 손을 뻗어 그것을 쥐었다.

묘한 감촉에 딱딱한 금속이 걸렸다. 헉, 허억 하는 카피레의 가쁜 숨소리가 북처럼 고막을 두드렸다.

본이 그것을 당겨 몸을 일으켰다. 천천히 주먹을 폈다. 푸르고 어둑한 조명 아래 그것이 모습을 드러냈다.

검고 푸르스름한, 토막 난 손가락이었다. 딱딱하게 말라붙은 그것에 새것처럼 반짝이는 반지가 끼워져 있었다. 손가락에서 농축된 약품 냄새가 올라와 코를 찔렀다. 눈이며 뇌까지 녹여 버릴 듯 강렬한 냄새였다.

본은 반사적으로 그것을 던질 뻔했으나 가까스로 참았다. 그가 카피레를 보았다. 넋이 나간 얼굴에 한줄기 눈물이 굴러떨어졌다.

다름 아닌 왕비의 손가락이었다.

화려하게 세공된 다이아몬드 반지가 그것을 증명했다. 뚜껑 사이에 손가락이 끼어 형체가 남은 모양이었다.

십몇 년을 곱게 모시던 박제를 이리 처리하는가.

본이 낡은 손수건으로 손가락을 꽁꽁 감쌌다. 빌어먹을 냄새 탓에 시야가 어질어질했다. 카피레가 비틀거리며 일어섰다. 눈에 핏발이 잔뜩 서 있었다.

"……빌어먹을 새끼. 쳐 죽일 놈."

낮은 목소리에서 분이 끓었다. 본은 아무 말도 할 수 없었다. 카피레가 기계에 기대어 있던 대걸레 자루를 바투 쥐고 "제기랄!" 하고 소리쳤다.

그가 분이 폭발한 듯 걸레 자루를 사방팔방에 휘두르기 시작했다.

"제기랄! 빌어먹을! 호로 잡놈 새끼! 으아아아!" 하며 실험관이고 기계고 인정사정없이 쾅쾅 두들겼다. 본이 엉거주춤 두 손을 들었다. 카피레의 분노를 이해해 주고자 하는 마음은 굴뚝같았으나 장소가 장소였다.

닥터 유리의 실험실은 사방이 지뢰밭이었다. 정체 모를 기계나 독극물이 곳곳에 산재했다.

무엇보다 둘은 어디까지나 실험실을 부수러 온 게 아니었다. 염탐하러 온 상황이었다.

"지, 진정해요, 카피레! 마음은 알겠지만!"

"감히! 감히!"

카피레는 그간의 응축된 울분이 터진 듯 눈도 귀도 나가 버린 듯했다. 그야말로 미쳐 버린 식인 원숭이가 따로 없었다.

본이 최대한 평화적으로 해결하기 위해 몸을 날리고자 마음먹은 때였다. 카피레의 대걸레 끝이 실험관에 붙은 어느 버튼을 눌러 버렸다.

"어."

씩씩대던 카피레가 멈칫했다. 그나마 검은 기계를 부숴 버린 게 아니라 다행이다, 하고 본이 내심 안도할 찰나였다.

실험관에서 갑자기 부글부글 끓는 소리가 났다.

본과 카피레 시선이 한군데 쏠렸다. 실험관에 불이 적색으로 바뀌며 밑에서부터 기포가 솟았다.

한두 방울 솟던 공기 방울이 불 위에 올린 냄비 물처럼 끓기 시작했다. '탕, 타당' 하는 소리가 바닥을 울렸다. 카피레가 놓친 대걸레 자루가 파이프 관에 퉁기는 소리였다.

불그스름한 조명 아래 실험관 가득 기포가 끓었다. 펄펄 끓는 쇠기름처럼 기세가 심상찮았다. 안에 있던 사람 형체를 찾아보기 힘들 정도였다.

할 말을 잃고 굳은 두 사람 뒤로 위이잉, 하고 기계 돌아가는 소리가 들렸다. 본과 카피레가 화들짝 놀라 뒤돌았다.

실험실 입구가 닫히고 있었다.

카피레가 "안 돼!" 하며 달려가다 파이프 관에 발이 걸려 넘어졌다. 본이 서둘러 부축했다. 문이 굳게 닫혔다.

바닥까지 진동시키는 기계 소리가 마치 두 사람을 위협하는 것처럼 느껴졌다.

* * *

"젬!" 하는 소리가 머릿속을 달렸다. 젬은 아이가 날뛰지 못하도록 목깃을 여몄다. 젬이 얌전히 벤치에 앉았다. 유리가 후후 웃었다.

"그렇게 사라지고 걱정이 많았답니다. 이리 무사한 모습을 보니 마음이 놓이는군요."

"……병 주고 약 준단 말을 혹시 아시는지 모르겠네요."

"물론 알고 말고요. 그런데 제가 언제 미스 젬에게 병을 줬던가요?"

유리는 뺀질뺀질한 미소를 완전히 회복했다. 젬은 "이 뻔뻔한 인간!" 하고 성내고 싶었으나 가까스로 삼켰다.

속에서 천불이 일었으나 어느 정도는 사실이었다. 닥터 유리는 젬에게 직접적으로 위협을 가한 적은 없었다.

다만 그 상대가 젬의 계약자였을 따름이었다.

"갑자기 뛰었더니 몸이 놀란 모양이에요. 이렇게 머리가 어지러운 게 얼마 만인지 모르겠습니다."

"……그러십니까."

"다시 만나지 않았다면 못 알아봤을지도 모르겠어요. 어쩐지 느낌이 다르더라니. 후후, 서두른 보람이 있군요. 책은 어떠셨습니까?"

"……읽다 자서 모르겠군요."

"저런."

유리가 진심으로 안타까운 표정을 지었다. 젬은 괜히 열이 끓었다. 그가 눈을 살짝 접고 정면을 보았다.

가벼운 새들의 지저귐에 드문드문한 사람 발소리가 섞였다. 평화로운 풍경과 달리 젬의 엉덩이는 가시방석 한복판이었다. 젬이 주먹을 꾹 쥐었다.

"……할 말은 그게 전분가요? 이만 가 보겠습니다."

"금서와 제법 친해졌나 봅니다. 그렇지요?"

유리는 여전히 정면을 향한 채였다.

"이상하지요. 눈도 귀도 코도 멀게만 느껴지는데 당신만이 이토록 선명하니 말입니다. ……어쩌면 못 알아본 게 당연한지도 모르겠어요. 인상이 완전히 달라졌거든요."

"……무슨 뜻인지 모르겠군요."

"후후. 나이를 먹으니 귀가 잘 안 들리네요. 가까이 앉아 주시겠습니까?"

유리에게서 나이 얘길 듣자니 그저 기가 막혔다. 젬이 반쯤 떼려던 궁둥이를 도로 붙였다. 아이가 이를 득득 가는 소리가 머리를 긁었다.

젬 역시 이를 갈고 싶은 심정이었다. 장소만 달랐어도 그랬을지 몰랐다. 젬이 목소리를 낮추었다.

"……리스페는 어디 있죠?"

"아, 그러고 보니 그날 당신을 도와준 게 리스페였죠."

유리가 젬을 힐끔 보고 웃었다. 젬의 등줄기로 솜털이 쭈뼛 섰다.

"아, 아닌데요."

"당신은 거짓말에 소질이 없었죠. 여전하군요."

유리가 등받이에 몸을 깊숙이 기댔다. 부드럽게 시선을 돌린 그가 젬과 눈을 마주쳤다.

"당시 그곳에서 그런 일을 할 만한 사람은 놈밖에 없었어요.

난 바보가 아니랍니다."

"설마, 그 일로 리스페를……?"

유리가 "설마요" 하고 딱 잘라 답했다.

"리스페는 무사합니다."

"……중환자실에 갇혀 반식물인간 상태에 빠진 사람을 무사하다고 말하는 사람은 당신이 처음이네요."

"음? 리스페 몸은 당신이 데려간 게 아니던가요?"

젬은 저도 모르게 몸을 빳빳이 굳혔다. 이 인간이 어디까지 알고 있는 거지?

유리가 어깨를 으쓱했다.

"물론 리스페의 몸은 오래 버티지 못하겠지만요. 애초에 반쯤 망가진 몸뚱이였으니까. 지금껏 버틴 것만 해도 용한 겁니다."

젬이 입술을 파르르 떨었다. 놈은 사람 몸을 무슨 인형 옷 바꾸듯이 가볍게 말하고 있었다. 그 얼굴이 너무도 태연했다. 소름이 끼쳤다.

뭐라 쏴 주고 싶긴 한데 무슨 말을 해야 할지 정리가 안 됐다. 단어가 마구잡이로 섞이기만 했다.

유리가 두통을 삭이듯 관자놀이를 꾹꾹 눌렀다.

"걱정 마세요. 리스페는 곧 새로 태어날 거거든요. 애벌레가 고치를 벗고 나비가 되듯이…… 그래요. 완전히 새로운 존재가 되는 겁니다."

이 인간이 또 무슨 개소리를 지껄이는가.

젬은 코다가 말했던 실험관을 떠올렸다. 카피레가 짐작한 대로일까? 유리가 새로 만들었다는 육체에 리스페의 영혼을 집어넣으려는 속셈일까?

하지만 왜?

"……리스페 몸뚱이가 어딨는지 안다면, 그 나머지가 지금 어딨는지도 알겠군요."

대답을 기다리는 젬을 보며 유리가 고개를 끄덕였다.

"후후후. 이렇게 있으니 옛 생각이 나는군요. 미스 젬, 기억하십니까? 당신이 카피레 왕자의 모습으로 무도회에 참석했을 때 말입니다."

유리 목소리에 웃음이 섞였다. 여우 같은 눈웃음이 그날처럼 짙었다.

"우리 둘이 작은 게임을 했었지요. 질문 하나에 진실 하나."

유리의 목소리가 술을 탄 듯 은근해졌다.

"오랜만에 한 번 더 어떻습니까? 모든 질문에 진실만 답할 것을 맹세하지요. 당신도 그래야 할 테고요."

"……좋습니다. 닥터 유리."

순간, 둘을 감싼 공기가 농도를 달리했다. 익숙한 듯 익숙해지지 않는 감각이었다. 젬이 아무렇지 않은 척 허리를 꼿꼿이 폈다.

티 나게 침을 꼴깍 삼켜 버린 탓에 유리 웃음만 짙어졌지만…….

젬, 미쳤어요?!

젬은 아이가 부르는 소리를 애써 무시했다. 유리가 선수를 쳤다.

"오늘은 제가 먼저 하지요."

"……."

"리스페가 당신을 어디로 보내던가요?"

왜 이런 걸 묻지?

젬이 잠시 눈을 깜박였다. 혹시 말했다가 그쪽 사람들에게 폐가 되는 건 아닐까, 쉬이 입이 떨어지지 않았다. 유리 표정이 잠자는 호수를 보듯 고요했다.

"……모든 질문엔 진실로 답할 것. 당신이 생각하는 일은 일어나지 않을 겁니다."

젬은 본능적으로 그의 말이 진심임을 알 수 있었다. 젬이 천천히 입술을 뗐다.

"……시모 산맥 반대편. 트리비아라는 작은 나라였어요."

"……마법석으로 유명한 곳이지요. 맨몸으로 날아가 고생이 많으셨겠습니다."

"누구 씨 덕분에 아주 값진 경험을 했지요."

젬이 대놓고 비웃었으나 유리는 잔잔한 미소만 지었다. 다 예상한 듯한 표정이라 그게 더 사람을 열 받게 했다.

"이제 제 차례군요."

"말씀하세요."

"……리스페는 지금 어디 있죠?"

유리가 후후, 웃으며 검지로 턱을 긁었다. 젬이 "닥터" 하고 채근하자 그가 알겠다는 듯 자세를 바로 했다.

"리스페가 있는 곳을 알려 주면 뭘 어떻게 할 생각이신지 궁금하군요."

"질문 하나에 답 하나였을 텐데요."

"이런 곤란하군요. 그 답을 먼저 듣고 싶은데 말입니다. 그럼 질문 둘에 답 둘로 할까요?"

이 얄미운 여우 자식.

젬이 대놓고 이를 득득 갈았다. 그가 "어디 보자" 하며 턱을 쓸었다. 그의 시선이 젬의 볼록 솟은 코트 자락에 머물렀다.

"금서는 지금 어딨습니까?"

"……."

젬이 배를 감싸며 유리를 보았다. 유리가 눈을 가늘게 떴다. 답을 짐작한 듯 의미심장한 미소를 지었다.

젬은 손에 걸리는 익숙한 감촉에 잊고 있던 의문이 되살아났다. 젬은 저도 모르게 홀린 듯 입을 열었다.

"게린 헤이트……."

아주 잠깐, 유리의 미소가 경직되었다. 제대로 짚었구나. 젬이 천천히 뒷말을 이었다.

"……란 이름을 어떻게 아시는지, 꼭, 여쭙고 싶군요."

그가 대답 대신 젬을 빤히 응시했다. 먹이를 보는 파충류의 것처럼 눈에 반들반들한 빛이 돌았다. 젬은 시선을 피하지 않았다.

"어디서 그 이름을?"

"질문에는 진실로 답한다. 그게 룰 아니었던가요."

유리가 이를 드러내고 입술을 죽 찢었다. 눈 한 번 깜박이지 않은 채 인형처럼 입만 벌린 웃음에 젬은 눈을 질끈 감을 뻔했다.

젬은 대신 눈을 부릅떴다. 눈싸움 대회 결승전에 선 것처럼 온몸에 잔뜩 힘을 줬다. 여기서 물러날 거면 애초에 덤빌 생각도 안 했을 거였다.

유리가 서서히 눈을 접었다. 부채꼴 모양 눈웃음이 구부러진 칼날과 겹쳐 보였다.

"시모 산맥이라. 그리운 이름입니다. 그래, 거기서 뭔 냄새를 맡은 모양이지요. 그렇죠?"

"닥터."

"게린 헤이트. 그와 무슨 관계냐 물었습니까?"

유리가 미소 지었다.

"게린 헤이트를 나보다 잘 아는 자는 없을 겁니다. 나는 그의 뜻을 이어 가는 자."

젬의 낯에 잠깐 화색이 돌았다. 유리가 고개를 저었다.

"이제 제 질문에 답해 주셔야겠군요, 미스 젬. 리스페를 찾아서 대체 뭘 어떻게 할 생각인지."

젬은 벤치 모서리를 쥔 손을 쥐었다 폈다 했다. 최대한 멀리 떨어져 앉으려는 바람에 엉덩이 반이 허공에 뜬 상태였다.

"왜 당연한 걸 묻는지 이해가 안 가는군요. 리스페를 찾으면 당연히……."

"당연히?"

리스페와 아이는 본래 하나라고 했다. 유리가 억지로 실험한 육체가 사라진 이상, 리스페를 하기만 하면 아이와 함께 하나로 돌아가지 않을까, 하고 젬은 막연히 생각해 왔다.

자신을 반쪽짜리 사랑의 요정으로 칭하며, 완전한 하나가 되고 싶다던 아이의 고백처럼 말이다.

유리가 젬의 속내를 읽은 것처럼 어깨를 으쓱했다.

"글쎄요. 혼 없는 육체가 오래 버틸 수 없듯이, 그릇 없는 영혼도 오래가기 힘들죠."

"무슨 뜻이죠?"

"리스페는 이미 다른 그릇에 들어갔단 뜻입니다."

가벼운 어조였다. 아침에 먹은 메뉴를 답하는 듯한 태도였다. 젬이 절로 올라가려는 언성을 가까스로 낮추었다.

"……그 다른 그릇이 대체 뭘 말하는지 꼭 알고 싶군요."

"제 질문이 먼저일 것 같네요, 미스 젬."

누가 먼저고 뭐가 답인지 경계가 모호해졌다. 유리가 젬 가까이 붙어 앉았다. 시큼하면서 어딘가 달콤한 유리 특유의 체향이 코에 확 끼쳤다. 젬은 평범한 벤치가 마치 구속 의자처럼 느껴졌다.

유리가 젬에게 얼굴을 가까이 붙였다. 작게 킁킁거리는 소리가 들렸다. 젬은 당장 도망가고 싶은 충동을 억지로 눌렀다. 의자를 쥔 손에 얇은 핏줄이 섰다.

"실례. 코가 둔해져서 말입니다. 하루를 십 년처럼 늙고 있거든요."

"얼굴 좀 치워 주시겠어요?"

"죄송하지만 어렵겠군요. 귀가 어두워서 말입니다."

젬은 기가 막혀 할 말을 잃었다. 귓불을 꽉 꼬집어 주고픈 마음만 한가득이었다. 가까이서 보니 유리의 창백한 피부에 실금같이 새긴 주름과 전보다 탁해진 눈동자, 헐렁한 셔츠가 한눈에 들어왔다.

유리를 마른 입김이 귓등을 간지럽혔다. 유리가 젬의 귀에 속삭였다.

"금서를 상당히 수련한 모양이에요. 단기간에 이렇게까지 성장하다니, 몹시 드문 일이지요."

"……질문의 요지를 모르겠군요."

"반쪽짜리 금서가 어디까지 열어 주던가요?"

젬이 미간을 찡그리며 유리를 보았다. 그가 "혹시……" 하며 밀어처럼 속살거렸다.

"당신이 준비됐다고 하지는 않던가요?"

젬은 아무 말도 하지 않았다. 숨소리로 들릴 정도로 가까운 거리, 젬의 표정을 훑듯이 관찰한 유리가 돌연 눈을 접었다.

유리 얼굴에 난 얇은 주름이 전에 없이 깊어지며 환한 미소를 그렸다. 젬은 뒤늦게 고개를 돌렸으나 한발 늦은 일이었다.

그가 기뻐하는 이유를 모른단 사실이, 젬을 더 두렵게 했다.

내가 언젠가는 거짓말 왕이 되는 약을 꼭 만들고야 말리라, 꼭!

젬이 속으로 이를 득득 갈 때였다.

"리스페가 지금 어딨는지 알려드리겠습니다."

젬이 귀가 번쩍 뜨여 유리를 보았다. 유리가 웃음기 가득한 얼굴로 제 관자놀이를 톡톡 두드렸다.

젬이 "뭐죠?" 하고 표정을 찡그리자 이번에는 주먹으로 제 가슴을 툭툭 쳤다.

"이래도 모르겠습니까?"

"……네?"

젬의 머릿속에 흩어져 있던 단서가 추상화처럼 뭉개졌다. 엉망진창으로 흐렸던 얼룩이 천천히 하나의 형상을 그렸다.

육체와 분리된 요정의 영혼, 불로불사라는 닥터 유리의 육체, 영혼은 새로 태어날 수 있는가에 집요히 질문하던 책 내용.

무엇보다 리스페의 그릇을 묻는 말에 자신을 가리키는 유리의 몸짓.

온몸에 피가 발바닥으로 빠져나가는 듯했다. 젬은 그대로 유리의 멱살을 잡아당겼다. 그는 맥없이 끌려왔다. 줄 끊어진 꼭두각시 인형처럼 가벼워 되레 젬이 놀랄 정도였다.

멱살을 잡힌 채 끌려오면서도, 유리는 은은한 미소를 잃지 않았다. 젬은 뼈가 아리도록 손에 힘을 주었다.

유리가 속삭였다.

"미스 젬, 진정해요. 공공장솝니다."

"……리, 리스페를 어떻게 한 거야. 죽였어? 머, 먹었어?"

"먹다니. 난 인육엔 취미가 없습니다. 아, 리스페는 육체도 없던가요."

젬이 저도 모르게 고개를 흔들었다. 뭐라 소리치고 싶은데 말보다 눈물이 먼저 나오려고 했다. 유리는 고개 하나 움직이지 않았는데도, 시야가 어지러웠다.

"그런 뜻이 아니잖아!"

"나와 하나가 된 것뿐입니다. 미스 젬."

유리 말투가 한밤 호수처럼 잔잔했다. 도서관 앞에서 벌어진 때아닌 멱살잡이에 몇몇 사람이 자리에 멈춘 것을, 젬 미처 알아차리지 못했다.

대신 "이, 이……!" 하며 멱살을 쥐고 흔들었다.

"금서의 계약은 몸이 아닌 영혼에 묶이는 것. 나는 계약에서 벗어날 방법을 오랫동안 찾아왔죠. 리스페와 카피레는 내 연구의 희망이었어요."

"리스페를 어디 숨겼냐니까!"

"미스 젬. 눈을 크게 떠 봐요."

유리가 살풋 웃으며 고개를 기울였다.

"당신 눈앞에 있지 않습니까."

*　　*　　*

은은한 미소를 띤 표정이 갑자기 경직했다. 눈알이 뒤로 한 바퀴 돌며 유리가 전신을 빳빳이 굳혔다.

젬이 놀라 저도 모르게 손을 떼었다. 유리가 맥없이 벤치 모서리에 부딪혀 바닥에 쓰러졌다.

입가에 게거품이 맺혔고, 발작 환자처럼 이따금 몸을 경련했다. 젬이 벤치에서 밀리듯 엉덩방아를 찧었다.

유리의 창백하고 앙상한 손이 잔디밭을 세게 긁었다. 새하얀 손톱에 시꺼먼 흙 알갱이가 깊이 파였다. 젬은 온몸에 소름이 돋았다.

손바닥에 아직 유리와 닿았던 감촉이 남아 있었다. 젬은 저도 모르게 잔디밭에 손바닥을 문질렀다.

"뭐, 뭐, 갑자기 왜……."

"세상에, 닥터 유리!"

"뭐야, 싸움 났어?"

"꼼짝 마!"

험상궂은 멱살잡이에 이쪽을 예의 주시하던 사람들이 있었다. 서둘러 달려온 열 명 남짓한 사람들이 젬과 유리 사이를 막았다.

젬, 도망쳐요! 얼른!

아이가 악을 썼다. 젬이 이를 악물고 다리에 힘을 준 순간, 유리를 살피던 한 남자가 중얼거렸다.

"주, 죽었어……."

젬이 고개를 번쩍 들었다. 젬과 유리 주변을 둥글게 둘러싼 사람들이 일제히 젬을 보았다. 경악과 혐오가 뒤범벅된 시선에, 젬은 얼떨떨하게 고개를 저었다.

"아, 아니, 그럴 리가……."

닥터 유리는 불로불사였다. 독극물에 몸이 반으로 녹아도 삽시간에 재생하는 괴물이었다. 멱살잡이 좀 한 걸로 죽을 약골이 아니었다.

"살인이야!"

"누가 근위대 불러!"

절로 무릎에 힘이 풀렸다. 옆에 섰던 사람들이 재빨리 뒤로 물러섰다. 젬과 옷자락이라도 스칠까 두려운 기색이었다.

젬이 바닥을 기어 유리에게 가까이 가려 하자 몇몇 장정들이 젬을 가로막았다. 철벽처럼 막아선 다리 사이로, 눈을 까뒤집은 유리가 보였다. 경련은 어느새 멈추었고, 검푸르게 변한 입술 사이로 해골의 눈동자처럼 뻥 뚫린 동공이 보였다.

조금 전까지 살아 있던 사람이라곤 믿을 수 없을 정도로 입술이 검고 파랬다. 어찌나 현실감이 없는지 웃음이 나올 지경이었다. 잘 만들어진 환상을 보는 듯했다.

젬이 "이럴 리 없는데……" 하며 고개를 젓다가 눈을 크게 떴다.

유리의 시체가 입에서부터 시꺼멓게 썩기 시작한 것이다. 검은 곰팡이 같은 것이 삽시간에 퍼지며 온몸에 구멍이 푹푹 팼다.

코를 찌르는 악취가 정신을 멍하게 했다. 소름 끼치는 비명이 아득하리만치 멀게 들렸다.

눈 몇 번 깜박할 사이에, 유리의 시체는 시꺼멓게 말라붙었다. 마치 천 년 묵은 미라처럼, 흰 머리카락만이 온전히 남아 풀밭에 드리웠다.

젬이 덜덜 떨며 고개를 들었다. 주변을 빽빽이 채웠던 사람들이 죄 뒤로 물러서 있었다. 젬을 둘러싼 웅성임이 감옥처럼 높았다. 한 사람, 한 사람 눈빛이 다 화살 같았다.

어, 얼른 도망가야 하는데…….

젬이 자리에서 일어서려다 자꾸 바닥을 헛짚었다. 손톱에 돌이 들어갔는지 피가 났다. 팔뚝이 자꾸 꺾였고, 무릎에 힘이 안 들어갔다. 잠깐 새 식은땀으로 온몸이 푹 젖어 뼈까지 시렸다. 젬은 사지 뜯긴 벌레가 된 기분이었다.

누군가 중얼거리는 소리가 들렸다.

"나, 나 아까 봤어. 저 여자가 닥터 유리에게 수상한 약을 먹였어!"

"나, 나도 봤어……."

웅성임이 한여름 소낙비처럼 거세졌다.

"독살이야."

누군가 중얼거렸다.

"왕성 한복판에서 살인이라니! 미친 거 아냐!"

누군가 경악했다. 멀리서 철컥철컥 요란한 발소리가 들렸다. 호루라기 소리도 뒤이었다. 무거운 군홧발 소리. 젬이 천천히 고개를 들었다.

인파를 정리하는 기사들의 모습이 눈에 들어왔다. 그중 한 사람이 다가와 젬의 한쪽 팔을 잡아 강제로 일으켰다.

돌보다 딱딱하고 차가운 시선, 시선들이 온몸에 화살처럼 꽂혔다.

"살인자!"

눈물 섞인 목소리가 고막을 찔렀다. 젬은 어깻죽지가 끊어질 듯 아프고 머리가 빙빙 돌았다. 도대체 일이 어떻게 돌아가는지 알 수가 없었다. 눈앞이 아득했다.

살인자! 살인자!

악에 받친 메아리가 귓전을 맴돌았다.

〈다음 권에서 계속〉